Magic or Madness 2

Magic or Madness 2

Magic or Madness

매직 오어 매드니스

2

저스틴 라발레스티어 ✦ 김동찬 옮김

★ 르드

1 질크밍건에서 • 9

2 나의 엄마, 사라피나 • 22

3 마법의 문이 이상해 • 33

4 문틈으로 괴물이 • 53

5 마법 수업 • 67

6 그래, 깃털 때문이야 • 102

7 늙은 마법사 • 110

8 다시 겨울의 뉴욕 • 133

9 어떻게 그럴 수 있지 • 162

10 마법의 돌, 암모나이트 • 175

11 죽음 앞에서 • 189

12 늙은 마법사를 쫓아 • 204

13 거짓말 • 223

14 골렘은 없었다 • 231

15 이 저주를 지워 버리고 싶어 • 248

16 늙은 마법사의 흔적 • 258

17 악마의 선물 • 274

18 리즌의 눈물 • 283

19 이렇게 죽는 것인가 • 299

20 얼마 남지 않은 시간 • 303

21 차라리 몰랐더라면 • 320

22 기다림 • 343

23 다음날 아침 • 353

24 대마법사 • 367

25 제이슨 블레이크 • 376

26 또 다른 마법 • 385

27 악마의 추격 • 389

28 공동묘지에서 • 398

29 황금 나선 • 405

30 도형의 싸움 • 420

31 가족 • 434

다중 우주에서 만난 나의 가장 소중한 자매, 니키 번에게 바친다.

1

질크밍건에서

내가 아주 어렸을 적, 도로 표지판 옆을 지날 때였다. 그것은 우리가 황야를 여행하며 만난 여느 도로 표지판과 마찬가지로 총알구멍이 숭숭했다. 나는 그때 혀짜래기소리로 표지판을 읽었다.

" '다윈 350', 175의 두 배, 70의 다섯 배, 35의 열 배."

우리 엄마 사라피나가 손뼉을 치며 말했다.

"놀랍구나!"

"아이가 몇 살이에요?"

질크밍건으로 가는 길에 우리를 태워 준 트럭 운전사가 신기하다 못해 의심스러운 눈으로 나를 보았다.

"세 살 다 되어 가요."

사라피나는 그때 열일곱 살이었다.

"농담이죠!"

"정말이에요."

마을에 도착해 우리는 릴리, 매비스, 데이지 세 할머니와 함께 동네 앞 정자에 앉았다. 할머니들은 우리에게 얌, 야생 자두, 초콜릿 비스킷에 끈적대고 달콤한 검은색 차를 내주었다. 야생 자두와 비스킷 때문에 아이들 한 무리가 우리 주변으로 모여들었다. 대부분 얼마간 떨어져서 우리를 보며 킥킥대었다.

마을 앞에는 껌나무 몇 그루가 칙칙한 녹색 잎을 달고 흩어져 있고, 메마른 관목과 사람 키보다 큰 개미 언덕이 진흙땅에 솟아 있었다. 초록 나무와 관목과 포도나무가 멀리까지 뻗어 있었으며 건물 다른 쪽으로는 완만한 경사지가 로퍼 강의 둔치까지 이어져 있었다.

대충 다듬은 나무와 녹슨 물결무늬 철판으로 지은 건물은 나지막했다. 이 마을에서 유일하게 네 벽과 온전한 문이 달려 있는 건물이었다. 떼어낼 수 있는 창문은 은빛으로 반짝였다. 이 마을에서 가장 뜨겁고 가장 불편한 건물이었다. 그곳이 바로 학교다.

"자네가 그 여행자인가?"

데이지가 물었다.

"이름을 계속 바꾸며 돌아다닌다지?"

사라피나가 고개를 끄덕였다.

"그럼 지금 자네 이름은 뭔가?"

"제 이름은 샐리, 제 딸 이름은 레인이에요."

사라피나가 대답했다. 레인이라니, 나의 이름은 리즌이다.

"자네 이야기는 들었네."

데이지가 말했다.

"온 세상을 돌아다녔다고? 남쪽으로 내려가는가?"

"네, 우리는 오스트레일리아를 구석구석 돌아다녔어요."

"그러면 백인들이 사는 곳도 보았겠군."

"조금은요."

사라피나는 도시 가까이 가는 것을 꺼렸다. 사라피나의 엄마가 우리를 찾아낼 수도 있으니까.

"저는 원주민과 함께 사는 것이 더 좋아요."

할머니들은 원하던 대답을 들었다는 듯이 자기들끼리 뭐라 뭐라 했다.

"저 어린것은……."

데이지가 나를 보며 말했다.

"원주민인가?"

사라피나가 고개를 끄덕였다.

"애 아버지가 원주민이지?"

"네."

"애 아버지는 어디 출신이야?"

매비스가 물었다.

매비스는 셋 중에 제일 나이가 많았다. 은실처럼 흰 머릿결은 숯처럼 검은 피부 때문에 유난히 빛나고 있었다. 매비스는 귀 뒤에서 씹는담배를 꺼내 입에 넣었다.

"저도 잘 몰라요."

할머니들 모두 입속으로 알아들을 수 없는 말을 중얼거렸다.

"모른다고?"

사라피나가 고개를 끄덕였다.

"어느 부족 사람이야?"

"저도 잘 몰라요."

"사막 쪽에서 왔나? 아른험 지역인가?"

사라피나가 어깨를 으쓱했다.

"그런 이야기는 안 했어요."

데이지가 릴리의 옆구리를 찔렀다.

"어린것을 보아, 아마리 아니면 무낭가 족인 것 같군."

"맞아."

릴리가 맞장구쳤다.

"애 아빠는 아직도 촌에 있나?"

데이지는 사라피나를 보고 말했다.

"어디서 만났나?"

"저쪽 서쪽에서요."

사라피나는 커다란 진흙 언덕 위에 서 있는 물탱크 너머, 해가 지고 있는 지평선 쪽을 가리켰다.

"얼마나 오래 함께 지냈어?"

"하룻밤이요."

셋 모두 고개를 끄덕였다.

"잔뜩 취했나?"

사라피나가 웃음을 터뜨렸다.

"아니에요."

"황야에서 왔대나, 아니면 백인들이 사는 데서 왔대나?"

"황야에서요."

"아!"

뭔가 알아냈다는 듯 릴리가 말했다.

"목동이로군."

"잘 모르겠어요."

"신발을 신었어, 아니면 맨발이었어?"

"신발을 신고 있었어요."

할머니들은 다시 고개를 끄덕였다.

"목동이로군."

사라피나는 상자를 잘라 낱말 카드를 만들었다. 그리고 마타란카에서 산 굵은 유성 펜으로 낱말을 적었다. 사라피나는 우리가 지나왔던 마을 이름 아홉 개를 적었다. 다윈, 질크밍건, 캐서린, 마타란카, 응구쿠르, 눔불바르, 보롤룰라, 리멘비트, 움바쿰바. 그리고 행성의 이름을 적었다. 수성, 금성, 지구, 화성, 목성, 토성, 천왕성, 명왕성(사라피나가 말하기를 명왕성은 엄밀히 말해 행성이 아니라고 했다). 수학의 분과를 적었다. 수학기초론, 대수학, 해석학, 기하학, 응용

수학.

우리는 정자의 먼지 낀 바닥에 앉아 있었다. 때로 천장에서 지푸라기가 머리 위로 떨어졌다. 노인네들은 양반다리를 하고 파리를 쫓으며 캥거루 내장을 꺼냈다.

"샐리."

데이지가 사라피나를 불렀다.

"애랑 뭘 하고 있는 거야?"

"애한테 읽는 법을 가르치고 있어요."

세 사람 모두 고개를 끄덕이며 글을 읽을 수 있다는 것은 매우 중요하다고 말했다. 하지만 셋 중에서 글을 읽을 수 있는 사람은 데이지뿐이었다. 사라피나는 한 손에 카드를 들고 파리를 쫓고, 다른 손으로 개를 쓰다듬었다. 하늘은 쪽빛이었다. 땅이 짙은 붉은색으로 변할 때에만 볼 수 있는 하늘이다. 건기에는 구름 한 점 없고, 몇 달 동안 비가 내리지 않는다.

"금—성."

내가 읽기 시작했다.

"다—윈, 대—수—학."

사라피나가 다음 카드를 꺼내 들었다.

"응…… 응……."

카드에 적힌 엔(n), 지(g), 케이(k), 알(r), 유(u)를 뚫어지게 보며 어떻게든 읽어 보려고 애를 썼다. 여기까지 오며 그런 글자는 보지 못했다. 그리고 그 글자들이 모여 도대체 어떤 소리를 만들 수 있는지도 알지 못했다.

"응구쿠르."

릴리가 대답했다.

지(g) 발음이 미끄러지듯 넘어가는 것 때문에 나는 혼란스러웠다. 릴리는 응구쿠르 사람이었기 때문에 자기 마을 이름은 읽을 수 있었다. 사라피나가 카드를 내려놓았다. 알파벳부터 시작해야 한다는 사실을 그제야 깨달은 것이다. 우리는 두 시간 동안 알파벳 노래를 불렀다.

"에이비씨디……."

할머니들이 웃었고, 많은 아이들이 우리 놀이에 끼어들었다. 어떤 아이들은 술 취한 백인 선생을 피해 교실 창문을 넘어 우리에게로 왔다.

나는 알파벳 스물여섯 자 중에서 에프, 제이, 큐 그리고 제트가 마음에 든다고 사라피나에게 말했다. 애니, 발레리, 피터, 작은 토끼, 데이브는 에스가 마음에 든다고 했다. 사라피나는 즉흥적으로 에스춤을 만들었다.

에스춤은 손을 머리 위로 올려서 한쪽으로 하고 엉덩이와 어깨를 반대쪽으로 해서 뱀처럼 몸을 구불구불 흔드는 것이다. 우리 모두 에스춤을 추었다. 그러다 땅에 엎드려서 진짜 뱀처럼 기어 다녔다. 우리 모두 황토 투성이가 되었다. 나를 빼고 모두 멋지게 추었다. 그때 나는 너무 어렸으니까. 그중에서 사라피나가 제일 잘 추었다. 사라피나는 유일한 백인이었지만 누구보다도 유연하고 민첩했다. 우리 모두 마음껏 웃었다. 개들이 짖고 펄쩍 뛰어오르며 우리 주위를 빙글빙글 돌았다. 하지만 개들은 에스춤을 그다지 잘 추지 못해서 땅에 뒹굴고 배를 땅에 비비는 것이 전부였다. 개들은 전혀 뱀처럼 보이지 않았다.

에스춤을 추다 모두 지쳐 갈 무렵 할머니들은 캥거루 고기를 석탄에 구웠다. 매비스는 인어 조상님이 어떻게 땅을 만들었는지 이야기해 주었다. 조상님은 여러 개의 이름을 가지고 있었는데 매비스는 그중에서 뭉가뭉가라는 이름이 가장 훌륭하다고 했다.

나는 그날 밤에 인어 조상님의 꿈을 꾸었고, 그 뒤로도 수없이 많은 밤에 인어 조상님 꿈을 꾸었다. 조상님이 황야를 가로질러 가는 동안, 그 꼬리에서 숫자와 글자들이 반짝이며 흩어졌고, 새빨간 흙이 어지럽게 날리더니 계곡과 강과 언덕 그리고 바다가 생겨났다. 또 붉은 흙먼지가 하늘까지 솟아올라 행성과 별이 되었다. 그 후 나는 뭉가뭉가를 제일 좋아하게 되었다.

내 나이가 열 살 그리고 사라피나가 스물다섯 살 때 나는 자제력을 잃고 분노를 폭발한 적이 있다. 사라피나는 절대로 자제력을 잃으면 안 된다고 늘 말했지만 왜 그런지는 말해주지 않았다.

일주일이었지만 나도 학교에 다닌 적이 있다. 그 일주일이 처음이자 마지막이었다. 신발을 꼭 신어야 하고, 선생이 말할 때 떠들면 안 되고, 선생이 허락하지 않으면 교실 밖을 나갈 수 없는 곳. 그리고 많은 아이들과 놀이가 있고, 한 번도 들어 보지 못한 것들을 기록한 책이 있는 곳. 나는 진심으로 그곳에 머물고 싶었다.

그때 내 이름은 캐서리나 토마스. 짧게 자른 머리는 금발에 가까운 갈색으로 염색했다. 그래도 여전히 나는 나처럼 보였다.

조시 데이빗슨은 우리 반 말썽쟁이였다. 조시는 여자애들의 브래지어 끈을 잡아채고, 이년 저년 하고 부르고, 모퉁이에서 기다리다 여자애들의 가슴을 만지기도 했다. 채 생기지도 않은 가슴이었지만.

조시는 반에서 키가 제일 컸고, 힘도 제일 셌다. 나보다 훨씬 컸다. 언젠가 내 브래지어 끈을 잡아채려 했지만 나는 브래지어를 하지 않았다. 한번은 내가 화장실에서 나올 때 멍이 들 만큼 내 손목을 낚아챘다. 그때 모퉁이에서 선생님이 나타나서 나를 놓아주라고 했다. 선생님이 아니었다면 무슨 짓을 당했을지 모른다.

다음 날 조시는 내 뒤에 앉았다. 의자를 바짝 당겨 내 뒤에 딱 달라붙었다. 내 안에서 두려움과 분노가 뜨거운 불덩어리처럼 응어리졌다. 조시는 가슴을 만지려고 한 것이 아니었다. 조시는 내 허벅다리에 손을 얹고 허벅지 쪽으로 손을 밀어 넣었다. 나는 힘을 다해 허벅지와 무릎을 꽉 붙이고 있었다. 그리고 주머니 속에서 암모나이트를 꼭 쥐었다.

"다리를 벌려, 검둥아!"

조시가 내 귀에 대고 속삭였다.

내 안에서 분노가 점점 커졌다. 배 속에서 비명 소리가 터져 나왔지만 소리를 지를 수 없었다. 주머니 속의 암모나이트는 손안에 땀이 괼 만큼 뜨거워졌다. 나는 암모나이트를 더 단단히 쥐었다. 분노는 파도처럼 밀려오더니 내 몸 밖으로 나선처럼 풀려 나갔다. 피보나치수열은 아름답게 뻗어 나갔다.

'0, 1, 1, 2, 3, 5, 8, 13, 21, 34, 55, 89, 144, 233, 377, 610, 987, 1597……'

내 눈에서 빨간불이 번쩍했다. 평생 처음 느껴 보는 황홀감이 밀려왔다. 누군가 비명을 질렀다. 의사를 부르는 것 같았다. 시간이 지나고 나는 다시 볼 수 있었다. 강렬하던 빛이 사라지자 조시가 바닥에 누워 있는 것이 보였다. 소년은 꼼짝하지 않았다. 땀방울이 등골을 타고 흘렀다. 그리고 나는 기절했다.

몇 시간이 지나고 조시가 죽었다는 소식을 전해 들었다. 맥류라고 했다. 뇌혈관에 피가 엉겨 뇌로의 산소 공급이 끊겼다고. 내가 그랬을까? 나는 사라피나에게 묻지 못했다. 그날 밤 우리는 그곳을 떠났다. 그 마을을 떠났을 뿐만 아니라 그 주를 떠났다. 우리는 그 지역을 가로질러 아주 멀리 갔다. 이후 나는 다시 학교에 가지 않았다. 그리고 다시 그 이야기를 꺼내지 않았다.

그 일이 있고 나서 사라피나는 자제력을 잃으면 안 된다는 이야기를 부쩍 자주 했다. 물론 설명은 없었다. 하지만 이제 나는 안다. 내가 그 녀석의 피를 엉기게 했다. 내가 그 녀석을 죽였다. 나는 사라피나처럼 마법사이다. 하지만 사라피나는 한 번도 내게 이야기하지 않았다. 자제력을 잃거나 분노를 폭발하면 사람이 죽을 수도 있다는 이야기도 하지 않았다. 또한 마법을 사용하지 않으면 사라피나처럼 나도 미치게 될 것이고, 마법을 사용하면 스무 살을 넘기지 못하고 죽는다는 이야기도 하지 않았다. 사라피나는 마법사가 되거나 아니면 미치거나 둘 중 하나를 내가 선택하게 하지 않았다. 사라피나는 내게 아무것도 이야기해 주지 않았다.

2

나의 엄마, 사라피나

사라피나는 전혀 달라지지 않았다. 그녀는 흉하게 생긴 커다란 갈색 쿠션 위에 말없이 가만히 앉아 있었다. 사람이라기보다 석상에 가깝다. 이전에 보았던 것처럼 타월 천으로 만든 환자복을 입고 있다.

일주일 전이었다. 시간이 바로 흐르는 것인지 궁금하다. 사라피나가 자살을 시도하고 난 후에 시간은 더 빠르게 흐르거나 너무 늦게 흘렀다. 지금은 오전 11시. 하지만 내 몸은 밤이라고 말한다. 시차로 인한 피로 때문이다.

톰은 곧 익숙해질 것이라고 했다. 모두 이틀 동안 잠 한숨

못 잤지만 제이티와 톰은 벌써 시드니 시간에 적응했다. 그런데 나는 왜 그럴까? 내가 집을 빠져나올 때 제이티는 쿨쿨 자고 있었고, 톰은 보이지 않았다. 나 혼자 적응하지 못하고 있다.

캐들러 파크 면회실에는 일주일 전만큼 사람이 많지 않았지만 훨씬 더웠다. 천장에 매달린 선풍기는 시원스럽게 돌지 않았다. 바람 대신 소음을 뿌리고 있었다. 면회실 여기저기 사람들이 흩어져 있다. 처음에는 스물다섯 명이었지만 시간이 지나 열아홉 명이 되었다. 서로 방해 받지 않을 만큼 공간은 충분히 넓었다.

우리 옆에는 가끔 경련을 일으키는 희끗희끗한 머리의 부인이 있었다. 그녀는 왜 목요일이 월요일보다 문병하기 좋은지 설명하고 있었다. (부인 옆에 있는 여자는 딸인 모양이다). 목요일(Thursday)은 't'와 'h'가 함께 발음되기 때문이라고 했다. 부인의 목소리가 너무 커서 면회실 전체가 쩌렁쩌렁 울렸다. 그녀의 붉은 볼이 젖어 있다. 부인은 내가 상상하던 미친 사람의 모습 그대로다.

옆에 앉았지만 사라피나는 나를 쳐다보지도 웃어 주지도 않았다. 사라피나는 아무 표정 없이 먼 데 정신을 빼앗긴 사람처럼 보였다. 나의 삶이 바뀌었다는 것을 사라피나에게 말해 주고 싶었는데, 사라피나는 아무 말도 없다.

이제 보니 에스메랄다와 많이 닮았다. 하지만 제이슨과 닮은 구석은 찾아볼 수가 없었다. 그가 사라피나의 아버지라는 것을, 내 할아버지라는 것을 믿을 수가 없다. 왜 사라피나는 할아버지 이야기를 하지 않았을까?

바지 뒷주머니로 손을 넣어 암모나이트를 찾았다. 이 바지는 톰이 나를 위해 특별히 만들어 준 것이다. 바지 뒷주머니에는 아무것도 없었다. 암모나이트는 문 반대편, 뉴욕 거리에 떨어뜨렸다. 데니가 암모나이트를 가지고 있다면 좋겠는데.

어제 제이티가 데니에게 전화를 걸었다. 제이티는 몇 시간 동안 전화기를 붙들고 수다를 떨었다. 제이티에게 나도 데니와 통화하고 싶다고 말하고 싶었지만 한마디도 할 수 없었다. 데니는 내 안부를 묻지도 않나 보다. 나중에 나도 데니와 통화할 기회가 있겠지만 적잖이 당황했다.

아직도 월요일이다. 나는 지난 목요일에 마지막으로 데니를 보았다. 아니다, 목요일이 아니다. 그때는 뉴욕에 있었으니까, 여기 시드니 시간으로 하면 금요일. 데니를 본 지 사흘이 지났다.

나는 기운이 죽 빠져 이틀 내내 잠들어 있었다. 데니가 내 안부를 물었을 수도 있다. 하지만 제이티가 깜박하고 나를 바꿔 주는 것을 잊어버린 모양이다. 그랬을 것이다.

마법이 시간에도 영향을 미칠까? 나는 일요일 오후에 시드니에 도착했다. 겨우 여드레지만 정말이지 많은 일이 일어났다. 마법이 진짜로 존재한다는 것을 알았고, 마법의 문을 통해 다른 나라에 가서 다른 마법사들을 만나고, 친구를 만들고, 데니를 만나고, 정말로 좋은 것이 무엇인지 배웠다. 그렇게 많은 일이 여드레 만에 일어날 수 있단 말인가? 나의 세계는 이제 한 축을 중심으로 돌지 않는다. 나를 둘러싼 물리적 시간이 깨졌다. 마법은 실재하니까.

부인의 딸은 앞으로 몸을 기대고 나를 향해 고개를 까딱했다. 그리고 자기 어머니를 다시 바라보았다. 나는 사라피나의 옆모습을 보았다. 사라피나 코에 있는 주근깨를 세었다. 사라피나의 시선 닿는 곳을 나도 바라보았다.

해변에 열다섯 척의 배가 반짝이는 물살을 가르고 있다. 혹시 사라피나가 저 풍경을 보고 있는 것일까? 사라피나의 눈은 게슴츠레했다. 텅 비었다.

이 주 전 사라피나의 눈에는 생기가 넘쳤는데. 그리고 많은 계획을 담고 있었는데. 우리는 길을 떠나 네버타이어(피로가 없는 곳 :역주)로 가려고 했다. 그 이름이 너무 웃겼기 때문이다. 그때 사라피나에게는 슬픈 표정도 강박도 없었다. 옷이나 손에 묻은 얼룩 하나하나 세며 하루에도 마흔다섯 번씩 손을 씻었다. 사라피나가 미칠 것이라는 어떤 징후도 없었다. 그때는 정신을 완전히 놓지 않았다. 그리고 자살도 생각하지 않았다. 내 앞에 있는 사라피나가 옛날의 사라피나와 너무 달라 나는 새삼 충격을 받았다.

사라피나는 역동적인 사람이었다. 사라피나가 무엇을 생각하고 있는지 언제나 얼굴에 드러났다. 지금 사라피나의 표정에는 아무것도 없다. 마치 생각하기를 멈춘 것처럼. 사라피나는 사라졌다.

나는 말할까 말까 망설였다. 만약 내가 마법에 대해 알고 있다고 말한다면 사라피나를 삶 이쪽으로 끌어당길 수 있을까? 하지만 근처에 있는 두 여인 때문에 입을 열 수 없었다. 내가 그렇게 말한다면 그들은 나도 환자라 생각하겠지. 그리고 사라피나가 다시 정신을 잃을 수도 있다. 등에서 땀이 흘렀다.

“덥지 않아?”

내가 물었다. 단지 무엇인가 말하기 위해.

“그래도 해변에는 바람이 불 텐데.”

“이곳에선 절대로 창문을 열지 않아.”

중년 부인이 나를 보고 말했다.

그녀의 목소리가 너무 커 나는 주춤했다. 우리 사이에 사라피나가 앉아 있다는 것이 고마웠다. 부인의 입에는 침과 거품이 보였다. 말할 때마다 침이 튀었다.

“여기에는 절대 바람이 들어오지 않아. 저놈들은 우리가 편안하게 있는 꼴을 못 본단 말이야. 놈들이 우리를 삶아 먹으려고 해.”

우리 앞의 창문은 모두 열려 있었다. 부인이 나에게로 가까이 다가오려 했다.

“저놈들이 네게도 똑같이 했어?”

나는 멍든 얼굴에 손을 대고 고개를 저었다.

“저놈들이 네 눈알에도 바늘을 꽂았어?”

“엄마, 진정해. 여자애를 가만히 놔둬요.”

딸이 다가와서 엄마를 끌고 가며 나를 보고 인상을 썼다. 아마도 웃음을 지은 것이겠지만 피로 때문에 웃음으로 보이지 않았다.

"미안해요, 아가씨."

사라피나는 별로 더워하는 것 같지 않았다. 사라피나는 더위를 타지 않았다. 그 점은 내가 알던 사라피나 그대로이다. 사라피나의 내부를 들여다보았다. 금세 내 눈에 눈물이 차올랐다.

심장이 뛰는 것과 혈관으로 피가 달려가는 것, 대장과 위장의 운동, 위산이 분비되는 것이 보였다. 사라피나의 세포 하나하나까지 볼 수 있었다. 그녀의 몸에는 풍랑 이는 바다처럼 무질서한 움직임이 있었다. 사라피나의 패턴은 제이슨 블레이크가 내 할아버지라는 것을 확인해 주었다.

사라피나 안에 에스메랄다의 패턴과 제이슨의 패턴 그리고 그들의 DNA 패턴이 있었다. 에스메랄다와 제이슨처럼 사라피나 안에서도 마법의 패턴이 일렁인다. 사라피나의 세포와 세포를 이루는 분자들 모두 마법의 힘을 가지고 있다. 사라피나 마법에서는 기름진 흙 맛이 났다. 그것은 제이슨과 에스메랄다의 마법과도 달랐고, 제이티의 마법과도 달랐다. 그들에게서는 녹슨 냄새, 녹슨 맛이 났다. 내 혀에서 덜 익은 레몬 맛이 났다. 냄새 때문에 내 눈에 눈물이 괴었다. 사라피나가 눈을 깜빡였다. 나는 다시 사라피나의 표면을 보았다. 사라피나는 꼼짝하지 않았다.

부인의 딸이 부인을 꼭 끌어안고 자리에서 일어나 인사를 한다. 부인은 울음을 터뜨렸다.

"또 올게요, 약속해요."

그녀는 나와 눈이 마주치자 흠칫 놀란다. 그리고 부인의 눈길을 외면하고 멀어진다.

"이제 가야 해요. 다음에 올 때는 손녀를 꼭 데리고 올게요. 약속해요."

그녀는 뒤도 돌아보지 않고 걸음을 옮겼다. 부인은 통곡하기 시작했다. 울음소리가 점점 커졌다. 간호사가 와서 부인을 진정시키고 그녀의 방으로 데려갔다.

면회실은 다시 조용해졌다. 나는 사라피나의 다른 편으로 자리를 옮겼다. 그리고 용기를 내서 사라피나에게 말을 걸었다. 물어보고 싶은 것이 너무나 많았다.

내 베개 속에 있는 깃털들의 의미는 무엇일까? 어디에 쓰는 것일까? 어떻게 마법이 가능한 것일까? 나는 얼마나 더 살 수 있을까? 에스메랄다가 문 밑으로 밀어 넣었던 편지에 대해 이야기하고 싶었다. 에스메랄다가 편지를 다시 가져갔기 때문에 읽어 보지 못했다.

"나 뉴욕에 가봤어."

내가 입을 열려는 찰나 사라피나가 먼저 말했다.

"너는 이제 그 여자 편이로구나, 맞지?"

사라피나는 나를 바라보지 않았다. 목소리에는 감정도 없었다. 하지만 눈빛은 조금 더 맑아져 있었다.

"아니, 아니야."

솔직히 잘 모르겠다. 나는 에스메랄다의 지붕 아래서 살고 있다. 제이슨과의 싸움에서 에스메랄다를 도왔다. 그리고 이제 에스메랄다에게서 마법을 배운다. 그녀는 나의 베개 밑에 검은색, 자주색 깃털을 넣는다. 이 모든 것이 내가 그녀의 편이라는 증거가 될까?

"그렇다면 왜 그 바지를 입고 있는 거야?"

나는 톰이 만들어 준 초록색 바지를 내려다보았다. 한 땀 한 땀에 톰의 마법이 배어 있다. 나는 얼굴을 붉혔다.

"너는 죽을 거야. 곧 죽을 거야."

"그렇다면 엄마가 알고 있는 것을 내게 말해 줘."

나는 당당하게 말하려고 애썼다. 하지만 고통스러웠다.

"내가 할 수 있는 것이 무엇인지 말해 줘. 나는 에스메랄다를 믿지 않아. 하지만 그녀는 적어도 나에게 마법이 무엇인지 알려 주었어. 내가 그 문제를 해결하고 싶어. 엄마의 도움이 필요해."

"해결할 수 없어. 너는 일찍 죽거나 아니면 여기에서 인생을 끝내야 해. 하지만 이쪽이 훨씬 좋구나."

나는 사라피나의 말을 믿지 않았다. 분명히 다른 방법이 있을 것이다. 다른 길이 있을 것이다. 정신병원이나 죽음으로 가지 않는 다른 길이……. 나는 그 방법을 찾아내야겠다. 그 이야기를 하려고 입을 열었다. 하지만 앞서 쌓인 질문도 그 이야기도 내 입 밖으로 나가지 않았다. 대신 나는 이렇게 말했다.

"왜 나에게 거짓말했어?"

사라피나가 지그시 눈을 감았다. 눈을 뜨고 나를 보았다. 정말로 나를 보고 있었다. 자살을 시도하고 나서 처음으로 나를 보았다.

"절대 거짓말하지 않았어."

"하지만 마법은 정말이었어. 내가 봤어……."

"나는 마법을 부정함으로써 그것이 존재하지 않게 만들려고 했어. 거짓말을 한 것이 아니야."

"하지만 엄마가 나한테 한 이야기들은 뭐야? 그 집에 전기가 들어오지 않는다고 했잖아. 하지만 전기가 들어와. 그리고 그녀가 아기들을 죽여서 희생제를 지낸다고 했잖아……."

"나는 절대 거짓말하지 않았어."

"검은색과 자주색 깃털은 어디에 쓰는 거야? 그게 뭐지? 나는 얼마나 위험한 거야?"

사라피나는 가버렸다. 사라피나의 눈은 약 기운으로 다시 부옇게 변했다. 익지 않은 레몬 맛이 내 입속에 가득했다. 시큼한 냄새가 코로 파고들었다. 나는 웃음을 터뜨렸다. 볼에 눈물이 흘렀다. 시큰한 냄새와 설익은 레몬 맛이 무엇인지 깨달았다.

사라피나의 광기를 맛본 것이다.

3

마법의 문이 이상해

"최소한 쪽지라도 남기고 갔잖아."

제이티는 식빵 두 장을 꺼내 빵보다 더 두껍게 딸기잼을 발랐다. 톰은 제이티가 왜 숟가락을 들고 잼을 퍼먹지 않는지 의아했다. 제이티는 지금까지 본 적 없는 초록색 티셔츠를 입고 있었다. 아마도 리즌의 옷일 것이다. 제이티에게 옷이라고는 뉴욕에서 입고 온 겨울옷뿐이니까. 1월의 시드니에서는 아무 소용 없는 것이다. 제이티는 에스메랄다에게서 옷을 빌렸다. 테니스 반바지 두 벌과 슬리퍼.

'제이티가 그걸 뭐라고 불렀더라? 철벅이?' 얼마나 웃기는 이름인가, 톰은 어이가 없었다.

제이티는 생각도 못하고 있었지만 톰은 제이티 옷을 구상하고 있었다. 제이티는 빨간색이 잘 어울렸다. 제이티의 갈색 피부는 어떤 색이라도 잘 어울린다. 흰색이나 노란색 옷도 입을 수 있을 것이다. 피부가 흰 사람들에게는 쥐약 같은 색깔인데. (톰은 흰색, 노란색, 빨간색 옷을 입으면 안 된다는 것을 오래전에 알게 되었다.)

톰은 다시 쪽지를 읽었다. 리즌은 왜 함께 가자고 하지 않았을까? 톰의 엄마도 그곳에 있다. 그녀 역시 리즌의 엄마처럼 미쳤다. 둘이 함께라면 훨씬 견디기 수월할 것이다. 캐스가 뉴욕으로 떠나자 톰은 혼자 엄마를 보러 가야 했다. 혼자 견디기에는 너무 큰 괴로움이었다.

캐스는 달가워하지 않지만 톰은 누나가 엄청나게 보고 싶었다. 캐스는 톰의 시원찮은 설명을 귓등으로도 듣지 않았다. 톰은 어떻게 갑자기 뉴욕에 나타났을까? 왜 갑자기 가방도 챙기지 않고 시드니로 돌아갔을까? 톰과 아빠가 전화기를 붙들고 몇 시간 동안 설명했지만, 캐스는 콧방귀만 뀌었다.

톰은 캐스에게 모든 것을 털어놓고 싶었다. 왜 캐스는 알면 안 되는 것인지 이해하지 못했지만 에스메랄다는 강경했다. 톰이 물을 때마다 에스메랄다의 대답은 매번 똑같았다. '그것도 마법의 일부다. 때로는 거짓말을 해야 해.' 캐스는 분명 비밀을 지킬 것이다. 캐스에게 비밀을 만들면 그나마 남아 있는 가족 관계마저 위태롭지 않을까 톰은 걱정되었다.

"쪽지라도 있는 것이 아무것도 없는 것보다 낫잖아."

제이티가 말했다.

"그렇기는 하지. 리즌이 도망쳤다고 생각하지는 않는 거구나?"

"응, 리즌이 나를 두고 도망갈 리가 없어."

입에 잼을 한가득 물고 제이티가 말했다.

'내가 너보다 먼저 리즌을 알았단 말이야.' 라고 말해 주고 싶었지만 톰은 입 밖으로 꺼내지 않았다. 문득 톰의 머릿속에 톰이 리즌과 보낸 시간보다 제이티가 리즌과 함께 보낸 시간이 훨씬 많다는 사실이 떠올랐다. 그렇게 보면 제이티는 리즌을 참 오랫동안 알고 있었던 것이다.

"리즌은 아무것도 가져가지 않았잖아. 만약 가방도 사라졌다면……."

“리즌이 도망질치지 않았다는 얘기지?”

톰이 말을 이었다.

“네 말이 맞아, 리즌은 돌아올 거야.”

‘도망질이라고?’

제이티는 재미있다는 표정으로 톰을 바라보았다.

“뒤늦게 하는 이야기이지만, 톰 너는 리즌보다 훨씬 바보같이 말해.”

톰은 짐짓 하품을 했다.

“제이티, 로마에 가면 말이야……..”

톰은 잔에 콜라를 따르며 말했다. 에스메랄다가 집에 돌아오기 전에 콜라 병을 치워야 한다. 톰이 탄산음료를 마신 것을 알면 에스메랄다가 좋아하지 않을 것이다.

“여기는 로마가 아니라 시드니야, 톰.”

“그래, 좋아, 시드니에서는 말이야, 우리는 절대로 미국 애들처럼 바보같이 말하지 않아. ‘게우다’ 라는 말은 빼고. 그건 나도 쓰는 말이지.”

제이티가 목청을 가다듬고 높은 소리로 외쳤다.

“친―친―친구!”

제이티는 오스트레일리아 억양을 괴상하게 흉내 냈다. 톰이 여태껏 들어 보지 못한 말투다.

"친구, 네가 콜라를 마셨다는 것을 알면 에스메랄다가 너에게 다 게울 거야."

톰은 그런 의미로 말한 것이 아니었다.

"'게우다'는 화를 내다라는 뜻이 아니야. 토하다라는 뜻이야. 예를 하나 들어 줄게, '제이티는 걸신스레 잼을 먹어 대다 결국 모두 게워냈다, 엄청나게!'"

그리고 톰은 콜라를 한 모금 마시며 생각했다.

'혹시 못 먹게 해서 이렇게 맛있는 게 아닐까?'

"나는 절대로 토하지 않아, 이 바보야! '게우다'는 뉴욕에서도 '토하다'라는 뜻이야."

"네가 절대로 토하지 않는다고? 샴페인을 마시고도 말이야? 너랑 리즌이랑 뉴욕에서 매일 샴페인을 마셨다며?"

"그래도 나는 절대 게우지 않아."

"그러시던지……."

톰은 리즌이 빨리 돌아왔으면 하고 바랐다. 리즌이 옆에 있을 때에는 제이티가 이렇게까지 뾰롱뾰롱하지 않았다. 그리고 빨리 마법 수업을 시작하고 싶었다. 리즌이 잠에서 깨어나면 첫 수업을 하려고 했지만 어제는 모두 너무 지쳐 있었다. 그래서 메르는 오늘 직장에서 돌아오는 대로 시작하자고 했다. 하지만 리즌 없이 첫 수업을 할 수 없다.

뉴욕에서 톰과 손을 포개고 보여 주었던 그것은 제외해야 한다. 무서운 느낌이었다. 손이 타들어 가는 것 같았다. 다시는 하고 싶지 않았다. 하지만 그 덕에 리즌을 찾을 수 있었다.

"오늘 정말로 시작할 수 있을까? 수업 말이야."

톰이 깜짝 놀라 고개를 끄덕였다. 혹시 제이티가 톰의 마음을 읽는 것일까?

"메르가 그렇게 말했으니까."

제이티가 콧방귀를 뀌었다.

"어제도 똑같은 말을 했잖아."

"네가 곯아떨어지지만 않았어도 첫 수업은 할 수 있었을 거 아니야."

"나 때문이라고?"

제이티가 톰을 노려보며 말했다.

"하루 종일 하품만 하고 있던 게 누군데 그래?"

제이티가 지지 않고 대꾸했다.

"그건 어때?"

"뭐가 어때?"

제이티가 동그란 눈으로 톰을 보고 있었다.

"마법 수업 말이야, 바보야. 에스메랄다의 수업은 어때?"

"글쎄……."

톰은 눈을 힐긋 뜨고 제이티의 꺼벙한 옷매무새를 더듬으며 콜라를 한 모금 물고 올각올각해서 삼켰다. 마지막 한 방울까지 맛보고 싶었기 때문이다.

톰이 뭐라 대답하려는 순간 뒷문에서 굉음이 울렸다. 마치 거인이 사냥해 온 사슴을 두들겨 잡고 있는 것처럼. 톰과 제이티는 앉은 자리에서 펄쩍 뛰었다. 톰이 콜라 병을 넘어뜨려 치이— 하며 탁자 위로 콜라가 뿜어져 나왔다.

"젠장!"

"장난이 아닌데!"

제이티가 속삭였다.

이전보다 더 크게 다시 텅— 하는 소리가 들렸다. 뒷문이 흔들렸다. 에스메랄다의 '토끼털 옷깃에 발목까지 내려오는 긴 갈색 외투'가 옷걸이에서 흐늘쩍거렸다. 톰과 제이티는 마주 보았다. 그리고 문 쪽으로 조심스럽게 다가갔다. 톰은 멋대로 움직이는 자신의 몸을 통제하느라 애를 먹었다. 누군가 뒷문 너머, 뉴욕에서 톰의 몸을 끌어당기는 것 같았다. 톰은 창문 너머 무화과나무 필로메나를 보았다. 그 뒤로 차고 문이 보인다. 아롱아롱 진홍 잉꼬 한 떼가 나뭇가지 아래로 울고 있다.

"밖에서 나는 소리가 아니야. 저쪽에서 나는 소리야."'

제이티가 속삭였다.

뉴욕에서 나는 소리였다.

"제이슨 블레이크라고 생각해?"

뻔하다고 생각하면서도 톰이 물었다. 그 외에 누가 그럴 수 있을까? 제이슨 블레이크는 제이티와 리즌을 되찾고 싶은 것이다. 어린 두 마법사를 찾아내 마법의 힘을 빼앗으려는 것이다. 제이티와 리즌이 시드니로 도망쳤으니 제이슨이 기뻐하지는 않을 것이라고 생각했다. 제이티는 겁먹은 얼굴로 고개를 끄덕였다. 톰이 문을 향해 손을 뻗었다. 제이티가 톰의 팔을 찰싹 때렸다.

"바로 문밖에 제이슨이 있단 말이야. 붙잡히면 어떻게 하려고 그래?"

불가능하다는 것을 알고 있었지만 톰은 온몸이 떨렸다.

톰과 제이티는 천천히 뒷걸음질 쳤다. 어디선가 똘랑똘랑

하는 소리가 들렸다. 톰은 깜짝 놀랐지만 곧 엎질러진 콜라가 바닥에 떨어지는 소리라는 것을 깨달았다. 타일 바닥에 콜라가 흥건했다. 에스메랄다가 이 장면을 본다면 진저리칠 것이다. 톰이 바닥을 닦으려고 걸레를 집어 들었을 때 다시 텅— 하는 소리가 들렸다.

"저거 보여?"

제이티가 눈을 똥그랗게 뜨고 톰을 바라보았다.

"뭐?"

"문이 움직이고 있어!"

"뭐가 움직인다고?"

그때 톰도 보았다.

"문이 흐느적거리고 있어!"

문은 수은의 강이 출렁이는 것처럼 흐느적거렸다. 그리고 마치 유사 속에 미끄러지는 것처럼 에스메랄다의 외투가 문으로 빨려 들어가려 했다. 그 외투는 에스메랄다의 어머니가 물려준 것이었다. 톰은 외투를 구하려고 팔을 뻗었다. 하지만 제이티가 톰의 팔을 쳤다.

"하지 마!"

"깜짝이야!"

톰은 제이티를 노려보았다. 톰이 다시 문을 보았을 때, 문은
정상으로 돌아와 있었다.

"외투가 사라졌어."

제이티가 중얼거렸다.

톰은 손을 내려다보았다. 톰도 문 속으로 빨려 들어갈 뻔한
것이다. 다시 텅— 하고 굉음이 울리고 나서 커다란 쇠갈고
리로 문을 긋는 듯한 소리가 들렸다. 소름 끼쳤다. 그리고
갑자기 아무 일도 없었다는 듯 조용해졌다. 그때 제이티의
비명 소리가 들렸다. 누리끼리한 반짝이는 고무판 같은 것
이 제이티의 정강이에 들러붙었다.

"톰! 이것 좀 빨리 떼어 봐!"

톰이 달려들어 그 이상한 물건을 붙들었다. 물렁물렁하고
부드러웠다. 순간 그것은 제이티의 정강이에서 떨어져서
톰의 손에 달라붙었다. 피부 속으로 파고들려 하는 것 같았
다. 그것이 수천 개의 바늘처럼 돋은 이빨로 톰의 손을 물어
뜯으려는 듯했다. 톰이 비명을 지르며 몸부림을 했지만 소
용없었다. 괴물은 톰의 손에서 떨어지더니 보이지 않는 작
은 바퀴를 타고 가는 것처럼 부엌 바닥을 휙 가로질렀다. 톰
은 손가락이 얼얼했다. 제이티는 정강이를 붙들고 절룩이

며 괴물의 뒤를 쫓았다.

"어디로 갔어?"

"도대체 뭐야?"

톰은 바늘에 찔린 것처럼 피부 아래 피가 송송한 손가락을 내려다보았다.

"나도 몰라……."

쾅 하는 소리가 집 앞쪽에서 들렸다. 현관이다. 톰은 비명을 질렀고, 제이티는 소스라치게 놀라 톰의 손을 잡고 빙글 돌았다. 리즌이 부엌으로 걸어 들어왔다.

"세상에, 세상에, 세상에!"

제이티가 톰의 손을 놓고 성호를 그으며 말했다.

"문짝이 저 모양인데도 에스메랄다는 왜 기름칠을 안 하는 거야!"

톰은 제이티가 잡았던 손가락을 움직여 보았다.

"재수에 옴 붙은 날이로군. 짐승도 아닌 요상한 물건에 오른손을 물리더니, 얄미운 계집애가 왼손을 부러뜨릴 뻔했잖아."

"안녕."

리즌이 웃음을 띠고 톰과 제이티에게 다가왔다. 톰이 만든

바지는 리즌에게 정말 잘 어울렸다. 초록색 바지는 리즌의 눈동자 속의 초록색 작은 점들과 가마반드르한 피부색에서 영감을 받은 것이다. 그때 무슨 썩은 냄새라도 맡은 것처럼 리즌의 표정이 일그러졌다.

"도대체 무슨 냄새야? 뭐가 잘못되었어?"

톰과 제이티는 서로의 얼굴을 바라보았다. 그리고 리즌을 보았다.

"그게 나를 물었어."

"우리 공격당했어."

톰과 제이티가 동시에 말했다.

"이것 좀 봐."

톰이 오른손을 내밀었다.

"보여?"

리즌은 톰의 손가락에 송송 맺힌 핏방울을 살폈다. 그러면서도 리즌은 냄새 때문에 인상을 펴지 못했다.

"뭐가 널 물었다는 거야?"

"그게 말이야, 문틈으로 들어왔어. 그리고 에스메랄다 코트를 먹어 버렸어."

"우리 생각에는 제이슨 블레이크가 보낸 것 같아."

"그리고 네 콜라까지 뺏어 먹으려 했어?"

리즌이 식탁을 보고 물었다. 그제야 톰은 자기 손에 행주가 들려 있다는 것을 깨달았다. 톰은 식탁을 훔쳤다.

"그게 어디로 갔어? 크기는 얼마나 돼?"

"작아. 들쥐 정도? 그쯤 되지?"

제이티가 고개를 끄덕였다.

"어디로 갔는지는 모르겠어. 너무 소름 끼쳐."

제이티가 뒷문을 흘겨보았다. 톰은 머리털이 쭈뼛 서는 것 같았다.

뭔지 모르지만 엄청나게 큰 소리였다. 에스메랄다의 가르침에도 불구하고 톰은 트롤이나 버닙(오스트레일리아 전설에 나오는 습지의 식인 괴물 :역주)이 실제로 있는 것이 아닐까 생각했다. 아마도 제이슨이 불러낸 것일지도 모른다고. 리즌은 냄새를 좇으려는 듯 코앞에서 손사래를 쳤다. 톰도 크게 숨을 들이켰지만 콜라의 설탕 냄새와 나는 여우의 사향 냄새 그리고 뒷마당 나무 아래에서 발효되는 무화과 냄새뿐이었다. 리즌이 문으로 갔다.

"만지지 마!"

톰과 제이티가 한목소리로 말했다.

“문이 움직였어.”

제이티가 말했다.

“소름 끼쳐. 네 손가락이 녹을지도 몰라.”

리즌이 코를 틀어쥐고 고개를 끄덕였다.

“이쪽은 정말로 냄새가 고약하다.”

“무슨 냄새?”

“어, 그러니까…… 고무 타는 냄새에다 구토 냄새.”

“웩.”

톰이 헛구역질을 했다. 리즌은 뒷문에서 물러나 사냥개처럼 냄새를 맡으며 괴물을 추적했다. 톰과 제이티는 리즌의 뒤를 따라갔다.

“무슨 냄새가 나기는 하는 거야?”

리즌이 고개를 끄덕였다.

“문을 열자마자 냄새를 맡았어. 구역질이 나더라.”

2층으로 오르는 계단 앞에서 리즌이 걸음을 멈추었다. 세 사람은 눈으로 계단 난간을 더듬어 올라갔다. 평소보다 훨씬 길어 보였다.

“맞아, 저 위쪽에서 냄새가 나고 있어.”

제이티가 리즌의 바로 뒤에 따라붙었다. 자기도 겁쟁이가 아니라는 듯 톰이 제이티 옆에 붙어 섰다. 톰은 다친 손가락으로 난간을 쓸며 계단을 올랐다.

'똑같은 목재인데 어떻게 뒷문은 묵처럼 흐늘거릴 수 있을까?'

톰은 주머니에 손을 집어넣으며 생각했다.

"아직도 그 냄새가 나?"

톰이 물었다.

"톰, 냄새가 안 나면 그때 말해 줄게, 알겠지?"

제이티가 톰을 째려보았지만 다행히 못된 소리는 하지 않았다. 리즌은 계단 꼭대기에서 걸음을 멈추었다. 톰은 장이 꼬이는 듯했다.

집의 느낌이 완전히 달라졌다. 벽돌이 전부 점토로 변한 것처럼. 그리고 누군가 감시하고 있는 것 같았다. 톰은 눈을 들어 천장을 보았다. 아무것도 없었다. 톰은 가구에서 나는 목재 냄새와 유칼립투스 냄새 외에는 아무것도 맡을 수 없었다.

리즌이 한 걸음씩 발을 옮겼다. 제이티와 톰은 뒤에 바짝 붙어 천천히 따라갔다. 그들은 에스메랄다의 침실로 향했다. 톰이 들어가 본 적이 없는 곳이다. 리즌이 문을 열었을 때 톰의 몸에 소름이 돋았다.

'여기가 메르의 침실이다!'

방은 폭격이라도 맞은 듯했다. 옷, 책, 빈 커피 잔, 별의별 것이 흩어져서 방 안은 에넘느레하고 벽에 걸린 사진과 그림들은 모두 왜뚤삐뚤했다.

"젠장, 망할 것이 메르의 침실을 엉망으로 만들어 버렸네."

톰이 외쳤다. 제이티도 얼이 빠져서 고개를 끄덕였다.

"도대체 뭘 찾으려고 그런 것일까?"

"젠장!"

톰이 또 중얼거렸다.

방 안에 있는 물건을 전부 바닥에 꺼내 놓은 것 같았다. 침대 위에는 철 지난 잡지, 책, 커피 잔이 있고 벽에 걸린 그림들 귀퉁이는 조금씩 떨어진 흔적이 있었다.

"도대체 무엇을 찾고 있었을까?"

리즌이 웃음을 터뜨렸다.

"아니야, 에스메랄다의 방은 원래 이래. 어지르기 대장이지."

"하지만 집 안 전체는 깔끔하잖아."

제이티가 말했다.

"리타가 집안일을 돕잖아."

톰이 말했다.

"맞다, 리타는 메르의 침실에 들어오지 않으니까."

리즌은 묘기를 부리듯 난장판 사이를 제겨디디며 발코니로 갔다. 제이티도 까치발을 하고 방을 지나갔지만 하나도 짓이기지 않고 무사히 발코니에 도착할 자신은 없었다. 톰도 제이티의 뒤를 따랐다. '어떻게 에스메랄다가 옷을 이렇게 다룰 수 있을까?' 톰은 메르에게 민소매 옷을 만들어 주지 말아야겠다고 생각했다.

발코니로 가자 뜨거운 공기가 톰의 폐 속으로 밀려 들어왔다. 필로메나 가지 사이로 초록 햇살이 비친다. 매미가 번갈아 울어 고음의 벽이 밀물과 썰물처럼 부피를 더했다 스러졌다. 크고 검은 나비가 낮게 날며 톰네 마당으로 건너갔다. 톰은 손을 저어 파리를 쫓았다. 무언가 거기에 있는 것 같았다. 눈에 보이지는 않지만, 무언가 거기에 있다. 그리고 점점 자라고 있다.

"어때 사라진 것 같아?"

제이티가 물었다.

리즌과 톰은 동시에 고개를 가로저었다. 여전히 뭔가 잘못되었다. 톰이 벽돌을 만져 보았다. 잠깐 동안이지만 벽돌이

종이처럼 느껴졌다. 톰은 선뜻 손을 뗐다.

"뭐야?"

리즌과 제이티가 동시에 물었다.

"느낌이 이상해. 벽돌 같지가 않아."

톰이 발밑을 내려다보았다. 발코니의 나무 마루가 젤리처럼 변해 자신이 그 밑으로 미끄러져 떨어질 것 같았다. 뜨거운 날씨 때문에 세 사람 모두 땀에 젖었지만 제이티는 몸이 떨렸다.

"아직 여기에 있는 거지? 맞지?"

세 사람은 주변을 둘러보았다. 톰이 보기에 뒷마당은 아무 문제가 없다. 건너에 담장 위 시계풀 열매 그리고 아빠의 채소밭도 그대로다. 토마토의 버팀대도 여전했고, 반쯤 자란 상추 역시 이상이 없었다.

필로메나의 무성한 가지가 더 이상의 시야를 열어 주지 않았다. 톰은 그것이 필로메나에 올라가지 않았기를 바랐다. 필로메나가 그것의 공격을 받는 것은 상상하기도 싫었다.

"저 위다."

리즌이 지붕을 올려다보며 말했다. 그리고 구저분한 갈색

샌들을 벗어 던지고 난간에 올라섰다. 근처에 있던 작은 도마뱀이 쏜살같이 도망쳤다. 지붕에 올라서고 얼마 안 있어 비명 소리가 들렸다.

리즌이 허둥지둥 내려오다 발코니에 쿵 하고 떨어졌다. 누리끼리한 것이 리즌의 팔뚝에 붙어서 몸속으로 스며들고 있었다. 리즌이 오른손으로 떼내려고 갖은 애를 썼지만 소용없었다. 톰이 괴물을 움켜쥐었지만 손에 잡히지 않고 미끄러질 뿐이었다. 그리고 아무 소리도 없이 그것은 리즌의 몸속으로 사라졌다.

"빼내 줘! 제발 도와줘! 톰, 제이티! 내 안에서 꺼내 줘!"

리즌이 손톱을 세워 팔뚝을 쥐어뜯었다. 그것이 파고든 자리에 작은 핏방울들이 보였다.

"우리가 어떻게 할 수 있을까?"

제이티가 새파랗게 질려 말했다.

"마법을 쓰자."

톰이 리즌 옆에 무릎을 꿇고 앉았다. 이번 주 톰은 이미 마법을 사용했다. 하지만 톰에게는 다른 방법이 없었다. 리즌은 얼굴이 새파랗게 질려 땀에 흠뻑 젖어 떨고 있었다. 제이티가 톰 옆에 앉았다.

“그러지 마, 리즌. 상처가 나겠어.”
제이티가 리즌의 오른손을 잡고 말했다. 톰은 정신을 집중
하기 위해 눈을 감았다. 다시는 제이슨 블레이크가 리즌을
괴롭히지 못하게 하겠노라고 다짐했다.

4

문틈으로 괴물이

제이티는 가죽 팔찌를 팔뚝 위로 올려붙이고 마법의 힘에 정신을 집중한 후 톰을 따라 피 맺힌 리즌의 팔뚝에 손을 얹었다. 제이티 눈앞이 흐려졌다.

제이티와 톰이 리즌에게 접속하려 하자 괴물이 방해했다. 셋의 마법이 연결된다면 선명한 초록색 빛줄기가 잇닿아 있어야 하지만 한 줌도 안 되는 칙칙한 갈색 끈이 얇고도 선명하게 리즌 안에 엉겨 있다. 리즌 안에 실처럼 엉긴 마법은 괴물의 색깔과 똑같았고, 뉴욕에서 본 마법의 문 색깔과도 똑같았다.

제이티는 흑갈색 망을 향해 마법을 쏘아 괴물의 약점이 어디인지 탐색했다. 톰도 그렇게 했고, 리즌 역시 마법으로 괴물과 싸웠다. 제이티는 식은땀이 등줄기를 타고 내리는 것을 느꼈다. 제이티의 손바닥 밑에서 리즌의 팔이 점점 뜨거워졌다. 괴물의 짓이다. 리즌도 모든 방법을 동원해 침입자에 대항했다.

제이티 눈에 갈색 마법의 끈이 리즌의 몸에서 아래층으로 뻗어 내리는 것이 보였다. 분명히 뒷문에 닿았을 것이다. 제이티는 확신할 수 있었다. 그것은 뉴욕으로 연결된 것이 분명하다. 제이슨 블레이크에게 간 것이다. 제이슨은 왜 리즌을 가만 놔두지 않을까? 제이티가 갈색 끈을 붙들고 가장 약한 지점이 어디인지 알아내려 했다.

"이제 알았어."

톰이 말했다.

"이 모습은 참된 모습이 아니야. 바로 저기야."

톰은 자기가 찾은 지점을 공격했다. 그리고 리즌과 제이티가 톰을 따라 했다. 갑자기 괴물의 끈이 리즌을 잡아챘고, 리즌이 비명을 질렀다.

괴물은 리즌의 팔에서 터져 나와 발코니를 가로질러 에스메랄다의 방으로 들어갔다. 제이티는 잽싸게 일어나서 괴물의 뒤를 쫓아 아래층으로 내려갔다. 제이티가 부엌에 도착했을 때 괴물은 이미 뒷문 문틈을 통해 뉴욕으로 가고 없었다. 그에게로 돌아간 것이다.

다시 굉음과 함께 문이 흔들렸다. 커다란 녹슨 갈고리로 쇠파이프를 두드리는 듯한 소리가 메아리쳤다.

문은 다시 흐늘쩍거렸다.

제이티는 절망한 눈으로 주변을 둘러보았다. 어떻게든 괴물이 다시 오지 못하도록 막아야 했다. 제이티의 눈에 성냥갑이 들어왔다. 성냥갑 안에 약간의 마법을 넣고 뒷문 쪽으로 달려갔다. 달려오던 속력을 이기지 못하고 발이 미끄러져 갔다. 제이티는 문에 몸이 닿지 않도록 조심하며 문지방을 따라 성냥을 흩뿌렸다. 제이티는 방어막이 제대로 작동하기를 바랐다.

"괜찮은 거야?"

"괜찮아."

리즌은 아무 일 없다는 듯이 돌아다녔다. 몸속에 다른 생명체가 들어갔다 나온 사람처럼 보이지 않았다. 아주 더러운 냄새가 올라온다는 듯 거북한 표정으로 이맛살을 구기고 있는 것 빼고 괜찮아 보였다. 기진한 제이티는 콜라가 엎질러져 끈적끈적한 마룻바닥도 상관치 않고 벽에 등을 기대고 주저앉았다.

"나는 괜찮아."

리즌이 대답했다.

제이티와 톰이 눈을 마주쳤다. 톰은 어깨를 으쓱했다.

"그놈이 몸속에 있을 때에만 아팠어."

괴물에게 물어뜯긴 정강이가 아직도 욱신거렸기 때문에 제이티는 그 말을 믿을 수가 없었다.

"정말로 괜찮은 거야?"

리즌은 헛구역질을 심하게 하더니 결국에는 부엌 바닥에 게우고 말았다.

"바람을 쐬어야겠어."

제이티와 톰은 리즌이 토해 놓은 것과 끈적끈적한 콜라를 닦아냈다.

"도대체 제이슨 블레이크가 뭘 원하는 걸까?"

톰이 걸레로 바닥을 훔치며 물었다.

제이티는 제발 톰이 그의 이름을 부르지 않았으면 좋겠다고 생각했다. 제이티는 그의 이름을 불러서는 안 된다는 것을 본능적으로 알았다. 그의 이름 중에 어떤 것도 불러서는 안 된다. 이유는 모르지만 그의 이름을 부르는 것이 그를 더 강하게 만든다는 것을 알았다. 얼마나 멀리 떨어져 있는가는 중요하지 않았다. 누군가 그의 이름을 부를 때마다 혹은 그 이름을 생각할 때마다 그는 웃음을 터뜨리며 힘을 더할 것이다.

"뭘 원한다고 생각해?"

"우리의 마법?"

"맞았어."

"그런데 이 성냥으로 충분할까?"

톰이 문 밑을 가리키며 말했다. 제이티는 어깨를 으쓱했다.

"나도 잘 몰라. 어쨌든 지금은 조용하잖아. 에스메랄다는 언제 집으로 돌아온다고 그랬어?"

"곧 온다고 했어."

제이티는 식탁 위의 컵을 부엌 설거지 통에 담갔다.

"옷을 갈아입어야겠어. 콜라 투성이가 되었잖아."

제이티는 리즌의 방으로 가서 반바지와 윗도리를 챙겼다. 제이티가 입기에는 너무 촌스러웠다. 리즌은 옷에 신경 쓰지 않았다. 에스메랄다는 언제 시간을 내서 제이티와 함께 필요한 물건들을 사러 가겠노라고 했다.

일주일 전 제이티는 아빠가 죽었다는 것도, 더 이상 아빠가 자신을 쫓지 못한다는 것도 알지 못했다. 데니에게 자신이 왜 도망치고 있는지 설명하는 것은 정말로 힘든 일이었다. 그것은 그렇게 오랫동안 비밀이었다. 지금까지 리즌에게 다 말하지 못한 것도 있다. 하지만 데니는 주저 없이 제이티가 하는 말을 모두 믿었다. 제이티는 얼마나 안심이 되었는지 모른다.

아빠가 어느 날 미쳐서 제이티를 두들겨 패기 시작했다. 제이티는 알지 못할 죄책감을 느끼고 있었다. 하지만 여전히 어떻게 된 영문인지 몰랐다. 아빠는 아무 말도 하지 않았다. 그저 제이티의 마음속에 성난 모습으로 누워 침묵하고 있다. 이제 아빠는 없다. 제이티는 자신이 무엇을 잘못 했는지 알지 못했다. 하지만 그때 도망치지 않았다면 제이티는 아마 아빠에게 죽도록 얻어맞고 심하게 다쳤을 것이다. 시드니에 도착하고 이틀 동안 제이티는 하루 종일 데니와 통화했다.

데니가 항상 바랐던 것처럼 그는 농구 특기자로 뽑혀 조지타운에서 1년간 학교를 다녔다. 하지만 아빠가 죽었다는 소식에 학교를 휴학하고, 제이티를 찾아 나섰다. 농구는 원하기만 하면 언제든지 다시 시작할 수 있는 일이었다. 여자친구가 있느냐고 묻자 데니는 대충 얼버무렸다. 그 말은 친구는 여럿 있지만 애인은 없다는 뜻이다. 아무것도 변하지 않았다. 농구가 먼저, 여자친구는 다음이었다. 제이티는 데니에게 시드니에서 리즌과 톰과 함께 생활하는 이야기를 해주었다.

그 남자에게서 도망쳐서 톰과 리즌이랑 함께 살게 되자 제이티는 이제 자기 앞에도 행운이 준비되었을지 모른다고 생각했다. 하지만 언제나 그랬던 것처럼 그가 쫓아왔다. 역시 제이티의 인생에는 행운이란 존재하지 않는 것일까.

어떻게 되든 간에 결국 제이티에게 남은 시간은 몇 년 정도일 것이다. 그 생각이 머리에 떠오른 그 짧은 순간에 1초, 1초가 벽돌처럼 제이티의 머리 위에 쌓여 짓누르는 것 같았다. 맥이 풀려 온몸이 넝마 조각처럼 느껴졌다.

그가 이 집에 무슨 짓을 하고 있다. 예전이랑 느낌이 다르다. 제이티, 리즌, 톰 세 사람은 각자 다르게 느끼고 있었지만 어쨌든 이 집이 정상이 아니라는 데에는 생각이 같았다. 조그만 괴물이 이 집의 균형을 깬 것이다. 제이티는 생명체 사이의 운동성을 느낄 수 있었다. 부분적으로 누가 거짓말을 하는지 알 수 있는 것도 그것과 관련이 있었다. 정확히 말하자면, 진심으로 하는 말인가 아닌가를 알 수 있었다.

제이티가 성냥으로 방어막을 치고 나서 더 이상 텅텅 두드리는 소리나 갈고리로 문을 찍어 대는 소리는 들리지 않았다. 괴물이 완전히 사라진 것일까? 제이티가 느끼고 있는 것은 괴물이 남기고 간 흔적인가? 지진이 끝나고 나서도 계속 집이 흔들리는 느낌처럼 말이다.

괴물은 정확히 뒷문의 색깔과 똑같은 갈색이었다. 어쩌면 그것은 뒷문의 일부일 수도 있었다. 그렇다면 문이 살아 있다는 뜻일까?

제이티는 이전에도 살아 있는 나무를 본 적이 있었다. 무도장의 마룻바닥, 특히 아주 오래된 마룻바닥, 그러니까 오랜 세월 수천수만 명의 사람들이 춤추고 간 마룻바닥의 나무들은 살아 있는 것처럼 보일 때도 있었다. 무대의 나무 바닥에 군중의 마법이 오래 시간 흘러들어서 나무 바닥이 스스로 조금씩 춤을 출 수 있게 된 것이다.

한번은 뉴욕의 신발 가게에서, 발을 살짝 떼었는데 마치 마루가 그녀에게로 다가오는 것처럼 느껴졌다. 걸음을 옮길 때마다 마룻바닥이 제이티의 발에 맞춰 움직이는 것 같았다. 제이티와 함께 춤을 추고 싶어 하는 것처럼. 제이티는 그곳이 오랜 세월 무도장으로 사용되었다는 것을 단박에 알았다.

많은 사람들이 아주 오랫동안 그 위에서 춤을 추었던 것이다. 마치 마루가 제이티를 들어 올린 것처럼 정신이 아득해졌다. 제이티는 웃음을 지었다. 그때 점원 하나가 미소를 띠고 춤추는 듯한 걸음으로 제이티에게 다가왔다.

"멋진 음악이잖아요, 저절로 춤이 나오지요?"

점원이 제이티를 일으켜 세워서 한 바퀴 빙글 돌렸다. 제이티에게 신발을 가져다줄 때에도 춤을 추며 다가왔다. 음악이 여러 번 바뀌었지만 그의 춤은 멈추지 않았다. 둘은 함께 춤을 추며 가게 안을 돌며 신발을 구경했다. 팔을 휘젓고 발을 들었다가 빙글빙글 돌았다.

마룻바닥의 오래된 나무는 제이티의 발바닥을 통해서 그리고 춤추는 점원의 손을 통해서 제이티를 감싸고 있었다. 분명히 마룻바닥이 제이티를 보고 웃었다. 문에서도 똑같은 일이 일어날 수 있을 거라고 생각했다. 수백 년에 걸쳐 마법사들이 자기를 두 대륙으로 길게 잡아 늘여 놓았으니 문 입장에서는 못마땅할 수도 있겠다고 생각했다. 하지만 정말 그것이 가능할까? 만약 그렇다면 문 안에 발을 들여놓는 모든 사람들에게 화를 내야 할 것이라고 생각했다.

혹시 그가 분노한 뒷문을 이용해 시드니에 있는 이들을 공격하는 것일까? 건너편에 그가 있다는 것을 제이티는 온몸으로 알 수 있었다. 그는 이쪽에 있는 사람들을 겁주려고 뽀르르 기어 다니는 그 이상한 물건을 보냈을 것이다. 그리고 지금은 마법을 훔칠 궁리를 하고 있는 것이다. 빠른 움직임을 보면 분명히 그럴 것이다.

제이티와 톰은 리즌에게로 다가갔다. 제이티는 두려움 때문에 등골이 선뜩선뜩했다.

"에스메랄다는 어떻게 해야 할지 알고 있을 거야."

제이티가 말했다.

리즌도 제이티 말을 믿고 싶었다. 에스메랄다가 돌아와서 냄새도 없애고 뒷문도 더 튼튼히게 민들기를 바랐다. '에스메랄다는 다시는 그가 손길을 뻗치지 못하도록 할 거야' 하고 제이티는 생각했다. 제이티의 등줄기에 식은땀이 타고

내렸다. 제이티는 당장 헤엄치러 가고 싶었다. 차가운 물에
몸을 담그고 그가 이 세상에 존재한다는 사실을 잊고 싶었
다. 리즌이 이맛살을 구겼다. 아마도 웃는 표정일 거라고 제
이티는 생각했다.

"아직도 그 냄새가 나니?"

톰이 물었다.

제이티가 팔꿈치로 톰의 옆구리를 찔렀다. 입을 좀 다물고
있으라는 뜻이다. 리즌은 여전히 정신을 차릴 수 없었다. 방
금 일어난 일들을 잊고 싶었다. 제이티가 느끼기에 리즌은
보통 때와 달랐다. 리즌은 이제 톰, 제이티와 연결되어 있지
않았다.

"응, 냄새는 여전해."

리즌이 대답했다

리즌의 얼굴은 노랗게 변했다. 현관문이 열리자 모두 고개
를 들어 그쪽을 바라보았다. 에스메랄다가 서 있었다. 반짝
이는 까만 단추가 달린 회색 정장에 서류 가방을 들고 서 있
었다. 에스메랄다의 뾰족 구두 역시 반짝였다. 이렇게 더운
날 저렇게 옷을 입고 있다면 제이티는 찜통 속에 들어앉은
것 같아 견딜 수 없었을 것이다. 하지만 에스메랄다는 더운

기색도 없었다.

톰이 말하기를 에스메랄다는 마흔다섯 살이라고 했다. 하지만 제이티는 믿어지지 않았다. 에스메랄다는 훨씬 젊어 보였다. 제이티는 환하게 웃었다. 이제 긴장이 좀 풀리는 것 같다. 에스메랄다를 보니 안심이 되었다.

"메르, 다녀오셨어요."

톰이 먼저 인사했다. 톰은 절대 에스메랄다라는 이름으로 부르지 않는다. 아무도 신경 쓰지 않았지만 톰은 메르라는 이름이 에스메랄다의 애칭 중에 가장 멋지다고 생각하는 것 같았다.

"너희 모두 괜찮니?"

현관문을 닫으며 에스메랄다가 물었다. 그리고 목소리를 낮춰 말했다.

"뒷문 틈으로 괴물이 들어왔다고 말하려는 것 같구나."

톰이 고개를 끄덕였다.

"안에 들어가서 얘기를 좀 할까?"

리즌이 고개를 가로저었다.

"그럴 수 없어요, 냄새 때문에."

"냄새?"

"리즌은 괴물의 냄새를 맡을 수 있대요."

제이티가 말했다. 에스메랄다가 고개를 끄덕였다.

"잠깐 기다리렴."

청바지와 티셔츠로 갈아입고 돌아온 에스메랄다는 열다섯 살 소녀처럼 보였다. 에스메랄다가 인상을 찌푸리며 말했다.

"옆집으로 가자."

제이티는 왜 톰네 집으로 가야 하는지 의아했다. 하지만 에스메랄다는 오른쪽이 아니라 왼쪽으로 돌아섰다. 문을 열자 작은 벽돌집이 숨은 듯이 조용하게 서 있었다. 제이티는 집 근처에 이런 공간이 있으리라고 생각하지 못했다. 오늘 처음 집 옆에 빈터가 있고, 또 다른 집이 있다는 것을 알았다. 작은 정원에는 물기가 마르지 않은 화초들이 자라고 있었다. 창문이 하나 보였는데 덧창이 닫혀 있었다. 벽돌집은 세상과 완전히 단절된 공간처럼 보였다. 에스메랄다가 문 앞에서 아이들을 돌아보고 물었다.

"마법 수업을 시작할 준비가 되었니?"

"하지만 뒷문은 어떻게 하고요?"

제이티가 말했다.

"이곳에서 더 많은 것을 할 수 있어. 나를 믿으렴."

에스메랄다가 미소를 지었다.

"너희 모두 준비 되었니?"

제이티가 고개를 끄덕였다. 톰은 '네' 하고 대답했다. 리즌
은 에스메랄다의 눈을 똑바로 들여다보며 머뭇거렸다.

"잘 모르겠어요. 일단 한번 해보죠."

그만하면 충분하다는 듯 에스메랄다가 고개를 끄덕이고 문
을 열었다.

마법 수업

에스메랄다는 우리를 데리고 좁은 복도를 지나갔다. 그녀는 문을 닫고 빗장을 걸었다. 먼지 냄새뿐이었다. 제이티와 톰 그리고 내게서 나는 땀 냄새가 전부였다. 괴물의 냄새가 아직 입속에 남아 있었다. 괴물이 몸속으로 스며들었던 자리는 여전히 욱신거렸다. 체온이 보통 때보다 훨씬 높았다. 괴물이 머물렀던 자리에 열이 뭉쳐 있었다.

무엇보다 이상한 것은 괴물에게서 낯익은 느낌을 받았다는 것이다. 내게 아주 익숙한 것이었다. 내 할아버지 제이슨 블레이크가 보낸 것이라서 그런 것일까?

에스메랄다가 우리를 데리고 들어간 그 집은 정말 마녀의 집 같았다. 걸쇠가 걸린 좁은 공간은 어둡고 축축했다. 우중충한 복도 양 끝에는 딱 두 개의 문이 있었다. 에스메랄다가 우리를 향해 말했다.

"이 집에는 세 가지 규칙이 있다. 나와 함께가 아니면 절대 들어와서는 안 된다. 그리고 항상 한쪽 방향으로만 걸어야 한다. 시계 반대 방향이어야 한다."

'반시계 방향이란 말이지.' 하고 나는 생각했다. '나는 거짓말하지 않았어.' 라고 하던 사라피나의 말이 생각났다. 사라피나를 믿어야 할 것 같다. 이곳이 에스메랄다의 마법의 집이다.

에스메랄다가 짐승을 잡아 희생 제물로 바치는 곳이다. 사라피나가 말한 무서운 일을 저지른 곳이다. '나는 거짓말하지 않았어.'

"그리고 전기를 사용하면 안 돼. 작은 손전등이라도 안 된다. 이곳에서는 오로지 양초만 사용해야 해."

에스메랄다가 가방에서 양초 두 개와 성냥을 꺼냈다. 하나는 톰에게 다른 하나는 제이티에게 주었다. 그리고 시계 반대 방향으로 양초에 불을 붙였다. 왼쪽에서 오른쪽으로.

"왜요?"

내가 물었다.

"당신이 전깃불 있는 데서 마법을 쓰는 것을 보았는데요."

뉴욕에서 제이슨 블레이크와 결투를 치르던 모습을 생각했다. 네온사인과 가로등이 켜 있고, 고압전선이 지나가는 가운데 둘의 결투가 있었다.

"어느 곳에서든 마법을 쓸 수는 있어. 하지만 근처에 전류가 흐르고 있다면 훨씬 더 많은 마법을 소모하게 돼."

톰이 대답했다.

에스메랄다에게 들은 이야기를 되풀이하는 것 같았다. 에스메랄다는 고개를 끄덕이고 첫 번째 문을 열었다.

"마법에 가장 적당한 공간을 만들려고 이 집을 지었어."

촛불 아래 열리는 공간을 보고 싶었다. 제이티와 내가 한발 내디뎠다. 제이티가 내 옆에 있는 것이 힘이 되었다. 낯선 경험을 제이티와 함께하는 것이 좋았다. 사면의 벽은 바닥에서 천장까지 열다섯 개의 책장으로 빽빽했다. 책장에는 삼천육백서른다섯 권의 책이 들어 있었다.

눈에 들어오는 것이 그 정도. 바닥에는 훨씬 많은 책이 있었고, 캐비넷 안쪽이나 그 뒤쪽에 더 쌓여 있었다. 한쪽에 책상 하나와 의자 두 개가 있었다. 만약 이 집에 창문이 있다면 책장 뒤에 가려져 있을 것이다.

"도서관이다. 책, 문서, 논문, 편지, 주차권, 마법과 관련이 있거나 마법이 밴 모든 것을 모아 놓았다. 증조할머니 때부터 수집된 것들이야. 세상에 이만한 도서관이 또 있을 것이라고 생각하지 않는다."

에스메랄다는 첫 번째 문을 잠그고 두 번째 문으로 걸어갔다. 톰은 두 번째 문 앞에서 기다리고 있었다. 내 마음은 그 도서관에, 마법과 관련된 모든 것이 있다는 그 도서관에 남아 있었다. 마법은 사라피나를 미치게 만들고, 나와 제이티를 어린 나이에 죽게 할 것이다.

하지만 분명히 해결책이 있을 것이다. 마법과 광기 사이에 선택을 해야 하는 무서운 운명에 대한 대답이 있을 것이다. 그 도서관에서 대답을 찾을 수 있을 것이다. 최소한 근처까지라도 이끌어 줄 것이다.

"너희 셋에게 내가 알고 있는 마법에 관한 모든 것을 가르칠 곳이다."

'마법에 관한 모든 것이라고? 대체 지금까지 내가 알고 있는 것은 얼마나 적은 것이란 말인가?' 에스메랄다는 많은 것을 감추고 있다. 어째서 그 편지들을 다시 가져갔을까? 나는 그녀가 가르치는 모든 것을 배울 것이다. 더 많이 알아야 하니까.

두 번째 방은 세 개의 작은 책장이 있었고, 일곱 개의 상자가 쌓여 있었다. 앞서 보았던 자료가 잔뜩 쌓인 도서관만 못했다. 역시 창문은 없었다. 사람들의 눈으로부터 완전히 감춰져 있다.

방 한가운데에는 작고 둥근 탁자가 놓여 있고, 양초 하나를 꽂을 수 있는 촛대가 세 개 그리고 열세 가닥으로 가지를 뻗친 큰 촛대가 있었다. 에스메랄다와 톰은 시계 반대 방향으로 탁자를 돌아 자리를 잡고 앉았다. 톰은 이곳이 낯설지 않은 모양이다. 어떻게 행동해야 하는지 알고 있었다.

그것이 무슨 뜻일까? 톰도 동물을 죽여서 피의 희생제를 지냈단 말인가? 톰은 에스메랄다를 믿고 신뢰한다. 나는 톰을 좋아한다. 하지만 톰은 에스메랄다 편이다. 확실하게 말하지만 나는 에스메랄다 편이 아니다.

톰은 촛대에 초를 꽂았다. 그리고 커다란 촛대에 불을 옮겨 붙이기 시작했다. 물론 왼쪽에서 오른쪽으로. 이제야 모두의 얼굴이 선명하게 보인다. 톰은 제이티와 나를 보고 웃었다. 우리가 가서 자리에 앉기를 기다리는 모양이다. 카드놀이라도 하자는 듯 즐거운 표정이었다. 전기는 들어오지 않는다.

사라피나가 에스메랄다의 집에 대해 했던 이야기가 떠올랐다. 에스메랄다는 만나는 모든 남자들과 잠자리를 하고 남자의 생기를 빨아들인다고 했다. 혹시 톰도 그중의 하나일까? 그래서 톰은 에스메랄다 옆에 있으면 언제나 얼굴을 붉히는 것일까? 시드니에 도착한 후로 한 번도 에스메랄다가 남자와 데이트하는 모습을 본 적이 없다. 하지만 내가 시드니에 있었던 것은 겨우 여드레뿐이다.

이곳에 그녀가 제물로 바치는 동물들이 있을까? 쥐, 기니피그, 개, 고양이, 염소 같은 짐승들이? 그렇게 잡은 짐승의 피로 마법을 쓸까?

에스메랄다는 가난한 엄마들에게 아기를 사서 잡아먹는다고 했다. 끔찍하다. 에스메랄다를 흘긋 보았다. 웃고 있었다. 제이티와 나에게 용기를 내라는 듯이. 사라피나와 마찬가지로 순수하게 웃는다. 그런 웃음을 짓는 여자가 짐승이나 사람을 죽인다는 것은 상상하기 어려웠다. 에스메랄다가 그런 무서운 짓을 하지는 않을 것도 같았다.

어쩌면 사라피나의 거짓말은 나를 향한 것이 아닐지도 모른다. 자기 자신에게 거짓말한 것일지 모른다. 마법은 없다고 자기 자신에게 거짓말하고 싶었을 것이다. 사라피나는 에스메랄다에 대해 무서운 이야기만 들려주었다. 그것이 내 안에서 자라나 실제보다 훨씬 무서운 이야기가 된 것이다. 아니면 사라피나의 광기가 그녀를 혼란에 빠뜨렸을 수도 있다.

사라피나는 그전에도 가끔 정신이 깜빡깜빡했다. 한번은 에러바이디 언덕에서 야영을 할 때 나무가 서 있는 쪽으로만 걸어갔다. 마을로 가는 버스를 타야 한다는 말만 계속했다. 하지만 버스도 도로도 마을도 근처에는 없었다.

그렇더라도 나는 에스메랄다를 믿지 못한다. 아직도 내가 읽지 못한 편지, 에스메랄다가 다시 가져간 그 편지는 남아 있다. 그리고 내 베개 밑의 깃털도. 가장 끔찍한 것은 지하실에 미라가 된 사라피나의 고양이 르루와였다. 고양이 머리는 간신히 몸에 붙어 있었다. 나는 제이티를 흘끔 보았다. 제이티도 나처럼 문 앞에서 꼼짝 못하고 서 있었다.

제이티는 지금 무슨 생각을 하고 있을까? 제이티는 평생 마법을 사용하며 살았다. 매우 지쳐 보였다. 그 자리에 녹아내릴 것처럼 보였다. 이 모든 일이 제이티에게 어떤 영향을 미쳤을까? 오빠를 찾자마자 마법의 문을 통해 다른 대륙으로 건너왔다. 그리고 얼마 안 있어 내 할아버지가 천둥처럼 문을 두드리며 제이티를 잡으려고 했다.

"이리 오겠니? 이리 와 앉아서 무슨 일이 있었는지 내게 말해 보렴."

제이티가 먼저 움직였다. 방 안으로 한발 들여놓고 조심스럽게 시계 반대 방향으로 탁자를 돌아가 자리에 앉았다. 제이티가 에스메랄다의 옆자리에 앉았다. 나는 제이티 뒤를 따라가 하나 남은 의자에 앉았다. 탁자 밑으로 제이티가 내 손을 꼭 쥐었다. 나도 제이티의 손을 꼭 쥐었다. 제이티도 나처럼 불안한 것이다.

"무슨 일이 있었던 거니?"

에스메랄다가 다시 물었다.

"이상한 갈색 물건이 말이죠."

제이티가 말을 시작했다.

"뒷문 문틈으로 들어왔어요."

"그리고 우리를 공격했어요."

톰이 손가락을 보이며 말했다. 하지만 불빛이 너무 흐릿해서 피 맺힌 자국이 잘 보이지 않았다.

"그리고 메르의 외투를 삼켰어요."

"제이티 그것 말이야, 노란색이었어."

"아니야."

내가 말했다.

"잿빛 갈색이었어."

"아니야!"

제이티가 물러서지 않았다.

"붉은빛 도는 갈색이야. 문짝의 색깔과 똑같았어."

"모두 다르게 본 거니?"

에스메랄다가 물었다. 우리는 서로를 쳐다봤다.

"그런 것 같아요."

제이티가 말했다.

"노란색이라고?"

톰이 고개를 끄덕였다.

"밝은 노란색이었어."

"그리고 무슨 일이 있었니?"

"제가 방어막을 쳤어요."

"성냥으로 말이지? 알겠다. 몇 가지 방법을 더하면 큰 문제는 없을 것 같구나."

나는 에스메랄다를 바라보았다. 에스메랄다의 모습과 태도는 전적으로 믿을 수 있는 사람 같았다. 처음 만났어도 믿을 수 있는 사람. 사라피나가 그랬다. 사람들은 모두 사라피나에게 비밀을 털어놓았다. 사람들은 보자마자 사라피나가 절대 배신할 사람이 아니라고 믿었다. 그들의 생각은 옳았지만 다시는 사라피나를 만날 일이 없다는 것도 큰 이유였다.

'그 여자는 네게 모든 것을 믿게 만들 수 있어.' 늘 사라피나가 말했다. 에스메랄다 몰래 어떻게 도서관으로 들어갈 수 있을까? 창문은 전부 닫혀 있다. 뒷마당에서부터 침투할 방법이 있을까? 구석 쪽은 어두워서 살필 수 없었다.

에스메랄다의 열쇠가 필요하다. 서류 가방에 넣어 둘까? 아니면 어디에 둘까?

"그 냄새는 어떤 거니, 리즌?"

에스메랄다가 물었다.

내 이름을 부르는 그녀의 목소리에 깜짝 놀랐다. 사라피나와 너무 똑같았다.

나는 떨고 있었다. 두려움이 아니라 추위 때문이다. 아스팔트 도로가 녹아내리는 찌는 더위도 이 집에 아무 영향을 미치지 못했다. 이 안에는 미풍도 불지 않는다. 우리 넷이 만드는 것 외에 다른 공기의 흐름은 없다. 콘크리트 바닥에서부터 냉기가 올라왔다.

"구토 냄새랑 자동차 타이어…… 타는 냄새가 났어요. 당신은 냄새 못 맡았어요?"

내가 대답했다.

에스메랄다가 고개를 가로저었다.

"아니."

"그게 도대체 뭐죠? 우리를 공격한 괴물은 뭔가요?"

에스메랄다는 대답하지 않았다.

"제이슨 블레이크가 왜 그것을 보냈을까요?"

톰이 물었다.

"왜 리즌만 그것의 냄새를 맡을 수 있죠?"

제이티가 물었다.

"집의 느낌은 어때? 뭔가 달라졌니?"

에스메랄다가 우리 모두에게 물었다.

"리즌이 냄새 지독하다는 그 공간의 느낌은 어떠니? 너희가 보거나 느낀 것은 없니?"

톰이 고개를 끄덕였다.

"집이 이상했어요. 벽돌이라기보다 종이로 변한 것만 같아요."

"에너지가……."

제이티가 잠시 말을 멈추었다. 자기 손과 우리를 번갈아 보았다. 제이티의 시선도 시계 반대 방향으로 돌았다.

"설명하기가 참 어려운데, 집이 이상하게 변했어요. 톰이 말한 것처럼은 아니지만 뭔가 이상했어요. 잘못되었어요."

"우리의 마법이 각자 다르기 때문인 거죠?"

톰이 물었다.

"리즌과 메르를 빼고는 말이죠. 둘은 수와 관계가 있으니까요. 내 마법은 재료와 물질과 형태와 관련되어 있죠. 리즌은 아마도 냄새와 관련되어 있겠지요?"

"맞아."

에스메랄다가 대답했다.

"리즌의 마법은 수와 공감각과 관련되어 있어."

"공감각이라고요?"

"냄새를 듣는다거나 모양이나 형태를 맛본다거나 소리를

냄새 맡는다거나 하는 거요?”

톰이 말했다.

그때 나는 제이티와 에스메랄다 안에서 느껴지는 것을 생각했다. 둘은 텁텁한 녹슨 맛이 났다. 타다 꺼진 담배 냄새처럼…….

공감각이라…… 마치 병 이름 같다. 공감각증이라고 하면 말이다. 하지만 마법이 병은 아니지 않은가?

“그러면 제이티 마법은 뭐예요?”

제이티를 돌아보며 톰이 물었다.

“사람들.”

제이티가 대답했다.

“사람들 사이에 있으면 너는 더 강해지는 것을 느끼지?”

제이티가 고개를 끄덕였다.

“군중은 그냥 따로따로 떨어져 있는 개인들이 아니야. 그렇지, 제이티? 그들은 연결되어 있어.”

제이티가 다시 고개를 끄덕였다.

“일종의 거미줄처럼요. 마법으로 가득 찬 그물이죠.”

“그렇구나.”

“가끔 그 가운데에 공백이 있는 것을 제외하고요.”

“공백이라고?”

내가 물었다.

“마법이 없는 사람들이 있어.”

에스메랄다가 대답했다.

“아주 드물긴 하지만 존재하지. 마법사는 마법에 대해서만 마법을 쓸 수 있다. 다행히도 대부분의 사람들에게는 아주 적은 양의 마법이 있어.”

나는 뉴욕의 무도장을 지키고 있던 남자가 생각났다. 제이 티가 마법을 썼을 때 웃음을 터뜨렸다던 그 남자 말이다.

“그 괴물이 집 안을 바꿔 놓았어요. 우리 셋 모두 변화를 느끼고 있어요. 그 괴물이 이상하게 만든 거예요. 그런데 그게 도대체 뭐죠?”

“나는 그가 보낸 것이라고 장담할 수 있어요. 하지만 왜 우리를 물었을까요? 그리고 왜 리즌의 몸속으로 들어갔을까요?”

“나도 몰라.”

우리 셋은 눈을 동그랗게 뜨고 에스메랄다를 쳐다보았다. 에스메랄다 역시 우리를 뚫어지게 쳐다보았다.

“모른다고요?”

나는 거의 소리를 질렀다.

“확실히 알 수야 없다.”

“그러면 우리는 뭘 어떻게 해야 하지요?”

“나는 너희에게 마법을 가르쳐 주겠다. 조그만 괴물이 우리 집에 침입했다니, 어쩌면 우리에게 좋은 수업 재료가 될 것 같구나.”

“그것이 다시 침입하면 어떡해요? 걱정되지 않아요?”

내가 물었다.

“제이티의 방어막이 잘 버틸 거야. 그리고 너희 수업이 더없이 실제적으로 되겠구나. 이제 그것이 무엇인지, 어떻게 문틈으로 들어왔는지 밝혀내는 데에 초점을 맞추자.”

“제이슨 블레이크에게 전화를 걸어 물어보면 어떨까요?”

에스메랄다가 웃었다.

“내 전화를 받을지도 의문이고, 받는다 해도 제대로 대답할 것 같지 않구나.”

“그러면 그게 뭐라고 생각해요? 무슨 생각이 있을 것 아니에요?”

내가 물었다.

하지만 에스메랄다는 다른 질문으로 대답을 대신했다.

"가장 안전하게 마법을 쓰는 방법이 뭐지?"

"이미 마법을 가진 물건을 사용하는 거예요."

제이티가 손목의 가죽 팔찌를 만지작거리며 대답했다.

"이건 우리 어머니가 주신 거예요."

톰은 목에서 은 목걸이를 꺼내 보였다. 나는 두 사람이 그런 것을 하고 있는 줄은 몰랐다. 처음 보는 것이다.

"메르가 나에게 주었어."

"조상 때부터 집안에 내려오던 거야."

두 사람이 나를 쳐다보았다. 하지만 나는 고개를 흔들었다.

"나는 아무것도 가진 것이 없어."

나는 제이티의 가죽 팔찌도 톰의 은 목걸이도 이전에 본 적이 없었다. 사라피나는 보석류를 좋아하지 않았다. 날카롭기 때문이라고 했다. 몸이 상할지도 모른다고 했다. 그래서 사라피나는 나에게 암모나이트를 주었다. 나는 그것을 데니에게 남기고 왔다.

나는 늘 암모나이트를 몸에 지녔다. 낮 동안은 주머니 속에, 잘 때는 베개 밑에 넣었다. 내가 아주 어렸을 적부터 잠에서 깨어나면 제일 먼저 암모나이트를 꺼내 손에 꽉 쥐었다. 그리고 잃어버리면 항상 찾아냈다. 보통 몇 초 안에 다시 찾았다.

조시 데이빗슨을 죽일 때에도 그것은 내 손안에 있었다.

'그것이 마법의 돌이었구나.'

사라피나가 내게 말하지 않은 또 다른 진실이다.

"마법이 가득 실린 문으로 그것이 들어왔어. 내 생각에는 너희가 본 그것은 골렘이 아닌가 싶구나. 주인의 명령에 따라 움직이는 것이 아닐까."

"골렘이 뭐예요?"

내가 물었다.

"〈반지의 제왕〉에 나왔던 빌빌 기는 남자 있잖아."

톰이 말했다. 에스메랄다가 웃었다.

"골렘이란 사물이야. 옛날에는 진흙으로 빚은 것에 마법을 걸었어. 하지만 마법이 오래 지속되진 않아. 곧바로 뉴욕으로 도망친 것 같구나."

"우리가 쫓은 거예요."

제이티가 반박했다.

"그것은 문 건너편으로 연결되어 있었어요. 우리가 그 연결을 끊었어요."

"어찌되었든 오랫동안 마법을 지속하지 못했을 거야. 굉장히 빠르게 움직였지, 맞니?"

제이티가 고개를 끄덕였다.

"우리에게 뭔가 원하는 것이 있어 보였어요. 우리 안에서 뭔가 찾고 있던가요."

내가 말했다.

에스메랄다가 고개를 끄덕였다.

"마법 같은 것 말이지."

"하지만 아무것도 훔쳐 가지 않았어요."

내가 말했다. 제이슨 블레이크가 내 손에 손을 얹고 마법을 빨아들이던 느낌을 떠올렸다.

"확신할 수 있어요. 그게 어떤 느낌인지 나는 알고 있으니까요."

제이티가 인상을 썼다.

"맞아요. 그 괴물은 우리에게서 마법을 빼앗지 않았어요."

"그럴 수도 있겠지."

에스메랄다가 말했다.

"골렘은 염탐을 나왔을 수도 있어."

"정찰을 나왔다고요?"

톰이 물었다.

"그리고 제이슨 블레이크에게 보고한다는 거죠, 웩."

"그럴 수도 있지."

"그러면……."

제이티가 잠시 말을 멈추었다 다시 말을 이었다.

"괴물이 다시 침입하지 못하게 성냥보다 더 강한 마법을 써야 하지 않을까요? 우리 아버지는 언제나 작은 뼈를 이용했어요."

"뼈는 강한 흡수력을 지녔어. 마법을 충전하기에 아주 좋은 재료야."

에스메랄다가 말했다.

나는 어떻게 그 뼈를 모으는지 궁금했다. 마법사들은 닭고기를 먹을 때마다 뼈만 따로 모아 놓는 건가? 아니면 훨씬 무시무시한 방법을 쓸지도 모른다. 고양이 뼈도 작다. 아기들도 마찬가지다.

"깃털은 어때요?"

에스메랄다는 나의 질문에 별로 놀라지 않았다.

"깃털도 훌륭하지. 어두운 색깔의 깃털이면 더 좋고."

"검은색, 자주색 깃털을 베개 밑에 넣어둔 이유가 뭐죠?"

"네가 자는 동안에 너를 보호하기 위해서."

눈동자를 굴리지 않기 위해서 애를 먹었다. 제이티도 톰도 내 질문에 놀라지 않았다. 둘은 아무 말도 하지 않았다. 깃 털은 정말로 방어용으로 사용되는 모양이다.

에스메랄다가 자리에서 일어났다. 그리고 반시계 방향으로 탁자를 돌아서 상자가 쌓여 있는 곳까지 갔다. 여러 개의 상 자를 샅샅이 뒤지더니 나무로 된 작은 상자와 종이 상자를 꺼냈다. 그리고 그것을 큰 촛대 옆에 내려놓았다.

에스메랄다는 상자 뚜껑을 열어 우리에게 보여 주었다. 그 안에는 돌, 뼈, 나무 조각, 유리구슬 같은 것이 잔뜩 들어 있 었다. 바닷가에 있으면 해변에 밀려오는 표류물이나 쓰레 기처럼 보일 것들이다.

"눈을 감고 상자에 손을 넣어서 너희를 끌어당기는 물건을 꺼내라."

톰이 상자를 내게 밀었다. 시계 반대 방향으로.

"나는 이미 하나 가지고 있어."

톰은 주머니 속에서 끝이 굽은 갸름한 초록색 돌을 꺼냈다.

"이건 중국에서 만든 옥 단추야. 할머니의 할머니의 할머니 의 할머니이신 에스메랄다 밀라그로스 루스 칸시노의 것이 었어. 그분이 가장 좋아하던 외투에서 나온 것이야."

"정말 아름답구나."

내가 말했다.

나는 눈을 감고 상자 안에 손을 넣었다. 손끝에 통통거린다. 뭐가 슬며시 나를 잡아채는 것 같았다. 나는 손을 뻗었고, 어떤 금속에 손가락이 닿았다. 상자에서 꺼내 묵직한 그 물건을 살펴보았다. 촛불에 금속이 반짝였다. 금속 브로치다. 팬터그램이다. 가운데 다섯 꼭지의 별이 있고, 별 가운데 장미가 그려져 있다. 장미의 이파리는 바깥쪽으로 갈수록 점점 커진다. 나는 엄지로 팬터그램의 꼭지점을 훑었다. 그리고 각각의 꽃잎을 만져 보았다.

피보나치수열이 내 머릿속에서 튀어 올랐다. 그리고 피보나치의 비율이 떠올랐다.

'1.6180339887······.'

팬타그램의 구조에서 가장 핵심적인 요소이다. 나는 나의 암모나이트를 생각했다. 데니의 손에 안전하게 있을 암모나이트를 생각했다. 암모나이트를 손에 쥐고 있을 때의 느낌이 떠올랐다. 도대체 얼마나 여러 번 나도 알지 못하는 사이 마법을 사용했을까?

나는 제이티에게 상자를 밀었다. 제이티는 상자를 잠깐 내려다보더니 눈을 감고 상자 속으로 손을 넣었다. 그리고 나무로 된 잘 다듬어진 긴 막대기를 꺼냈다. 제이티가 킥킥거렸다.

"뭐가 그렇게 웃겨?"

내가 물었다. 제이티가 그것을 내 눈앞에 들이밀며 말했다.

"이게 뭐처럼 보여?"

끝이 둥그스름한 긴 막대기였다. 우리 둘은 키득거렸다.

"그것은 1820년 라울 칸시노가 이곳으로 가져온 것이다. 하지만 그것은 그보다 훨씬 오래되었을 거야."

에스메랄다가 말했다.

"그런데 어디에 쓰는 물건이에요?"

톰이 물었다. 제이티는 참지 못하고 웃음을 터뜨렸다. 그리고 입을 손으로 가리고 말했다.

"죄송해요."

웃음을 참지 못하고 키들키들대는 목소리였다. 제이티는 눈물까지 흘리고 있었다. 정말 참기 힘들어 보였다. 웃음은 언제나 전염성이 있다. 나도 참지 못하고 웃음을 터뜨리고 말았다.

"아마도 덜 남근적인 물건을 고르는 게 낫겠구나. 덜 우습

게 생긴 것으로 골라 보겠니?"

에스메랄다는 톰의 질문에는 대답하지 않았다.

"그게 아니면 웃음을 그칠 수 없을까? 웃음을 그치든지, 아니면 덜 남근적인 물건을 고르든지……."

"덜 남근적인?"

제이티가 다시 웃음을 터뜨렸다. 제이티는 조심스럽게 막대기를 나무 상자 안에 넣고 커다란 이빨 하나를 끄집어냈다. 굉장히 큰 고양이의 이빨처럼 보였다. 거시기처럼 보이지는 않았다. 그 광경에 웃음이 사라졌다. 다행히 사람의 이는 아니었다.

내가 처음 에스메랄다의 솔빗 안에서 발견한 서른세 개의 이빨이 생각났다. 몸이 떨렸다. 그 이빨도 마법에 사용하는 것일까? 아니면 기념품일까? 에스메랄다가 목을 가다듬고 말했다.

"마법의 첫 번째 규칙은 가능한 적게 사용하는 것이다."

내 얼굴을 똑바로 바라보며 에스메랄다가 말했다.

"이것이 가장 가르치기 어려운 것이다. 미치지 않으려면 아주 적은 양을 일주일에 한 번 사용해야 한다."

"기억하기 쉽지, 톰? 이 닦을 때마다 적은 양을 사용하지?"

“맞아요.”

톰이 말했다.

“어떻게 알아요?”

내가 끼어들었다.

“일주일에 한 번이라니요, 왜 이 주일에 한 번이나 153시간
에 한 번이 아니죠?”

“일주일에 한 번, 내 어머니도 그렇게 했고, 나도 그렇게 했
어. 네 할아버지도 그 윗대 할머니들도 그렇게 했다. 내가
조사한 바에 따르면 많은 문서들이 그렇게 기록하고 있다.
미치지 않기 위해서 일주일에 한 번, 삶을 연장하기 위해 아
주 약간의 마법을 써야 한다.”

어디에선가 읽은 내용을 그대로 옮기는 것 같았다.

“내 생각에는…….”

에스메랄다가 말을 이었다.

“사람에 따라서 약간의 차이가 있을 거야. 솔직히 실험할
수는 없었다. 실험하기에는 너무 어렵고 위험한 일이야. 마
법을 사용하는 만큼 삶은 짧아진다. 나는 할 수 있는 한 가
장 적은 양의 마법을 쓴다. 너희 둘에게도 이것은 아주 중요
할 거야.”

에스메랄다는 나와 제이티를 번갈아 보았다. 제이티가 고개를 떨어뜨렸다. 우리에게 아주 중요하고 치명적이라고 말할 필요는 없었다. 둘 다 알고 있는 사실이다. 우리는 너무 많은 마법을 사용했다.

사실 에스메랄다도 마찬가지였다. 에스메랄다에게서도 텁텁한 냄새가 나니까. 에스메랄다가 얼마나 더 살 수 있을까? 몇 달? 몇 주? 두려움을 느끼고 있을까?

"그리고 가장 적은 양을 사용하기 위해서는……."

에스메랄다가 말을 이었다.

"너희들이 반드시 이해해야 할 것이 있다. 너희 셋 모두 서로 다른 마법을 가지고 있다. 그러나 기억하렴, 모든 마법은 똑같다. 마법은 마법사가 통제할 수 있는 에너지의 체계다. 너희가 마법을 이해하기 위해 어떤 비유를 사용하든 간에……."

"비유가 뭐예요?"

제이티가 물었다.

"말하는 방식이지. 예를 들면 누군가 '돌로 된 심장을 가지고 있다'는 표현 같은 것이다."

나는 그 예가 적절하다고 생각하지 않았다. 내 할아버지는 비유가 아니라 정말로 돌로 된 심장을 가지고 있다.

"모든 마법사들은 자신의 마법을 어떤 비유를 통해 이해한다. 리즌과 나에게 마법은 수학적 형태이지. 톰은 그것을 형태나 재료로 이해한다. 예를 들면 톰이 만드는 옷처럼 말이야. 제이티 너는 마법이 사람들 사이에 이어진 힘의 그물이라고 생각하지? 우리 마법에 대해 우리가 어떤 비유를 사용하든 우리는 모두 같은 것을 하고 있다. 우리는 힘을 조정하는 거야."

"만약 그게 비유라면 말이죠……. 나는 왜 리즌이 맡는 냄새를 맡지 못하는 거죠?"

제이티가 말했다.

"비유 아닌 어떤 것도 세상에 존재하지 않아."

"네가 이해하는 그 방법대로 너는 마법을 사용한다. 네가 사용하는 비유가 너의 마법이 무엇인지 말해 주는 것이다. 비유가 현실을 만든다."

어떻게 그럴 수 있을까? 비유가 세상을 창조할 수는 없다. 우리가 세상을 이해하는 방식을 제공할 뿐이다. 그리고 가끔 길을 제공한다. 나는 사라피나에게 배운 모든 것을 동원했다. 그리고 내가 과학사에서 읽었던 모든 것을 생각했다.

옛날 사람들은 세상이 탁자나 지도처럼 평평하다고 생각했다. 끝에 닿으면 떨어질 것이라고 생각했다. 그들의 평평한 지구는 우주 한가운데 있고, 태양이 땅을 돈다고 생각했고, 천국은 하늘 위쪽에 있고, 땅 아래에는 지옥이 있다고 생각했다. 하지만 비유는 현실을 만들지 못한다. 비유는 사람들이 현실을 볼 수 없게 만드는 것이다.

코페르니쿠스가 지구는 자전하고 태양의 궤도를 돈다고 말했을 때, 당대 사람들은 두려움에 사로잡혔다. 그들은 자기들이 이해한 비유의 너머를 볼 수 없었다.

"하지만 어떻게……. 어디에서 그 비유가 오나요? 내 말은 나는 왜 이런 방법으로 마법을 사용하고 톰은 그의 방식으로 마법을 쓸 수 있어요? 군중 속에 형성된 힘의 그물을 보는 법을 아버지가 가르쳐 준 것도 아니에요. 우리는 왜 그렇게 태어난 거죠?"

"나도 모른다."

에스메랄다가 모르는 것은 많았다. 표정에서 내 생각을 읽고 그녀가 말했다.

"왜 중력은 그런 방식으로 작동하는 걸까, 리즌?"

"몰라요, 아무도 몰라요."

"어떻게 생명이 시작되는 걸까?"

나는 입을 열었다가 그냥 다물었다.

"마법에 대하여 내가 알지 못하는 것이 많다. 그리고 어떻게 작동하는 것인지도 모르지. 너희에게 알려 주는 대부분은 이론이다. 나는 경험으로 이런 이론이 좋은 이론이라고 판단한 것이지. 하지만 확신할 수 없다. 너희 손안에 있는 그 물건들은…… 최소한 100년 이상 마법 도구로 사용되었다. 이 땅에 칸시노 집안이 처음 발을 디뎠을 때 가지고 왔던 물건들도 있다. 그 남근 같은 것은 훨씬 오래된 것이지."

제이티가 웃으며 나를 바라보았다. 하지만 둘 중 누구도 웃음을 터뜨릴 수 없었다.

"우주의 어떤 에너지가 스치고 지나간 거야. 스치고 지나간 힘들이 돌에 나무에 뼈에 흡수된 것이다. 그것들에는 이미 마법이 배어 있기 때문에 너희가 그것을 이용해 마법을 사용하면 너희 힘은 더 적게 소모된다."

"그래서 에스메랄다가 오래 살 수 있었던 것이군요."

제이티가 말했다. 에스메랄다가 고개를 끄덕였다.

"그럼 왜 이 상자 전체를 사용하지 않는 거죠?"

내가 물었다.

"그래 봤자 달라지는 게 없기 때문이야."

톰이 대답했다.

"이렇게 생각해 봐. 잘 듣는 두통약이 있다고 하면 왜 그걸 스무 알씩 먹지 않는 거지? 부작용이 있기 때문이야. 두 알이 허용치야. 그렇더라도 한 알보다 효과가 더 좋은 경우도 별로 없어."

"혹시 하나 이상의 도구로 마법을 쓴 적이 있니?"

에스메랄다가 제이티에게 물었다. 제이티가 고개를 가로저었다.

"불꽃을 만들어 본 적이 있니?"

제이티가 고개를 끄덕였다.

"네 이빨과 팔찌로 빛을 만들어 보련? 될 수 있는 한 적은 양을 사용해야 해. 네가 이전에 한 번도 시도해 보지 않은 만큼 약해야 해."

에스메랄다가 고개를 끄덕였다. 톰은 앉아서 보고 있었다. 톰은 이전에 해보았다는 표정이다. 갑자기 제이티 얼굴이 밝아졌다.

제이티가 뭘 했는지 보지 못했다. 제이티 얼굴에 빛이 났다.

"충분해."

그리고 빛은 사라졌다.

"어떠니?"

"쉬워요."

제이티가 다시 대답했다.

"굉장히 쉬워요."

자기 손에 들고 있던 이빨을 들여다보며 대답했다.

"이거 제가 가져도 돼요?"

"물론. 이제부터 그것은 네 것이다."

"고마워요."

"자, 이제 네 차례다, 리즌."

나는 손안에 있는 브로치를 내려다봤다.

"내가 뭘 어떻게 해야 하죠?"

"빛의 모양, 형체에 집중해 봐. 그리고 그것을 너에게 끌어
당겨."

제이티는 숨죽이고 웃었다. 톰을 비웃는 것 같았다.

"그냥 빛을 생각해."

제이티가 말했다.

내 손안에서 브로치가 뜨거워졌다. 내 몸도 그랬다. 내 안에
서 뭔가 타오르고 있었다. 그리고 방 안 전체가 환해졌다.

"그만!"

에스메랄다가 비명을 지르듯 소리쳤다. 나는 멈췄다. 셋 모
두 나를 뚫어지게 쳐다보고 있었다.

"젠장!"

"망할!"

톰과 제이티가 동시에 말했다. 그들은 눈을 비볐다.

"너무 심하잖아."

제이티가 말했다.

"너 이번 주에 죽고 싶은 거니?"

"정말? 난 아무 느낌이 없는데."

"마법을 사용할 때, 마법을 사용한다는 느낌을 받은 적이
있었니, 리즌?"

나는 고개를 가로저었다.

"그를 죽이려고 할 때는 어땠어?"

제이티가 물었다.

"죽이려고 했던 게 아니야. 나는 그냥 자제력을 잃었고, 마
법이 그냥 내 안에서 팽창한 거야. 내가 마법을 통제한 것이

아니고, 마법이 나를 통제했던 거야. 마법은 생각하지도 않았어."

조시 대이빗슨의 경우와 똑같았다. 우리가 에스메랄다를 그 싸움에서 구해낼 때도 마법을 썼다. 지난주는 내 인생에서 가장 이상한 일주일이었다. 내 마법은 전부 우발적이었다. 나는 더 알고 싶었다. 정말 더 많이 알고 싶었다. 에스메랄다의 도서관에 꼭 가야 한다. 그 안에 있는 모든 것을 살살이 읽어야 한다. 주차권 하나까지도 읽어야 한다.

"아주 작은 빛을 생각했어야지. 태양 같은 것 말고."

톰이 말했다.

"하지만 아무 느낌이 없는걸."

"정말 아무 느낌이 없니?"

"네 할아버지에게 마법을 쓸 때도 아무 느낌이 없었니?"

'할아버지를 죽이려고 할 때도' 라고 말하지 않아서 다행이었다. 난 깊이 숨을 들이쉬었다.

"그때 갑자기 기분이 좋아졌어요. 하지만 그다음 기운이 다 빠졌죠."

나는 어깨를 으쓱하고 다시 말했다.

"하지만 지금 빛을 만들 때는 아무 느낌이 없었어요."

“정말 아무 느낌이 없어?”

“브로치가 따뜻해지는 느낌이었어요.”

내가 별종이라도 되는 것처럼 세 사람이 나를 뚫어지게 바라보았다. 내게서 눈을 떼지 않았다. 그들이 그만두기를 바랐다.

“잠깐만요, 이전에 나는 내 의지대로 마법을 쓴 적이 없었어요. 내가 하는 것이 뭔지 이전에 알지 못했다고요.”

제이티가 코웃음을 쳤다.

“너는 지금도 네가 무엇을 하는지 모르는 거야. 넌 방금 수천 와트나 되는 불빛으로 방을 밝혔다고.

“그 불꽃이 골렘을 쫓아내는 데 쓸 수 있는 것은 아니잖아.”

“아마 그럴 거다.”

에스메랄다가 말했다.

“네가 하는 일에 대해 네가 감각을 가져야 하는데, 이제 보니 리즌 너는 힘을 통제하는 법을 먼저 배워야겠다. 그리고 골렘 문제는…… 방어막을 더 치도록 하자.”

에스메랄다가 종이 상자를 열었다. 상자 안에는 깃털이 가득 들어 있었다. 검은색, 자주색, 짙은 파란색 그리고 초록색 깃털들이 있었다. 내 베개 밑에 들어 있는 것들과 똑같은 것들이었다.

"제이티 어떻게 방어막을 칠 수 있지?"

"물건에 뼈든 깃털이든 아주 작은 마법을 넣어요. 그리고 최대한 빨리 내가 보호하고 싶은 것에 갖다 놓죠. 때에 따라서는 마법이 사라지기도 해요."

"어떻게 마법을 넣는 거야?"

"불꽃을 만들 때랑 똑같이 하는 거야."

"그렇게 생각하면 된다고?"

"아주 부드럽게 조금만 생각해야 해."

에스메랄다가 말했다.

"깃털의 가벼움만큼 아주 조금……."

"핵폭탄 같은 게 아니란 말이야."

제이티가 귓속말을 했다. 에스메랄다가 일어섰다.

"자, 이제 돌아갈까?"

우리는 어둡고 차가운 집에서 빠져나와 여름날의 눈부신 햇살 속으로 들어갔다. 아스팔트 도로 위에서 빛이 터지는 것 같았다. 에스메랄다가 문을 잠그는 것을 나는 주의 깊게 보았다. 열쇠 세 개, 자물통 세 개. 다 시계 반대 방향으로 돌아간다. 우리 중 아무도 입을 열지 않고 에스메랄다의 뒤를 따랐다. 어미 닭을 쫓아가는 병아리들같이.
톰이 깃털 상자를 날랐다. 나는 브로치를 꼭 쥐었다. 여전
히 뜨거웠다.

6

그래, 깃털 때문이야

리즌이 집으로 들어가고 싶어 하지 않는다는 것을 톰은 알
았다. 별로 어려운 일이 아니었다. 리즌의 얼굴색이 희한하
게 변해 있었다. 톰은 선글라스를 코끝에 얹었다. 리즌은 파
랗게 질려 있었다.

"벌써 냄새가 나는 거야? 아직도 냄새가 남았어?"

톰이 물었다.

모두 에스메랄다의 집 밖에 서 있다. 늦은 오후 햇살은 성난
창처럼 내리꽂혔다. 서늘한 마법 교실을 나와 한낮의 더위
속으로 걸어 나오면 언제나 똑같은 충격이 있었다. 톰은 검

은 선글라스 너머로 흘긋거렸다. 금세 겨드랑이에 땀이 차고 이마와 윗입술에 땀이 송송 맺혔다. 등에서도 땀이 흘렀다. 에스메랄다는 현관문을 살펴보았다. 낡은 청바지와 평범한 검정 티셔츠를 입었을 뿐인데도 그녀는 멋있었다. 직장에 갈 때는 쪽을 찌지만 집에 돌아오면 뒷머리를 묶어 말꼬리처럼 늘어뜨린다. 화장을 진하게 하지도 않는다. 새빨간 입술연지를 바르고 다니는 그런 부류는 아니다. 톰은 에스메랄다의 모습과 폭탄 맞은 것 같은 침실이 잘 연결되지 않았다.

리즌이 고개를 끄덕였다. 그리고는 가로저었다.

"심리적인 이유인가 봐."

리즌의 안색이 조금 나아지고 있었다.

"냄새를 다시 맡을 거라고 생각해서 그런 것 같아."

리즌은 어깨를 으쓱하며 말꼬리를 흐렸다.

"그러면 대단히 기분이 나쁘겠지."

톰은 그저 말하기 위해 말했다. 자신이 바보 같다는 생각이 들었다. 에스메랄다가 일어나서 문을 열었다. 톰과 리즌이 그녀를 따라 들어갔다. 제이티가 그 뒤를 따랐다.

"냄새가 안 나."

리즌이 말했다.

방 안으로 걸어 들어가며 리즌이 킥킥거렸다. 리즌의 얼굴에 다시 짙은 파란 그림자가 드리워졌다.

"아니네, 냄새가 나네! 저쪽 부엌에서."

"좋아, 빨리 하자."

톰이 먼저 달려갔다. 톰은 뒷문 아래 흩어져 있는 성냥을 재빨리 치웠다.

"상자를 내려놔, 톰."

에스메랄다가 말했다. 톰이 깃털 상자를 바닥에 내려놓고 뚜껑을 열었다. 문틈에 괴물이 반짝이고 있었다. 모두 가만히 응시했다. 에스메랄다는 상자 옆에 쭈그리고 앉아 깃털 속에 손을 집어넣었다.

"모두 이리 오렴."

톰은 주머니 속에 옥 단추를 쥐고 다른 한 손을 상자에 넣었다. 제이티와 리즌도 상자 안에 손을 넣었다. 괴물이 문틈으로 다시 들어오려고 하는 모습을 보고 모두 말뚝처럼 굳어졌다.

톰은 어떻게 괴물이 손을 물어뜯었을까 생각했다. 날카로운 모서리도 없고, 이빨이 있는 것 같지도 않았다.

"자, 지금이다."

톰은 눈을 감고 마법의 원을 그려 상자 속으로 집어넣었다. 마법이 흘러 나가며 손가락이 기분 좋게 따끔거렸다. 마법을 쓸 때면 언제나 기분이 좋아졌다. 뉴욕에서 에스메랄다와 함께했던 것을 제외하고는 그랬다.

"그만."

에스메랄다가 상자를 들고 괴물에게 깃털을 뿌렸다. 깃털이 몸에 닿기 전에 괴물은 문틈으로 사라졌다. 에스메랄다와 리즌 그리고 제이티는 깃털로 문틈 구석구석을 채웠다. 리즌이 비명을 지르며 문에서 물러섰다.

에스메랄다가 깃털로 문틈을 채우며 말했다.

"혹시 손에 닿았니?"

"약간요."

리즌의 얼굴이 파랗게 질려 있었다. 모두 문에서 몇 걸음 물러나 뒷문을 바라보았다. 깃털은 빈틈없이 채워져 있었다. 마치 접착제로 붙여 놓은 것 같았다. 마법이다.

"다 되었다."

에스메랄다가 리즌을 돌아보았다.

"그런데 너는……."

리즌은 고개를 끄덕이고 다급히 화장실로 달려갔다. 톰은 잔을 들어 수도꼭지에 대었다. 햇볕에 데워져서 뜨뜻한 물이 쏟아졌다. 톰은 한쪽으로 컵을 치워 놓고 물이 시원해질 때까지 손을 대고 있었다. 뒷문에서 귀청이 떨어질 듯 굉음이 울렸다.

"그 사람이에요."

제이티가 외쳤다.

톰이 몸을 휙 돌렸다. 잔의 물이 바닥에 흘렀다. 커다란 짐승이 숨 쉬는 것처럼 움직였다. 문짝 표면에는 잔물결이 일었다.

이가 제대로 맞지 않은 기계 덩어리가 마찰되는 소리가 들렸다. 잡음은 다시 텅― 하는 소리로 바뀌었다. 문짝은 부엌으로 튕겨 들어올 것처럼 휘어졌다. 크고 둥그스름한 물체가 반대편에서 문을 밀고 있는 것 같았다. 에스메랄다와 제이티가 서서 그것을 바라보았다.

"다시 시작되었어요."

톰이 말했다.

"뭐야?"

리즌이 화장실 문을 닫으며 크게 소리쳤다. 리즌은 톰의 손에서 컵을 받았다. 잠깐 둘의 손이 닿았다. 톰은 소스라쳐 놀라며 손을 움츠렸다.

"왜 그래?"

리즌이 물었다. 하지만 너무 시끄러워서 리즌의 목소리는 들리지 않았다. 리즌은 입을 한 번 훔치고, 물을 꿀꺽꿀꺽 마셨다.

"왜 그랬어?"

"아무것도 아니야. 정전기 같은 거겠지."

아무것도 아닌 것이 아니었다. 리즌의 피부가 전혀 다른 것처럼 느껴졌다. 표면이 매끄럽게 연삭된 금속 같았다. 매끄럽고 차가웠다. 전혀 피부 같지 않았다.

"화가 났나 봐."

제이티의 얼굴이 상기되었다.

"우리가 보호막을 쳐서 화가 많이 났나 봐."

톰이 내려다보았다. 문짝이 그렇게 요동치고 있어도 깃털은 꼼짝도 하지 않았다.

"우리가 못 들어오게 막았으니 잔뜩 약이 오른 거야."

제이티가 큰 소리로 외쳤다.

"우리가 이긴 거야?"

문은 요동치고 있었지만 훨씬 조용해졌다. 잡음도 이상한 소리도 거의 그쳤다. 조금 전까지만 해도 거인이 큰 손으로 톰의 머리통을 쥐어짜는 것 같았지만 지금은 다 사라졌다.

"무슨 냄새가 나니, 리즌?"

에스메랄다가 물었다. 리즌은 부엌 의자에 등을 기대고 앉았다. 별로 좋아 보이지 않았다.

"이상한 것은 없어요. 냄새도 사라졌고."

"깃털 때문에 멈춘 것 같아?"

"그런 건가요?"

에스메랄다가 똑같이 말했다.

"그래, 깃털 때문이야."

에스메랄다는 피곤해 보였다. 톰은 에스메랄다의 옆에 앉았다. 앞으로 그것이 무엇인지 어떻게 알아내야 하는지 물어보려 했다.

"배고프니?"

에스메랄다가 물었다. 톰은 입을 다물었다. 굶어 죽기 일보 직전이었다. 마법을 사용하면 언제나 걸신들린 것처럼 허기가 진다.

"그래요."

제이티가 피곤하게 대답했다.

"피자 먹을까?"

에스메랄다가 물었다.

"좋아요."

제이티가 대답했다.

"리즌, 너 어디 근대 뿌리 피자를 한번 시켜 봐!"

"웁~ 이상해! 피자에 누가 근대 뿌리를 올려 먹어?"

톰의 말에 제이티가 웃음을 터뜨렸다. 리즌은 한마디도 하지 않았다.

7

늙은 마법사

나는 맛도 모르고 피자를 먹었다. 그것이 내 손에 닿았을 때 나는 무엇인가 알게 되었다. 그것이 무슨 의미일까? 앞뒤가 잘 맞지 않았다.

검지와 가운데손가락이 그것에 닿았던 짧은 순간에 나는 그것이 무엇인지 알게 되었다. 그 괴물이 왜 그렇게 익숙하게 느껴지는지를……. 손가락은 여전히 이상했다. 수많은 바늘이 신경을 끌어당기고 있었다.

짧은 순간 내가 알게 된 것…… 내 머릿속을 가득 채우고 있다. 그것은 칸시노였다. 괴물의 정체는 칸시노였다. 괴물의 패턴 한가운데에서 에스메랄다와 사라피나와 제이슨 블레이크의 핵심 패턴을 보았다. 우리는 모두 가족이다.

몸속으로 들어왔던 그 이상한 것은, 혈관과 근육에 자신의 흔적을 남기고 갔다. 내게 익숙한 것이다. 가족의 것이다. 하지만 그것은 인간은 아니었다. 무슨 뜻일까? 괴물의 정체를 알 수 없었지만, 어쨌든 인간은 아니다. 나와 같은 혈족이면서 인간이 아닐 수 있다는 것이 도대체 무슨 말일까? 무엇보다 충격적인 것은 그것의 나이였다. 그것은 우리 중 어느 누구보다 나이가 많았다. 그것은 칸시노였으며 광기가 아니라 마법사의 냄새를 피웠고, 그러면서도 아주 늙은 것이었다. 이 모든 것이 어떻게 가능한가? 나는 도서관에서 칸시노 가문이 지금까지 모아 놓은 자료를 살펴봐야 한다.

"괜찮니, 리즌?"

에스메랄다가 나를 바라보며 물었다. 오른손에 적포도주잔을 들고 있다. 제이티는 물을 마셨다. 에스메랄다가 이 사실을 안다면 어떻게 생각할까? 나는 고개를 끄덕였다. 그리고 에스메랄다를 바라보고 애써 웃음을 지었다.

"괜찮아요."

다른 사람에게 말하기 전에 내가 먼저 이 상황을 이해해야 한다. 특히 에스메랄다에게는 말할 수 없다.

"괜찮아 보이지 않는구나."

포도주 한 모금을 마시고 에스메랄다가 말했다. 잠깐 사이 에스메랄다의 이가 자주색으로 변했다.

"괜찮아요, 정말이에요. 피자가 정말 맛있네요."

피자에 빠진 것처럼 보이려고 피자 조각 하나를 들어 허겁지겁 먹었다.

"괴물 생각을 하고 있었어요. 그 무서운 냄새…… 그런데 냄새가 수학과는 어떤 관계가 있나요? 어떻게 나는 냄새의 마법을 가진 것이지요?"

"나도 몰라."

톰은 에스메랄다의 대답에 실망한 표정이 역력했다. 하지만 나는 별로 놀라지 않았다. 그녀가 알지 못하는 것은 많다. 우리가 이곳에 온 것 그리고 그녀의 지붕 아래에서 사는 것은 그녀에게 마법을 배우려는 것이다. 하지만 그녀는 지금까지 중요한 질문에 하나도 대답하지 못했다.

"그것은 물리학과 같은 거야. 아니면 생물학이나, 네가 이름 붙일 수 있는 어떤 과학의 분야와 마찬가지야. 수많은 이론들이 있다. 진화론처럼 어떤 것은 대단히 유용하지만, 그중에서 우리가 알지 못하는 엄청난 것들이 있어. 유용한 것은 한 측면이다. 우리는 세상에 얼마나 많은 종들이 있는지 알지 못하고, 새로운 박테리아나 기생 식물, 해파리들, 새로운 종들이 계속 발견되고 있어. 하지만 마법에 대한 연구는 어디에도 없다. 대부분의 마법사들은 마법에 대해 알지도 못하고 평생 자기 자신이 누구인지도 모르고 살지. 자신이 마법사라는 것을 알게 되었을 때, 그들은 죽어야 하거나 미쳐야 했지. 나처럼 마법을 잘 알고 있는 가문에서 태어나는 경우는 매우 드물어. 내 어머니는 알고 있는 모든 것을 내게 가르쳤다. 나는 내 어머니에게서 도서관에서 그리고 내 스스로의 연구를 통해서 배워 나갔다. 하지만 여전히 내가 모르는 것들이 있어. 게다가 우리에게 주어진 시간도 그다지 길지 않고."

나는 고개를 끄덕였다. 그녀의 도서관에 들어갈 궁리를 하고 있었다. 거기에서 혼자 연구할 수 있으면 좋겠다고 생각했다. 톰을 제외하면 우리 가운데 누구도 시간이 많지 않으니까. 만약 톰이 에스메랄다가 알려 준 규칙을 잘 따른다면 아마도 스무 살을 넘길 수도 있을 것이다.

마법의 힘이 정한 삶의 길이는 그 정도일 것이다. 우리가 먼저 죽고 톰 혼자 서른다섯까지 살아 있게 된다면 어떤 느낌일까? 일이 그렇게 되지 않도록 막아야겠다.

에스메랄다는 마법사의 운명을 받아들였다. 적절히 자기 인생을 살려 하지만 나는 그렇게 하지 않겠다.

"에스메랄다는 무슨 일을 하는 거예요?"

제이티가 물었다.

"내 말은, 그러니까 직업이요."

나는 제이티가 그런 질문을 하리라고는 생각지 못했다.

"보험회계사야. 위험과 보험 비용을 계산하는 일을 해."

"수학이요?"

에스메랄다가 고개를 끄덕였다.

"통계학이란다."

"그렇구나."

제이티가 말했다. 그리고 피자를 향해 돌아앉았다. 톰이 어리벙벙한 눈으로 제이티를 흘긋 보았다.

"이런 일은 이전에 없었던 거예요?"

내가 물었다.

"나는 골렘에 대해서 읽었을 뿐이야."

그녀가 어디에서 읽었는지 궁금했다. 이야기책에서? 도서관에서? 자료들 속에서? 요정 이야기 속에서? 나는 그것이 골렘이라고 생각하지 않는다. 괴물은 살이 있었다. 괴물은 나의 친족이었다. 에스메랄다에게도 제이슨 블레이크에게도 친족이었다.

"우리 이제 뭘 해야 하죠?"

톰이 물었다.

"문을 지키는 거지."

제이티가 말했다.

"괴물이 다시 들어오지 못하도록 막는 거야."

"그럼 우리는 부엌에서 자야겠네."

"잔다고?"

제이티가 눈을 동그랗게 뜨고 말했다.

"지키는 방법으로 잠자는 것은 별로 좋지 않은 방법인 것 같은데."

에스메랄다가 웃음을 터뜨렸다. 톰이 실망하는 눈빛이다.

"가능할 것 같지 않아요?"

"아주 좋은 생각인 것 같아. 뒷문에서 눈을 떼지 마라. 그리고 아주 미세한 변화라도 기록하는 거야. 만약에 방어막이 약해지는 것 같으면 보강하는 거지. 교대로 자면서 보초를

서면 될 거야."

"메르는 함께하지 않을 건가요?"

"너희를 믿는다."

에스메랄다는 나의 눈을 바라보고 웃었다.

"만약 골렘이 다시 들어온다면 내가 알 수 있을 거야. 곧바로 내려오겠다."

"여기에서 자도 되는지 아빠한테 물어보러 가겠어요. 당연히 허락하겠지만요.

우리 세 사람은 라일로(플라스틱 고무제로 된 에어 메트리스:역주), 베개, 물병을 챙겨서 부엌에 자리를 잡았다. 에스메랄다는 위층으로 올라가 잠자리에 들었다. 문은 열어 놓겠다고 했다.

자다 깃털을 건드리지 않을 만큼, 화장실 갈 때 서로 거슬리지 않을 만큼 적당한 거리를 두고 자리를 잡았다. 톰이 내 오른쪽에 제이티가 내 왼쪽에 자리 잡았다. 제이티는 자기가 문에 더 가까이 있어야 한다고 우겼다.

나는 에스메랄다의 브로치를 잠옷 위에 꽂아 놓았다. 톰도 목걸이를 벗지 않았고, 제이티 역시 가죽 팔찌를 벗지 않았

다. 새로운 마법 도구, 단추와 이빨을 베개 밑에 넣었다. 그
리고 문에서 가까운 곳에 작은 쟁반에다 닭 뼈를 담아 놓았
다. 재빨리 방어막으로 사용할 수 있도록. 나는 뚱뚱한 베개
세 개를 겹쳐 놓고 기대었다.

톰과 제이티는 벌써 이불 속에 들어갔다. 잠옷 말고 어떤 것
에도 거치적거리지 않았다. 그런데도 편안하지 않은 것이
이상했다.

톰과 제이티가 잠들면 에스메랄다의 열쇠를 손에 넣을 수
있을지, 도서관에 몰래 들어갈 수 있을지 알아보려고 갈 작
정이었다.

나무 사이로 비치는 달빛은 주방 전체에 음산한 그림자를
드리우고 있다. 제이티와 톰의 얼굴에도 음침한 그림자가
어른거린다.

"제이슨 블레이크가 뭘 원하는 것 같아? 내 말은 마법 말고
말이야. 왜 지금 갑자기 문을 부수고 넘어오려고 하는 것일
까? 왜 지금일까?"

톰이 물었다.

"그는 지금 제정신이 아닐 거야. 나와 리즌이 도망친 데다
에스메랄다가 그 싸움에서 엉덩이를 걷어찬 셈이잖아. 약

이 바짝 올랐겠지. 그러니 지금 복수를 하고 싶겠지."

"알아. 하지만 그도 마법을 쓰잖아. 맞지? 엄청나게 쓰고 있지. 문이 저렇게 움직일 정도라면 말이야. 빛을 만드는 것과 차원이 다르잖아. 왜 이렇게까지 마법을 쓰는 것일까?"

도대체 말이 되지가 않았다. 그 괴물은 칸시노였다. 어떻게 제이슨 블레이크가 그것을 사용할 수 있다는 말인가? 나는 톰에게 뭔가 말하려다 입을 다물었다. 괴물과 내가 한 핏줄이라는 것이 무슨 뜻일까? 그 골렘이 칸시노라고 말하면 둘은 뭐라 할까? 에스메랄다는 뭐라 할까? 그 이야기를 할 만큼 에스메랄다를 신뢰하지 않는다. 내가 만약 톰과 제이티에게 말하면 에스메랄다에게 말하지 않는다는 보장도 없다. 에스메랄다에게 이야기하기 전에 이 사태를 먼저 이해할 필요가 있다. 나는 그녀의 도서관에 들어가야 한다.

"진지하게 말이야, 그게 말이 안 된단 말이야."

톰이 말했다.

우리가 보호막을 치고 나서부터 그리고 우리가 불침번을 서고 나서부터 문짝은 조용해졌다. 작은 물결이 일고 있다. 달빛 아래서도 나는 제이티의 표정이 변하는 것을 볼 수 있었다.

"자, 이제 탐정 놀이는 그만하자."

제이티가 말하며 홑이불을 뒤집어썼다. 마치 제이슨으로부터 자신을 보호할 수 있기라도 한 것처럼.

"다른 이야기를 하자."

"어떤 거?"

내가 물었다.

"제이티, 네가 마법사라는 것을 언제부터 알았어?"

톰이 물었다.

"원래부터 알았어."

제이티가 말했다. 꼬치꼬치 캐묻는다고 핀잔 주지 않고 대답하는 것에 나는 놀랐다.

"아빠, 엄마 모두 마법사였어. 아빠는 내게 조금씩 작은 것들을 가르쳐 주었어. 아빠는 마법에 관한 이야기를 싫어했어. 아빠는 너도 알아야 하니까, 라고 말했어. 그리고 간단하고 짧게 알려 주었지. 무엇보다 조심해야 하는 것들……. 아빠는 내가 엄마처럼 일찍 죽기를 바라지 않는다고 했어. 그때 엄마는 열여덟이었어. 아빠는 오빠가 없을 때에만 내게 마법에 대해 이야기해 주었어. 데니는 마법사가 아니니까."

“너희 엄마는 몇 살에 데니를 낳은 거야?”

“아빠가 열여덟 살 때 엄마가 열네 살 때 데니를 낳았어.”

나는 뒷이야기를 듣지 않았다. 나는 데니 생각에 빠져들었다. 다시 한 번 데니를 보고 싶다. 남자랑 입 맞춰 본 적도 없지만, 나는 죽기 전에 데니에게 입 맞추고 싶다.

“너는 어때, 톰?”

제이티가 물었다. 내가 듣고 싶은 것은 그것이었다. 어떻게 톰이 에스메랄다의 손아귀로 떨어졌는지 알고 싶다.

“메르를 만나기 전까지 확실하지 않았어. 무슨 말인지 알지? 단지 내가 다른 사람과 뭔가 다르다는 것은 알았어.”

제이티가 콧방귀를 뀌었다.

“흥! 네가 여자애들 치마폭이나 자르고 있는 것 말이야!”

“닥치시지!”

톰이 말했다. 하지만 기분이 상한 것 같지는 않았다.

“그런 것은 별로 대단한 것이 아니지. 내가 옷을 만들면 사람들 몸에 너무 잘 맞았어. 내 말 알지? ‘너무’ 잘 맞는단 말이야. 내가 사물의 참 모습을 언제부터 보게 되었는지 기억하진 못해. 가끔 나는 사람들이 보는 것과 다르게 본다는 것을 알았어. 무슨 말인지 알지?”

나는 고개를 끄덕였다. 제이티가 말했다.

"그래?"

"원래 그렇게 했던 것 같아. 그런데 그게 뭔지는 모르고 있었던 거야."

"어떻게 에스메랄다를 만났어?"

내가 물었다.

"샤이어에 살 때 친구들이랑 영화를 보러 나갔는데…… 거리를 휘젓고 돌아다니며 빈둥거렸지. 길 가는 사람들을 괴롭히며 돌아다녔어. 일부러 사람들과 부딪히고 우연인 것처럼 꾸몄어. 그러다 메르랑 부딪쳤어. 그때 이상한 느낌이 들었어. 메르가 나를 이상하게 쳐다보았지. 그때 나는 마법이 탁 튀어 오르는 걸 느꼈어. 알지?"

제이티가 웃음을 터뜨렸다.

"오~ 그렇게 사랑이 시작된 것이구나!"

톰은 얼굴을 붉혔다. 창백한 피부가 어두워졌다. 달빛 아래였지만 그래도 보였다.

"닥치라니까! 정말 마법이었단 말이야. 무슨 말인지 알면서! 메르는 내 안에서 마법을 보았어. 그리고 나도 메르 안에서 마법을 보았지. 내 평생 동안 나와 같은 사람을 처음

보았어."

"너희 엄마 제외하고."

내가 조용히 말했다.

"사실 엄마에 대해 아는 것이 없어. 엄마는 정신병원에 있었어."

"그날 에스메랄다랑 무슨 일이 있었어?"

"메르는 화가 난 척하며 경찰을 부르겠다고 했어. 친구들은 모두 도망치고 나랑 메르가 남았어. '네가 누구인지 안다.'고 메르가 말했어. 그렇게 된 거야. 기묘한 이야기지."

"난 이해할 수 있어."

내가 말했다.

"그리고 내게 점심을 사주었어. 카페로 데려가서 마법에 대해 알려 주었어. 나는 즉각 그것이 참말이라는 것을 알 수 있었어. 우리 엄마, 아빠에 대해 많은 것을 물었지. 그리고 엄마가 왜 미쳤는지도 설명해 주었고. 그것도 단번에 이해했어."

톰은 깊이 숨을 들이쉬었다. 그리고 앞으로 자기가 할 이야기들을 제이티가 믿을지 어떨지 알아보려는 것처럼 제이티를 바라보았다.

"그때 난 사람들과 다르게 세상을 보고 있었어. 난 점점 미쳐 가고 있었지. 그때 메르가 날 구원한 거야."

"오!"

제이티가 말했다. 나도 고개를 끄덕였다.

"메르는 자기가 날 가르쳐야겠다고 했어. 캐들러 파크에서 인생을 종치지 않기 위해서 말이야. 바로 그 자리에서 메르는 빛을 만드는 방법을 가르쳐 주었어. 그리고 마법을 어떻게 사용하는지 알려 주었어. 내가 가끔 보게 되는 도형들이 사물의 참모습이란 것도 알려 주었고, 일주일에 한 번 아주 적은 양의 마법을 써야 한다는 것도. 그리고 나를 차에 태우고 샤이어로 갔어. 우리 아버지와 오랫동안 이야기했어."

"너는 운이 좋구나."

제이티가 말했다.

제이티가 제이슨 블레이크에 대해 생각하고 있다는 것이 귀에 들릴 지경이었다.

"나도 알아."

톰이 대답했다.

나는 톰의 냄새를 맡을 수 있다. 톰에게서는 제이티, 에스메랄다와 달리 녹슨 냄새도 쉰 냄새도 나지 않는다. 톰은 몇 년은 더 살 수 있을 것이다. 갑자기 깨달았다. 에스메랄다가 톰에게서 마법을 빼앗지 않았다는 것을 말이다. 왜 그랬을 까? 위급한 순간을 위해 아껴 두는 것일까?

뒷마당에 달그락거리는 소리가 들렸다. 모두 숨을 죽였다. 나는 벌떡 일어나 창으로 달려갔다. 시야에서 고양이가 사 라졌다.

"고양이야."

제이티는 허공에 그림을 그린다. 놀라는 일이 있으면 언제 나 그렇게 한다. Y축은 입과 가슴이 되고, X축은 어깨를 가 로지른다. 톰이 웃음을 터뜨렸다.

"정말 깜짝 놀랐네! 오줌 지릴 만큼 겁이 났어."

나는 다시 잠자리로 돌아왔다.

"친구들 보고 싶지 않아, 리즌? 집에서 혼자 멀리 떠나 살게 된다면 끔찍할 것 같은데."

톰이 물었다.

"친구? 나는 친구가 없어. 말했잖아, 사라피나와 나, 둘뿐이 었어. 우리는 여행을 많이 했어."

"정말 친구가 없어?"

제이티가 물었다.

"정말 없어. 오랫동안 없었지. 우리는 어디고 오래 머물지 않았으니까."

"하지만 우리는 친구잖아."

톰이 물었다.

"당연하지."

"우리는 이제 막 만났을 뿐이지만 말이야. 한곳에서 한두 주를 머문다고 해도…… 친구를 사귈 수 있을 것 같은데."

"맞아."

제이티가 말했다.

"하지만 도망다닐 때는 친구를 만들면 안 돼. 사람들을 많이 알아 두면 아빠가 나를 찾아내기 쉬우니까. 하지만 그건 굉장히 어려운 일이야. 결국 나는 내가 좋아하는 피자가게, 무도장에 친한 사람이 생겼고, 코리아타운 구석과 빨래방에 아는 사람이 생겼지. 길거리를 지나가며 눈인사를 나누다 그게 계속되면 대화를 시작하고, 그렇게 하면 거리의 모든 사람을 알게 되는 데까지 시간이 얼마 걸리지도 않아."

"우리는 사람이 많은 곳에는 절대 가지 않았어. 설명하기 어려운데…… 사라피나는 겉으로는 정말 친구처럼 행동했어. 그리고 우리는 진짜 이름을 쓰지 않았지. 이름도 가짜고 머리 색깔도 다르고 과거도 매번 새로 만들어진다면 친구를 만들기 참 어렵겠지. 사라피나와 나뿐이었어."

"학교는? 거기에서는 친구를 사귀었을 테잖아."

톰이 물었다.

"딱 한 번 학교에 갔어."

조시 데이빗슨이 생각났다.

"그런데 잘되지 않았어."

"야, 너 정말 행운아로구나."

제이티가 말했다.

"도망칠 때 제일 좋은 건 학교에 가지 않아도 된다는 거야."

"난 학교가 좋아."

톰이 말했다.

"보통 이렇게 방학이나 연휴면 학교에 가고 싶어 죽겠어."

"그럴 리 없어."

"학교는 좋은 곳이야. 나는 연극반 학생들의 의상을 만들고……."

"제발 학교 이야기는 그만해, 우릴 좀 살려 줘."

제이티가 말했다.

"저게 무슨 소리지?"

무화과나무의 가지가 거칠게 흔들렸다. 찍찍대는 고음역의 소리가 들렸다.

"박쥐야."

톰과 내가 동시에 말했다.

"굉장히 시끄럽네."

나는 웃음을 터뜨리며 말했다.

"박쥐가 고양이를 사냥하러 간 모양이야."

"이제 쥐만 있으면 되겠네."

"웃겼어."

제이티가 말하며 창문으로 달려갔다.

"봐! 싸우는 것 같다. 하나는 달아나고…… 날개가 정말 크구나. 언젠가 톰 네가 저걸 나는 여우라고 했던 것 같은데?"

"맞아."

내가 말했다.

"큰 박쥐의 얼굴은 꼭 여우처럼 생겼어."

제이티가 잠자리로 와 이불 속으로 파고들었다.

"멋지다."

"나는 여우를 먹어 본 적이 있어."

"웩, 무슨 맛이야?"

톰이 코를 찡그리고 말했다.

"정말 더러운 냄새가 나. 맛도 냄새와 똑같아. 정말, 정말, 정말 끔찍한 맛이야."

다시 조용해졌다. 나는 친구가 생겨 좋았다. 하지만 제이티는 우리 곁에 오래 있지 못할 것이다. 에스메랄다만큼이나 텁텁한 냄새가 나니까. 나도 역시 그럴 것이다. 이 운명을 바꿀 방법이 있을까?

"나중에 커서 뭘 할 거야?"

톰이 묻자 제이티가 콧방귀를 뀌었다.

"난 어른이 되지 못해, 톰! 알지? 나는 그를 먹여 살리느라 내 마법을 모두 날렸어."

"그리고 쓸데없는 돈이나 만들어내면서 마법을 썼다고."
내가 말했다.

"나 정말 바보 같지? 나는 아빠한테 반항하려고 그런 거였어. 별로 말한 적도 없었지만 아빠는 나에게 마법을 아주 조심해서 꼭 필요할 때만 써야 한다고 했어. 그래서 나는 반대로 했어. 만약 아빠가 내게 담배 피우지 말라고 했더라면……."

"하지만 어렸을 때에 너는 무엇인가 되고 싶어 했을 거 아니야. 난 언제나 옷을 만들고 싶었어. 패션 디자이너가 되고 싶었어. 기억할 수 있는 어린 시절부터 그랬어.”

제이티가 웃었다.

“나는 유명해지고 싶어…….”

“뭘 해서?”

내가 물었다.

제이티가 어깨를 으쓱했다.

“뭘 해야 하는지는 생각 안 했어. 난 그저 유명해지고 싶어.”

“유명해지려면 무엇인가 해야 해.”

톰과 제이티가 바보 같은 말을 한 것처럼 나를 쳐다보았다.

“그러면 리즌, 너는?”

제이티가 물었다.

“오지도 않을 미래에 넌 뭘 할 거야?”

“우리는 오스트레일리아를 떠나 여행을 계속하려 했어. 사라피나는 캄보디아와 앙코르와트를 보고 싶어 했지. 우리는 오스트레일리아를 다 돌았으니까, 다음에는 나머지 세상을 탐험하려 했지.”

“너하고 네 엄마하고?”

제이티가 하품하며 물었다. 톰도 하품을 했다.

"그렇구나, 일단 뉴욕은 가봤구나."

"맞아."

문 건너편에 열린 세상을 생각하며 대답했다. 나와 혈족인 그 이상한 괴물 그리고 내 할아버지의 조종을 받는 그 이상한 괴물을 생각했다. 괴물은 나의 가족이다. 톰의 생각이 맞다. 그가 무엇을 원하는 것일까? 그는 왜 그렇게 엄청난 마법을 지속적으로 사용하는 것일까?

박쥐들 사이에서 다시 싸움이 났다. 필로메나 안으로 싸우며 뛰어들었다. 가죽으로 된 날개가 움직일 때마다 공기를 흔드는 소리가 요란하다. 도시 한가운데에서, 황야에서 나는 소리를 듣는 것은 이상했다.

"제이티?"

내가 조용히 물었다. 답이 없었다.

"톰?"

"왜?"

톰이 졸린 목소리로 대답했다.

"아무것도 아니야. 난 문을 보고 있어."

"졸리면 나 깨워!"

"그래."

잠시 후 고른 숨소리가 들렸다. 나는 그들이 완전히 잠들 때까지 기다렸다. 그리고 소리 나지 않게 자리에서 일어났다. 에스메랄다의 열쇠는 그 가방 속에 있을 것이고, 그 가방은 에스메랄다 침실에 있을 것이다. 쉬운 일이 아니다. 뒷문에서 끼익 하는 소리가 났다. 나는 그 자리에 얼어붙었다. 문이 다시 물처럼 변했다. 떨리고 울렁대고 쿵쿵거렸다. 방어막으로 친 깃털을 날려 보내려는 듯했다. 톰이 투덜거리며 몸을 뒤척였다. 둘 모두 잠들어 있다. 나는 한발 더 뗐다. 문에서 새된 소리가 났다. 점점 커졌다. 인간의 날카로운 비명 소리처럼 들렸다.

"무슨 일이야?"

제이티가 일어나 앉았다.

'염병! 도서관에 가기는 틀렸군.' 하고 생각했다.

"문이!"

내가 말했다.

폭발음과 우르릉 하는 소리를 내며 문이 흔들렸다. 귀가 아플 정도로 큰 소리다. 반사적으로 귀를 손으로 막았다. 톰이 일어나 앉았다. 잠이 깬 모양이다. 문은 사납게 흔들리고 있었다. 물결치며 앞뒤로 움직였다. 할아버지는 기분이 별로

좋지 않은 모양이다. 그때 문이 갑자기 굽더니 안으로 쭉 뻗
어 와서 나를 때렸다. 끈적거렸다. 내 몸을 완전히 감싸고
나를 끌어당겼다. 고통스러웠다.
열기와 흰 얼룩과 추위가…… .
나는 문 앞에 넘어져 있다.
뉴욕이다.

8

다시 겨울의 뉴욕

입에 한가득 더럽고 축축하고 차가운 덩어리를 물었다. 팔꿈치로 몸을 일으켜 세웠다. 팔꿈치가 아팠다. 팔꿈치뿐만 아니라 온몸이 아팠다. 거푸 침을 뱉었다. 그리고 일어났다. 또 뉴욕이다. 한낮이고 겨울이고 너무 춥다. 군데군데 눈이 보인다. 어디서 고약한 냄새가 난다. 오싹하고 소름이 돋았다. 추위 때문이 아니다. 누군가 나를 보고 있었다. 제이슨 블레이크는 아니다.

계단 꼭대기 시드니와 뉴욕을 연결하는 그 문에 기대어 있는 사람은…… 도대체 뭔지 확실히 알 수 없다. 아주 늙은 것만은 분명했다. 사람인가, 아니면 괴물인가? 눈과 코와 입이 있었다. 팔과 다리도 있었다. 사람의 형상을 하고 있었지만 사람은 아니었다. 남자도 여자도 흑인도 백인도 아니었다.

옷과 피부가 하나 된 것처럼 더럽고 불결했다. 그가 나를 똑바로 바라보고 있었다. 입에서 위산을 뚝뚝 흘리며 나를 바라보고 있었다.

위산 냄새와 햇볕에 녹은 폐타이어 냄새를 피우고 있다. 에스메랄다의 문 밑으로 들어왔던 괴물과 같은 냄새다. 나와 같은 핏줄의 골렘. 하지만 이 생물체의 냄새가 훨씬 고약하다. 멀리멀리 도망치고 싶었다.

사라피나가 언제나 말했다.

"네가 겁먹었다는 사실을 상대가 알게 하면 안 돼."

일어서서 눈밭 한가운데 당당하게 서서 그를 노려보았다. 울렁거리는 배 속과 살을 에는 추위는 꾹 참았다. 잠옷 위에 꽂아 놓은 브로치를 만져 보았다. 온기가 느껴졌다.

그를 투시했다. 그가 사람이라는 것, 최소한 사람이었다는 것은 알 수 있었다. 제이슨 블레이크가 변장한 것이 아니었다. 그리고 그가 확실히 내 가족이라는 것을 알 수 있었다.

그러나 나와 같지는 않았다. 그와 나의 마법은 유사성이 있었다. 하지만 그의 마법은 나보다 훨씬 강력하다. 마치 그가 세상의 모든 것을 삼킨 것 같았다. 그에게는 흔적만 남아 있었는데, 칸시노 집안의 사람이었다는 것, 남자였다는 것을 알 수 있었다. 그의 마법이 그의 몸을 통하여 빛나고 있었다. 뼈의 아주 작은 조각까지도 마법으로 빛났다. 에스메랄다, 제이티, 톰을 합친 것보다 훨씬 더 완전한 마법으로 가득 차 있었다.

그는 늙기도 했다. 우리 나이를 모두 더한 것보다 훨씬 나이가 많았다. 몇 세기는 살았던 듯. 그의 고약한 냄새가 나를 가득 채웠다. 골렘보다 훨씬 강하다. 나는 토하지 않으려고 입을 꾹 다물었다. 덜 익은 레몬 냄새 같은 것은 나지 않았다. 사라피나에게서 나는 광기의 냄새가 그에게는 없었다. 늙었지만 미치지는 않았다. 제이슨 블레이크보다도 훨씬 고약한 경우다. 그렇게까지 오래 살려면 얼마나 많은 마법사들을 집어삼켰을까? 그 생각이 내 안에서 종양처럼 엉겼다. 분노가 터져 나왔다.

'절대 자제력을 잃으면 안 돼!'

투시를 접고 돌아왔다. 빨갛게 물결치는 세상이다. 나의 마법이 에스메랄다의 브로치로부터 소용돌이치며 그를 향해 발사되었다. 피보나치의 황금 나선이 소용돌이치며 그에게 날아갔다. 내가 죽더라도 그를 꼭 막아야 했다. 그는 가볍게 손목을 퉁겼다. 내 마법이 튀어 나와 내게 돌아와 나를 때렸다.

눈도 보이지 않고, 소리도 들리지 않았다. 순간 모든 감각을 잃었다. 완벽한 침묵, 냄새 없는 세계, 조금 전까지 내 감각을 울렸던 것들이 내 안에서 메아리가 되었다. 그 순간 내가 춥다는 것, 얇은 잠옷을 입고 맨발로 눈 위에 서 있다는 것을 깨달았다. 날카로운 바람은 살을 에었다. 그제야 나는 발밑에 울퉁불퉁한 보도를 느꼈다. 바닥에 눌어붙은 껌 얼룩, 소금, 눈 녹은 물을 느꼈다. 나는 자동차 매연, 타고 있는 스테이크 냄새를 맡았고, 자동차 경적 소리, 멀리서 울리는 음악 소리, '잠깐 기다려' 하고 외치는 여자 목소리를 들었다. 잿빛 갈색의 뉴욕 겨울을 보았다. 이제 나는 아무것도 느낄 수 없다.

그때 갑자기 내 모든 감각이 되돌아왔다. 벽을 뚫고 자동차가 튀어 들어오는 것 같았다. 목구멍 안쪽에 쓴 침이 고였다. 멀리서 헬리콥터가 날아가는 것을 얼핏 보았고, 음악 소리 위로 쿵쿵 울리는 잿빛 갈색의 냄새를 맡았다. 에스메랄다가 이것을 뭐라고 불렀더라? 공감각? 나는 눈 쌓인 오수관에 토했다.

늙은 마법사는 에스메랄다의 문에 기대 있다. 편안해 보였다. 그리고 천천히 고개를 가로저었다. 분노한 것이 아니었다. 그보다는 오히려 내게 미안해하는 것 같았다. 손 하나 까딱하는 것만으로도 나의 공격을 막아낼 수 있고, 내 모든 감각을 제어할 수 있다. 그 외에 그가 무엇을 할 수 있을까? 나를 죽일 수 있을까? 쉬울 것이다.

화를 내지 않아도 나를 죽일 수 있을 것이다. 그저 손목을 까딱하면 끝일 것이다. 한 걸음 물러났다. 하마터면 눈 위에 넘어질 뻔했다. 어떻게 해야 하는지 알 수 없었다.

그가 문을 두들겼다. 그가 보낸 골렘이 내 몸 안으로 들어왔던 것이고, 톰과 제이티를 물었던 것이다.

'절대로 두려움을 드러내지 마.'

"누구세요?"

늙은 마법사가 웃음을 터뜨렸다. 최소한 내 생각에는 웃는 것처럼 들렸다. 웃음소리는 우지직딱딱 하는 소리와 기침

소리의 중간쯤이었다. 그는 침착했다.

나는 자리에서 일어나 입을 닦았다.

"왜……."

내가 입을 여는 순간 늙은 마법사가 고개를 가로저었다. 그리고 나를 향해 무언가 쏘아 대는 것 같았다. 잠깐 사이에 나는 그가 나의 눈을 멀게 할 것이라고 생각했다. 그러나 아니었다. 나를 쫓으려고 하는 것이다. 내 마음은 그 이상이었다. 멀리 도망쳐서 다시는 그를 만나고 싶지 않았다. 나는 두려움에 사로잡혔다. 비틀거리며 서둘러 걸었다. 팔다리가 내 마음대로 움직이지 않았다. 나는 다시 입을 훔쳤다. 입안에 석탄과 토사물의 맛이 남았다. 얼굴과 옷에서 다시 한 번 먼지를 털어냈다. 눈이 아직 따끔거렸다. 심장이 쿵쾅거린다.

그 블록을 반쯤 걸어 올라갔을 때, 추위가 뼛속까지 파고들었다. 내 뒤에서 늙은 마법사의 눈초리가 느껴진다. 뒤를 돌아보았을 때, 그는 거기 없었다. 계단은 비어 있었다. 나는 반쯤 돌아 그 문으로 몇 걸음 다가갔다. 갑자기 그가 나타났다. 고개를 좌우로 흔든다. 몸속에 아드레날린이 분비된다. 몸이 뜨거워지고, 도망치라고 외치고 있다. 나는 비틀거렸다.

“얘 꼬마야, 너 괜찮니?”

몸을 돌리자 어떤 부인이 걱정스런 표정으로 날 내려다보고 있었다. 피부색이 나보다 약간 어두운 부인이었다. 그 옆에 볼이 통통하고 발그레한 아기를 태우고 유모차를 밀고 가는 부인도 있다.

“그렇게 입고 있다가는 얼어 죽을 거야.”

“괜찮아요.”

전혀 괜찮지 않았지만 그렇게 대답했다. 그들을 향해 웃어 보였다.

“미끄러졌을 뿐이에요.”

“정말 괜찮아?”

부인이 나를 찬찬히 살폈다. 그녀의 태도에서 내 모습이 상당히 위태롭게 보인다는 것을 알았다. 그래도 나는 고개를 끄덕였다. 두 번째 부인이 물었다.

“확실해? 정말 괜찮은 거야?”

그녀는 나이가 좀 더 있었다. 피부는 검지 않았고, 빨간색 외투를 입고 있었다. 두 부인은 서로 눈빛을 교환했다.

“너무 위험해 보이는데, 혹시 도움이 필요하니?”

첫 번째 부인이 물었다.

"정말 위험해 보여."

"네."

"당연하겠지."

두 번째 부인이 대답했다.

"그런 차림으로 길거리에 있으면 안 돼."

"당연히 그러면 안 되지."

쇼핑 카트를 몰고 지나가던 남자가 대답했다.

"그러다 얼어 죽을 테니까."

그 순간 나는 그 블록에 있는 모든 사람이 나를 보고 있다는 것을 깨달았다. 길 건너편 발판 위에서 작업을 하던 두 남자는 일손을 멈추고 나를 바라보고 있었다.

"무슨 일을 당한 거니?"

"아니에요, 정말 아니에요. 아무 일도 없었어요. 문이 잠긴 거예요."

나는 그들에게 말했다.

"사연이 좀 길어요. 오스트레일리아에서 놀러 왔거든요."

그들이 내 말투를 이상하다고 생각할까 봐 덧붙였다.

"지금 친구 오빠한테 전화를 걸면 될 것 같은데요. 친구 오빠 집이거든요."

나는 부들부들 떨었다. 추위 때문에 발가락이 떨어질 것만 같았다.

"여기, 내 전화기를 쓰렴."

두 번째 부인이 나에게 휴대전화를 건넸다. 나는 데니의 전화번호를 눌렀다. '피보나치수열 33번째 숫자였어. 좋은 징조야.' 하고 생각했다. 나는 징조를 믿지 않지만 지금은 믿는다. 그래야 할 것 같다. 나는 마법을 믿는 것에 익숙하지 않았다. 전화기를 귀에 바짝 대고 데니가 전화 받기를 간절히 기다렸다. 많은 사람들의 주목을 받으며 전화를 걸어야 하다니 이상한 느낌이었다. 나는 앞뒤로 조금씩 발걸음을 옮겼다. 발이 마비되지 않게 하려고. 날은 얼어붙듯 추웠고, 나는 잠옷만 입고 있다.

"여보세요? 데니? 리즌이야."

"리즌? 줄리에타 친구?"

"맞아, 나야!"

주변이 신경 쓰여 말을 멈췄다.

"문이 잠겼어. 날 데리러 올 테야?"

"뭐라고? 무슨 뜻이야?"

"문이 저절로 닫히더니 잠겼어. 그런데 난 열쇠를 집에 놓고 나왔단 말이야.”

“뭐라고? 어디에 있는 거야? 줄리에타도 함께 있어?”

“그 집 근처에 있어. 줄리에타는 함께 있지 않아.”

“대체 무슨 말이야. 그 집이라니? 너 여기에 있는 거야?”

“맞아!”

그가 사태를 파악했다는 사실에 마음이 놓여서 너무 크게
외쳤다.

“나를 좀 데리러 왔으면 좋겠어. 지금 잠옷 바람에 신발도
없어. 너무 추워. 그리고 문이 잠겼어.”

“너 정확히 어디에 있니?”

“나도 잘 모르겠어. 이스트 빌리지…… 숫자로 된 거리인
데, 어딘지 몰라. 그 집에서 아주 가까운 데야.”

“같은 거리야?”

“맞아, 같은 블록이야.”

“그럼 7번가!”

“맞아, 7번가!” 하고 나는 되풀이했다.

“좋아, 그 모퉁이에 카페가 하나 있어. 네가 있는 그 블록이
야. 길 건너지 말고 공원 쪽으로 걸어가 봐. 이름은 잊었지
만, 거기에 유리 장식장이 있는 상점인데, 머핀이 가득 있

어. 거기 있으면 몸을 녹일 수 있을 거야. 곧 갈게."

"응, 알겠어."

약속 장소가 눈에 띄기를 바랐다.

"어떻게 여기 있는 거야?"

"그게…… 이야기가 좀 길어. 난 너무 추워, 데니."

"지금 가고 있어. 그 카페에서 만나도록 하자."

나는 두 번째 부인에게 전화기를 돌려주었다.

"친구가 온다고 하니?"

"네, 모퉁이 카페에서 만나기로 했어요."

이가 딱딱 부딪쳤다. 똑바로 말하기가 어려웠다.

"유리 장식장이 있는 가게라던데요."

유모차를 끌고 가던 부인이 고개를 끄덕였다.

"티티스!"

그녀가 말했다. 그리고 유모차를 밀었다.

"이리 가야 해. 날 따라와."

옷깃 펄럭이는 빨간 외투를 입은 부인은 옷깃을 열어 나를
감싸 주었다.

"이리 오렴."

그녀가 말했다. 얼마나 차가운지 내 손을 잡아 보더니 손을

문질러 주었다.

두 부인이 나를 탁자로 데리고 갔다. 그리고 종업원에게 수
건 몇 장을 부탁했다. 그들은 나를 의자에 앉혔다. 나는 얼
음 덩어리처럼 차가운 발을 문질렀다. 종업원이 커다란 수
건을 내게 주며 말했다.
"이게 도움이 좀 될 거야."
그녀는 나를 이상한 눈으로 쳐다보았다. 다른 두 종업원도
눈을 크게 뜨고 나를 쳐다보았다. 한겨울에 누가 어린 여자
애를 맨발로 거리에 내놓고 갔는지 궁금하단 얼굴이다.
"곰답(고맙습니다)."
나는 그렇게 대답하고 타월을 받았다. 젖은 몸을 닦았다. 발
에 묻은 잔모래, 흙도 털어냈다. 그때 아기를 데리고 있는
부인이 말했다.
"이제 좀 괜찮을 것 같니? 나는 이제 가야 하는데."
"네."
내가 대답했다. 이는 계속 딱딱 부딪치고 있었다.
"몸이 따뜻해지고 있어요. 그리고 데니가 곧 이곳으로 올
거예요."

부인은 데니를 별로 탐탁하게 생각하는 것 같지 않았다. 그래도 고개를 끄덕였다.

"앞으로는 조심해야 해. 열쇠 없이 집 밖을 돌아다니고 그러면 안 돼."

"그러지 않을게요. 너무 고맙습니다."

두 부인이 마주 보고 고개를 끄덕였다. 이제 나는 전화를 빌려 준 부인의 보호 아래 들어가는 모양이다. 유모차를 끌고 가는 부인이 지나갈 수 있도록, 전화를 빌려 준 부인은 문을 붙잡아 주었다. 그리고 내 옆에 앉았다.

"따뜻한 코코아를 먹을래?"

그녀가 물었다. 나는 고개를 끄덕였다.

"네, 감사합니다."

주문대 뒤에 있던 남자에게 종업원이 주문을 외쳤고, 몸을 돌려 나를 바라보았다. 다른 종업원도 마찬가지였다. 그녀는 나를 아래위로 훑어보며 말했다.

"잠옷이야?"

"문이 잠겼어요."

"농담이겠지! 어떻게 그럴 수가 있어? 세상에!"

"내 뒤에서 그냥 문이 잠겼어요."

“너 정말 한심하구나.”

나는 고개를 끄덕였다.

“못되게 굴지 말아요!”

전화기를 빌려 준 부인이 말했다.

“이 도시 사람이 아니란 말예요. 오스트레일리아에서 왔어요.”

“그렇구나, 오스트레일리아에서는 잠옷 위에 브로치를 달고 다니니?”

“아니에요, 우리 할머니 거예요.”

여자는 주문대로 가서 따뜻한 코코아를 들고 왔다.

“우리가 내는 거야.”

“너무 고맙습니다.”

얼굴에 불안과 두려움을 드러내지 않으려고 애썼다. 이제 무엇을 해야 할지 모르겠다. 어떻게 시드니로 돌아갈 수 있을까? 마법과 광기의 문제를 해결하려면 에스메랄다의 도서관으로 돌아가야 한다. 하지만 늙은 마법사가 문을 지키고 있다. 어디서든 나를 찾아낼 수 있는 제이슨 블레이크가 어딘가에 숨어 있다면 돌아갈 방법은 없다.

데니가 도착했을 때쯤 나는 두 번째 코코아를 마시고 있었다. 그를 보자마자 격정이 밀려왔다. 몸이 뜨거워졌다. 그는 멋졌다. 그의 볼, 입술, 전부 매끄러웠다. 짧게 자른 머리도 멋졌다. 데니가 나를 발견하고 머리를 가로저었다.

나는 얼굴을 붉혔다. 고개를 숙여 흠뻑 젖은 나의 잠옷과 더러워진 발을 보았다. 데니는 이렇게 꾀죄죄할 줄은 상상도 못했나 보다.

"미안해, 좀 걸렸지. 택시를 잡기 어려워서…… 괜찮니?"

"아니, 괜찮지 않아요, 젊은이."

빨간 외투를 입은 부인이 말했다.

"젊은이가 어디 좀 따뜻한 데 데려가서 옷도 말리고 해야 할 것 같아. 욕조는 있어요? 따뜻한 물에 몸을 담그고 있으면 괜찮아질 거야. 그런데도 발가락에 푸른 기운이 돌면 의사를 만나 봐야 할 거야. 아마도 동상일 테니까."

종업원이 옆에 와서 고개를 끄덕이고 있었다. 그리고 그 모든 것이 데니의 잘못이라는 듯 데니를 보고 있었다.

"당연히 그렇게 하겠습니다."

데니가 대답했다.

부인이 고개를 끄덕였다. 그렇지만 그녀는 데니를 못 믿는 눈치였다.

"미안해, 아가씨, 외투를 돌려줘야겠네."

나는 외투를 벗어 그녀에게 돌려주었다. 부인은 내 이마에 입 맞추고 문으로 향했다. 문을 나서기 전에 그녀는 데니를 돌아보며 말했다.

"아가씨를 잘 돌봐야 해."

"그렇게 하겠습니다."

데니가 테이블 위에 돈을 올려놓고 종업원에게 감사를 표했다.

"여기요, 약소하지만……."

데니는 자기 외투를 내게 걸쳐 주고 내 손을 잡고 거리로 나왔다. 택시가 기다리고 있었다.

"제이티에게 전화를 했었어."

내가 뒷좌석 안쪽으로 들어갈 때 데니가 말했다.

"그리고 네 할머니와도 통화했어. 네가 무사하다는 이야기를 듣고 다들 안심하는 눈치였어. 너랑 통화하고 싶어 해."

"지금 내가 전화할 수 있을까? 네 손전화로?"

데니가 어리둥절한 표정을 지었다.

"내 휴대전화 말하는 거야?"

나는 고개를 끄덕였다.

데니는 후면경을 통해 운전사를 쳐다보았다.

"우리 집에 다 왔어. 집에서 전화를 걸어도 돼."

"몇 시야?"

"1시쯤."

"오후?"

데니가 고개를 끄덕였다.

이미 알고 있지만 그래도 물어보는 것이다. 그래야만 했다. 월요일 오후 1시, 그러니까 시드니는 화요일 오전 5시일 것이다. 내가 몇 시쯤에 문을 통과했을까? 뉴욕에 도착한 지 얼마나 되었을까? 30분? 40분? 나는 자고 싶었다. 일주일 전이었다면 벌써 일어나 짐을 챙겨 나갈 준비를 하고 있었을 것이다. 내가 얼마나 게을러졌는지 알면 사라피나가 놀랄 것이다.

"시드니는 새벽이겠지?"

"맞아, 아직 해도 뜨지 않았을 거야."

"어떻게 그렇게 커다란 브로치를 잠옷에 달 수 있어?"

브로치에 내 손이 올라갔다. 손가락 아래에서 브로치가 웅웅거리는 것을 느꼈다. 몸은 차가웠지만 브로치는 따뜻했다. 근처에 있는 어떤 것과 동조하는 것 같았다. 데니의 주머니 속에 있는 나의 암모나이트였다. 나는 순간 그의 몸속을 돌고 있는 피의 흐름을 느꼈다. 피의 흐름이 암모나이트를 통해 발산되어 내게 전해졌다.

그가 암모나이트를 가지고 있다. 무슨 의미가 있을까? 데니가 다시 물었다.

"그 브로치 말이야."

"할머니 거야. 나는 그러니까……."

"언제나 달고 있어야 한다는 거야?"

데니는 목소리를 낮춰 다시 물었다.

"그것, 마법 브로치야?"

"맞아."

갑자기 이불 속에서 나는 것처럼 먹먹한 음악이 흘러나왔다. 데니가 주머니에 손을 넣어 전화기를 꺼냈다. 노랫소리가 커졌다. 액정 화면을 확인하고 전화를 받았다.

"어이, 비, 어떻게 지내?"

뭔가 잘 되는 것 같지 않았다.

"아니야. 안 돼, 안 돼……. 아니야, 그런 뜻 아니야. 맞아, 그렇게 할 거야……. 에이, 참, 비!"

그가 전화를 끊고 나를 바라봤다. 어깨를 으쓱했다. 비가 누구일까? 궁금했다. 그 후 도착할 때까지 우리는 아무 말도 하지 않았다. 데니도 더 이상 아무것도 묻지 않았다. 암모나이트는 점점 따뜻해졌다. 웅웅댄다. 데니의 심장 박동은 일정했다. 나도 그럴까? 그렇지 않을 것이다.

운전사가 후면경을 통해 나를 보았다. 외투 속에 완전히 감춰지지 않은 나의 잠옷을 보았다. 내가 뉴욕을 떠난 것은 나흘 전이었다. 내가 어디에 있는지 몰랐다. 세상 반대편에 왔다는 것도 몰랐고, 여기가 미합중국이라는 것도 몰랐다. 그때 나는 아무것도 몰랐고, 아무도 몰랐다.

여전히 춥다. 이가 딱딱 부딪치는 소리에 머리통이 울렸다. 나는 늙은 마법사를 생각하고 있었다. 내 몸을 부수지도 않고 어떻게 문 안으로 잡아당길 수 있었을까? 아프다. 온몸이 아프지만 그래도 내 몸은 온전히 한 덩어리로 있다. 문짝의 분자들을 조정해서 나를 그 사이로 통과시킨 것일까? 아니면 나를 분해했다 조립한 것일까? 왜 나를 이쪽으로 잡아당겼을까? 그리고 왜 놓아주었을까? 왜 골렘을 보내 우리를 물었을까? 제이슨 블레이크를 알고 있을까? 그가 어떻게 나와 혈족일 수 있을까? 하지만 무엇보다 궁금한 것은 어떻게 집으로 돌아갈 것인가였다.

데니가 살고 있는 집은 신축 건물이었다. 모든 것이 깨끗하고, 반짝거렸다. 현관은 큰 유리로 되어 있다.

"여기가 어디야?"

"웨스트 빌리지."

"이스트 빌리지의 서쪽이구나."

"맞아."

데니가 멍하니 나를 쳐다보며 대답했다. 그리고 열쇠를 꺼내 현관문을 열었다. 열쇠를 돌릴 때 삐— 하는 소리가 들렸다.

"망할 놈! 나즈가 그런 거야. 수위지. 이걸 즐겨."

데니는 내가 지나갈 때까지 문을 잡아 주었다. 다음에 두 개의 문이 더 있었는데 그것도 문을 열 때 삐— 하는 소리가 났다. 다음은 넓은 홀이었다. 한쪽 벽 전체가 폭포였다. 물이 흘러서 큰 금붕어들이 사는 작은 연못으로 떨어졌다. 커다란 책상 뒤에 어떤 남자가 앉아 데니를 보고 웃었다.

"여~ 잡았다!"

"똑똑하구나."

"새 여자 친구야?"

남자가 물었다.

“그 정도면 여자 친구는 충분하지 않아?”

“맘대로 말해. 내 동생의 친구야. 리즌, 이쪽은 나즈야.”

나는 앞으로 걸어가서 손을 내밀고 말했다.

“안녕, 나즈.”

“레진? 이상한 이름이네.”

그가 내 손을 잡고 흔들었다.

“아니야, 리즌이야.”

“리즌? 그건 더 이상한데.”

“곧 익숙해질 거야.”

데니가 말했다.

“어떻게 맨발에 신발도 없이…….”

“이야기가 길어.”

데니가 덧붙여 말했다.

“리즌은 잠깐 동안 우리 집에 머물 거야.”

“이 친구는…… 미성년자…….”

나즈가 눈을 동그랗게 뜨고 데니를 보았다. 데니가 나즈를 노려보았다. 나는 왜 그러는지 몰랐다. 나즈가 헛기침을 했다.

“알았어, 친구.”

"만약에 필요한 게 있으면 내게 말하렴."

"곰답!"

나즈는 멍한 표정으로 나를 쳐다보았다.

"고마워."

내가 다시 말했다. 그는 고개를 끄덕였다.

데니는 나를 데리고 승강기에 올랐다. 문이 열리고 데니가 승강기에 열쇠를 꽂았다. 그리고 꼭대기 층을 눌렀다.

"전망이 아주 좋아."

승강기 문이 열리자 천장이 높고 커다란 창문이 달려 있는 공간이 나타났다. 데니가 제이티에게 아버지 유산을 물려받았다는 이야기를 했던 것을 기억해 냈다. 둘의 어린 시절은 유복하지 않았다. 어떻게 그의 아버지가 이런 부자가 되었는지 궁금했다. 그러기 위해 얼마나 많은 마법을 써야 했을까? 혹시 그것 때문에 죽은 것일까?

"맘에 들어?"

"그럼."

큰 창문이 많았다.

"여기에서 뭘 할 거야?"

"글쎄……."

나는 말을 이을 수 없었다. 무슨 일이 일어났던 것일까?

"이리 와서 앉아."

데니는 나를 데리고 커다란 거실 한쪽 구석에 있는 주방으로 갔다.

한쪽 벽 전체가 찬장이다. 그 앞에 식탁이 있다. 다른 쪽에는 조리기구가 있고, 스테인리스 구조물이 천장에 매달려 있다. 주방은 두 면이 다 찬장이다. 식탁에는 여섯 개의 의자가 둘러 있다. 데니가 그중 하나를 꺼냈다. 그것은 에스메랄다네 의자보다 높고 푹신했다. 발걸이도 있다.

"뭣 좀 먹겠어? 스파게티 볼로네즈가 좀 남았는데."

"스팍볼! 좋아, 나 너무 좋아해."

"스팍볼? 재밌는 이름인데."

데니가 냉장고 문을 열었다. 음식이 별로 많지 않았다. 토마토소스도 있고, 잘 모르는 것들이 단지에 담겨 있다. 두 개의 플라스틱 통. 대부분 맥주 병이었다. 그는 플라스틱 통을 꺼내 그릇 두 개에 나누어 담고 전자레인지에 넣고 돌렸다.

"정확히 무슨 일이 있는 거야?"

그때 노랫소리가 다시 들렸다. 택시 안에서 들었던 것이다. 데니는 전화기를 꺼내 들고 화면을 가만히 쳐다보더니 단추를 누르고 주머니에 다시 넣었다.

"음성 사서함으로 넘어가겠지. 혹시 그 사람이었어? 그러니까 너희를……."

"아니, 제이슨 블레이크가 아니었어."

"정말? 너희 할머니는 그렇다고 생각하던데. 그런데 리즌, 너는 다시 도망치지 않는 거야?"

나는 고개를 가로저었다. 암모나이트에 주의를 기울이고 있었다. 그것은 여전히 데니의 혈관과 심장이 뛰는 소리를 전했다.

"너희 할머니는 나쁜 짓 안 해? 그러니까 그 나쁜 놈처럼 말이야. 제이티는 아니라고 하더라. 네 할머니는 똑바로 살고 있어?"

나는 고개를 끄덕였다. 아직까지는 그렇다. 검은색과 자주색 깃털을 제외하고는. 나는 그 깃털이 나를 보호한다는 것을 아직 믿을 수 없었다. 내가 잠자는 동안 내 마법을 훔쳐가는 것일까?

"할머니가 네 마법을 훔치지 않아?"

"응, 훔치지 않아. 제이티에게도, 나에게도."

"그럼 무슨 일이 있었던 거야?"

"거기 어떤 늙은이가……."

"블레이크가 아니었다고?"

"다른 사람이었어."

나는 고개를 가로저었다.

"문이 떨렸어. 그러니까 떨린 것이 아니고……."

"어떤 문 말이야? 너희를 시드니로 보낸 그 문 말이야? 어쨌든 넌 마법사니까."

에스메랄다가 문을 열었을 때, 데니는 우리 옆에 있었다. 우리는 시드니로 갔지만 데니는 우리가 어디로 가는지도 모른 채 뉴욕에 남았다.

"평소처럼 흔들린 것이 아니란 말이야?"

"아니야."

발이 따끔거렸다. 허리를 굽혀 발을 문질렀다.

"발가락은 괜찮아? 감각은 있어?"

"있어, 괜찮은 것 같아. 좀 시릴 뿐이야."

전자레인지에서 소리가 났다. 데니가 그릇 두 개를 꺼내 하나를 내게 주었다.

"조심해, 뜨거우니까."

나는 그릇을 앞에 놓고 손이 그릇에 닿지 않게 조심하며 음식을 입에 넣었다. 하지만 스파게티는 전혀 뜨겁지 않았다. 바깥쪽은 미지근하고 속은 차고 소스는 너무 짜다. 어쨌든 먹었다. 몹시 배가 고팠으니까.

"그래서 어떻게 되었어? 문이 흔들려서."

스파게티를 다 먹자 데니가 물었다.

"말로 설명하기 어려운데, 꼭 폭발하는 것처럼 보였거든. 갑자기 그것이 나에게로 와서 내가 그 안으로 빨려 들어갔어. 문짝 속으로 말이야. 시드니에서 뉴욕까지 온 거지."

나는 잠깐 쉬고 크게 숨을 들이쉬었다. 거기에 늙은 마법사가 서 있었다.

"잠깐 동안이지만 내 눈을 멀게 했어. 잠깐이었지만 정말 무서웠어."

"문짝으로 빨려 들어갔다고? 문이 열린 것이 아니라?"

문짝으로 빨려 들어간다는 말을 들었을 때 정말 이상한 느낌이었다.

도대체 누가 문짝으로 빨려 들어갈 수 있을까? 난 벌써 다른 세계(합리적인 세계)가 어떻게 작동하는지 잊고 있었다. 보통 사람에게 그것이 어떻게 보일지 깊이 생각해 보지 못했다. 저주 받지 않은 사람들에게 말이다. 일주일 전에, 나 또한 마법을 믿지 않았다. 불과 며칠 전까지만 해도 믿지 않았다.

"그가 네 눈을 멀게 했다고?"

"맞아, 눈뿐 아니라 냄새도 맡을 수 없었어. 들리지도 않았고, 모든 감각을 잃었어. 정말 무서웠어. 그러고 나서 나를 막 비웃었어. 그리고 꺼지라고 했어. 사실은 아무 말도 하지 않았는데, 그런 뜻이었다는 것은 확실했어."

"너는 마법을 쓰지 않았어? 두꺼비로 변하게 한다거나……."

"마법은 그런 게 아니야. 어쨌거나 나보다 훨씬 더 강한 마법사였어."

"혹시 너희 할머니는 그런 것을 할 수 있지 않을까?"

"할머니는 아직 반대편에 있어."

"전화를 걸어."

"아, 그래야지. 먼저 샤워를 할 수 있을까? 발가락이 떨어져 나가기 전에 말이야."

"당연히 그래야지."

데니는 나를 침실로 데려갔다. 그의 침실은 아니었다. 창문이 없는 쪽 벽에는 꼭 끼는 옷을 입은 사람들이 그려진 포스터가 있다. 가수나 배우일 것이다.

"모두 제이티의 것들이야?"

"맞아! 여기가 제이티 방이야. 제이티에게는 말하지 마. 깜짝 놀라게 해주고 싶으니까."

그가 포스터를 밀었다. 문이 열렸다. 커다란 장이 있었다. 안에 옷과 장난감, 낡은 보드게임, 상자가 쌓여 있었다.

"제이티는 짐이 정말 많구나."

"맞아. 뭘 버려야 할지 몰라서 제이티가 결정하는 것이 낫겠다고 생각했어."

"제이티가 정말 고마워할 거야."

"이 방을 네가 쓰도록 해. 욕실은 이쪽에 있어."

욕실은 내 방의 욕실만큼 컸다. 차이가 있다면, 이곳에는 창문과 비상구가 있다는 것 정도. 하지만 이제 비상구는 필요 없다. 데니는 수건이 어디 있는지 알려 주고 문을 닫았다. 나는 문을 다시 열었다.

"데니! 제이티 옷을 좀 빌려도 될까? 잠옷을 계속 입기는 그런데."

"당연히 그렇지."

데니가 옷장을 뒤져서 빨간 티셔츠와 흰 줄무늬 바지를 가져왔다.

"아마 이게 맞을 거야. 줄리에타에게는 조금 컸거든."

데니가 나에게 옷을 건네주었다. 하지만 우리 손이 닿지는 않았다. 그의 미약한 체온만 느낄 수 있었다. 이전에 한 번도 느껴보지 못했던 생생한 기운, 그런 것을 느꼈다.

9

어떻게 그럴 수 있지

기다리는 동안 톰의 머릿속은 복잡해져서 곧 터질 것 같았다. 당장에라도 문을 열고 넘어가서 리즌을 구해 오고 싶었지만, 에스메랄다가 금지했다. 리즌은 지금 제이티 오빠와 안전하게 있다고 했다. 하지만 리즌이 어떻게 데니와 '안전하게' 있을 수 있는지 톰은 이해가 되지 않았다.

전화벨 소리가 날카롭게 울렸다. 톰은 소스라쳐 놀라 공책을 떨어뜨렸다. 톰과 제이티가 문의 변화를 세세히 기록하고 있던 공책이다. 멈출 때 그리고 다시 시작할 때, 아주 작은 잔물결이 일 때도 기록했다. 문짝의 표면에서 일어나는 작은 변화들까지 기록했다. 세로 혹은 가로로 물결이 일거나 소용돌이처럼 빙글빙글 돌기도 했다. 에스메랄다는 혹시 패턴을 읽을 수 있지 않을까 해서 그것을 기록하게 했다. 다시 전화벨이 울렸다. 리즌이라고 톰은 생각했다. 제이티 역시 리즌이라 생각했다. 두 사람은 동시에 전화기로 달려들었다. 제이티가 빠르기는 했지만 톰이 더 가까이 있었다.

"여보세요?"

숨찬 목소리로 톰이 말했다.

"메르 댁입니다."

제이티가 삐죽거리며 따라 했다.

"메르 댁입니다."

톰은 손을 저어 제이티를 조용히 시켰다.

"여보세요?"

리즌이었다. 톰은 얼굴이 달아오르는 것을 느꼈다.

"리즌, 괜찮아?"

"나는 괜찮아."

"어떻게 괜찮아? 제이슨 블레이크가……."

"제이슨 블레이크는 없었어. 문에 있는 사람은 다른 사람이야. 제이슨 블레이크가 아니야."

"아니라고? 확실해? 어쩌면 어디 다른 데에서 엿보고 있거나 다른 일을 꾸미고 있는 것 아니야?"

"그럴지도 모르지. 하지만 보지 못했어, 톰."

"에스메랄다 있어?"

"메르는 지금 도서관에 있어. 도움이 될 만한 것을 찾으러 갔어."

"그러면 무슨 일인지 에스메랄다는 아직도 모르고 있다는 거야?"

톰은 에스메랄다를 비난하는 소리를 듣고 싶지 않았다. 하지만 사실이었다. 에스메랄다는 무슨 일인지 알지 못했다.

"응. 하지만 곧 뭔가 찾아낼 거야. 여러 가지 방법을 찾아올 거야."

제이티가 의자를 가까이 끌어 톰 옆으로 바짝 붙어 앉았다.

"물어봐 봐, 혹시……."

"쉿!"

"뭐?"

리즌이 물었다.

리즌의 목소리는 금속 상자 안에서 들리는 것 같았다. 다른 세상 끝에서 말하는 것처럼 쉿소리가 났다. 사실이 그랬다.

세상의 다른 편에 있는 것이다. 문 반대편의 세상 끝 말이다. 그런 생각을 하자 톰의 머리가 핑 돌았다.

1초도 되지 않아 리즌은 여름에서 겨울로 남반구에서 북반구로 한밤중에서 대낮으로 시드니에서 뉴욕으로 옮겨 간 것이다. 몇 시간일까? 열여섯, 열다섯…… 열네 시간 정도 떨어진, 수천 킬로미터 밖으로 간 것이다.

"아무것도 아니야. 제이티가 계속 방해를 해서 그래."

제이티가 인상을 쓰더니 의자를 더 바짝 끌어당겼다. 그리고 수화기에 귀를 바짝 갖다 댔다. 톰은 옆으로 비켰다. 식탁 모서리에 갈비뼈가 눌렸다.

불행하게도 전화기는 오래된 것이어서 전선과 코드도 있었다.

"정말 괜찮니?"

"응, 약간 놀랐고, 춥긴 하지만 괜찮아, 뉴욕이잖아."

"그래 무슨 말인지 알겠어. 데니가 전화했었어. 근데 무슨 일이 있었던 거야, 리? 문짝 속으로 빨려 들어갔잖아. 그런데 제이슨 블레이크가 아니라는 것은 확실해?"

톰은 마치 리즌에게 더 가까이 다가갈 수 있는 것처럼 수화기를 바짝 붙였다. 제이티도 수화기에 바짝 다가서서 두 사람의 볼은 거의 닿아 있었다. 톰은 제이티 숨소리도 들을 수 있었다. 갑자기 물결치듯 흔들리던 문짝이 잠잠해졌다. 톰은 제이티를 슬쩍 찔렀고, 제이티는 그것을 공책에 적었다. 에스메랄다가 주의를 주고 도서관으로 갔다. 부엌 옆에 딸린 화장실이 두 사람이 문에서 가장 멀리 간 것이었다. 톰은 형사라도 된 것처럼 날카로운 눈으로 문을 주시하고 변화를 세세하게 적었다. 제이티는 시간이 갈수록 성질만 사나워졌다.

"아니. 제이슨 블레이크를 보지 못했어."

리즌이 잠시 멈췄다.

리즌의 숨소리가 들렸다. 제이티의 숨소리와 다른 리듬이다. 리즌은 톰에게 늙은이는 인간이 아니라고 말했지만, 톰은 무슨 말인지 이해하지 못했다.

"늙었다고? 그런데 마법을 쓴다고? 어떻게 그럴 수 있지?"

그것은 의미를 알 수 없는 말이었다. 톰은 한방 얻어맞은 것 같았다.

"혹시 다른 마법사들로부터 마법을 훔친 것일까?"

"그럴 수도 있어."

마법을 훔쳐 내 수백 년을 살 수 있다고? 에스메랄다는 그런

이야기를 한 적이 없었다. 그 늙은이는 완전히 미쳐 있을 것이다. 톰이 문짝을 바라보았다. 제이티도 그랬다. 이제 조용해졌다.

"그 늙은이는 엄청난 마법사에다 정말로 굉장히 늙었어."

전화기에서 리즌의 목소리가 들렸다.

"어떻게 그렇게 되었는지는 나도 모르겠어. 내 마법을 빼앗진 않았어. 왜 그랬는지는 나도 몰라. 어쩌면 그가 정말로 강력하기 때문일까?"

"우리도 그 정도는 알 수 있었어."

리즌은 정말 순식간에 문짝으로 빨려 들어갔다. 톰은 리즌이 제이슨에게 잡혔거나 몸이 산산이 부서졌거나, 더 나쁘게도 문짝에 갇힌 것일 수도 있다고 생각했다. 잠깐 동안 톰은 입안에서 나무 맛이 느껴졌다. 수많은 바늘이 톰의 온몸을 찌르는 것처럼 느껴졌고, 사악함과 피가 입안에 있는 것 같았다. 톰을 물었던 골렘이 떠올랐다.

"그가 늙었는지 어떻게 알 수 있어?"

제이티가 소리쳤다. 톰은 귀청이 떨어지는 줄 알았다. 톰은 제이티를 노려보고 수화기를 더 꽉 잡았다. 손에 땀이 괴여 수화기가 미끄러졌다.

“그냥 알 수 있어.”

멀리서 리즌이 대답했다.

“제이티야?”

“맞아!”

제이티가 다시 소리쳤다. 톰은 순간 귀를 먹을 것처럼 아팠다.

“하지만 어떻게 네가 알 수 있어? 말해 봐, 리즌.”

“난 그걸 봤어.”

“뭘 봤다는 거야?”

신경질 섞인 목소리로 제이티가 말했다.

“야! 진정해, 제이티.”

톰이 말했다. 제이티의 얼굴이 붉어졌다.

“난 자제력을 잃은 것이 아니야……”

“리.”

톰이 부드럽게 불렀다.

“그게 무슨 뜻이야.”

리즌이 깊이 숨을 들이쉬는 소리가 들렸다.

“그러니까 몸을 투시하면 사람들의 세포를 볼 수 있어. 그 안에서 마법을 볼 수도 있어.”

"와. 내가 어떤 사물들을 볼 때 참된 모습을 볼 수 있는 것처럼 어떤 사람이 마법사인지도 보일 때가 있어. 하지만 언제나 그런 것은 아니야. 그러니까 난 네 말을 100퍼센트 믿을 수 없어."

톰이 말했다.

"너 데니가 마법사가 아니란 것을 몰랐잖아. 어떻게 그럴 수 있어?"

제이티가 물었다. 목소리는 많이 진정되었다. 뾰롱뾰롱한 모습으로 돌아와 있었다.

"그때는 어떻게 투시하는지 몰랐던 거야. 이제 알 수 있어. 데니를 투시했는데 그에게 마법은 없었어. 하지만 그 늙은이는 엄청난 마법사야. 온 세상의 마법을 다 빨아들이기라도 한 것처럼."

톰은 그 말을 이해해 보려고 애썼다.

"모든 사람에게서 그 늙은이가 그런 짓을 했다면……. 그러면 그 남자는 완전히 미쳤겠네?"

"아니야."

"뭐라고 그가 미쳤는지 아닌지도 볼 수 있어?"

"그래 난 볼 수 있어, 톰. 그는 미치지 않았어."

톰은 리즌이 자기 엄마에게서 광기를 보았을 것이라고 생각했다. 어떤 모습일지 상상해 보았다. 톰의 엄마의 광기도 똑같을까? 톰은 그런 것은 보고 싶지 않았다.

"혹시 내가 어떻게 해야 할지 에스메랄다가 계획을 가지고 있을까?"

"그럴 거야. 도서관에서 돌아오면 네게 다시 전화를 걸 거야. 오래 걸리지 않을 거야."

"문짝은 계속 이상해?"

톰과 제이티가 동시에 문짝을 바라보았다. 그렇다고 할 수 있었다.

"당장은 멈췄지만 계속 이상하기는 해. 깃털 몇 개가 불타 버렸어."

"농담이지?"

"그렇게까지는 아니지만, 순식간에 재로 변했어. 그래서 닭 뼈 몇 개를 더 놓았어. 그다음부터는 소리가 나지도 않았고 격렬하게 움직이지 않아. 지금은 그냥 물결이 흔들리듯 움직일 뿐이야. 확실히 시금은 조용해졌어."

제이티가 옆에서 삐죽이며 흉내 냈다.

"조용해졌어."

전화기에서 들리는 리즌의 목소리가 작아졌다.

"넌 괜찮아?"

"괜찮아, 좀 피곤할 뿐이야."

리즌이 말을 멈추었다 다시 말했다.

"그리고 약간 정신이 없어."

"네 뒤를 따라가려고 했는데 메르가……."

"너무 위험하다고 했겠지. 맞아, 톰, 정말 위험해. 그 늙은 이는 아주 무서워. 내가 마법을 쓰려고 했는데……."

톰은 갑자기 열이 확 올라오는 것을 느꼈다. 굉장히 마법을 소모했을 것이다.

"설마 그러지는 않았겠지?"

"아니야, 아니야, 못했어. 그가 내버려두지를 않았어. 그는 정말로 강력해."

문이 다시 움직이기 시작했다. 좌우로 물결쳤다. 다시 소용돌이처럼 빙글빙글 돌고 소용돌이가 팔 자로 돌아갔다. 제이티가 그 내용을 기록했다. 톰은 머리가 쭈뼛했다. 그들이 무슨 이야기를 하고 있는지 늙은 마법사가 알고 있는 것처럼 느껴졌다. 톰의 머릿속에는 초록색, 빨간색 이빨을 드러내고 웃는 얼굴이 그려졌다. 톰은 숨을 깊이 들이쉬고 화제를 바꾸었다.

"그런데 데니의 집은 어때?"

마침 문은 얌전하게 부드러운 패턴으로 움직였다. 제이티가 전화기를 붙들었다. 톰의 손은 땀에 젖어 미끄러웠기 때문에 쉽게 수화기를 빼앗을 수 있었다.

"넌 한참 통화했잖아."

그리고 제이티가 통화를 시작했다.

"헤이, 리즌. 톰이 돼지처럼 굴잖아. 아까는 미안해. 내가 좀 뾰로통했지. 여기 가만히 앉아서 멍청한 문짝을 들여다보고 있는 것은 정말 못 견딜 일이야. 알지?"

리즌이 뭐라고 대답했다. 하지만 톰은 둘의 통화를 들으려 하지 않았다. 톰은 일어나서 몸을 펴고 귀를 문질렀다. 창밖이 밝아 오고 있다. 주방에 붙어 있는 시계를 보았다. 6시 30분이 다 되어 간다. 리즌이 문짝으로 빨려갈 때가 4시였다. 톰은 맥이 풀렸다.

"으응, 그래."

제이디기 말했다.

"아, 뉴욕에 있어 정말 좋겠다. 데니 사는 데는 어때?"

리즌이 뭐라고 하자 제이티는 킥킥댔다. 갑자기 톰의 머릿속에 뉴욕의 식당 안에서 등을 기대고 있던 데니의 모습이 떠올랐다. 리즌의 향기를 뿜어 대던 멋진 남자애……. 톰은 순간 현기증이 났다. 아직까지 리즌에게 데니에 대해 물어 볼 정신은 없었다. 그런 생각은 하기 싫었다. 톰은 생각을 털어 버리려는 듯 고개를 가로저었다.

그러자 톰은 더 나쁜 것이 떠올랐다. 리즌의 생명이 또 줄어들었다는 것. 톰은 물 잔을 들고 벌컥벌컥 들이켰다. 그리고 다시 한 잔 가득 채워 벌컥벌컥 들이켰다. 날은 더워지고 있다. 톰은 에스메랄다가 빨리 돌아왔으면 하고 바랐다.

조금만 더 이렇게 앉아 문짝을 바라보면 미쳐 버릴지도 모른다. 톰이 제이티의 어깨를 툭툭 쳤다.

"잠깐만 기다려. 뭐야, 톰, 좀만 더!"

"리즌에게 딱 한 마디만 하고 싶어."

제이티는 뭐라고 쏘아붙이려다 순순이 수화기를 넘겨주었다.

"있잖아, 리즌?"

"응, 톰?"

"들어 봐, 내 부탁 하나만 들어 줄래? 마법을 쓰지 마. 내 말은 정말, 정말, 정말 마법을 써야 할 때 빼고는 말이야.”

리즌이 아무 말도 하지 않았다.

“나에게 약속할 수 있어?”

“그렇게 하려고 노력할게, 톰. 하지만 마법을 써야 할 상황이 올지도 몰라. 그것이 말이야…….”

“나도 알아. 하지만 정말, 정말, 진짜, 찐짜 중요한 순간이 아니라면 말이야, 쓰지 마. 알았어?”

“알았어, 톰. 약속할게.”

“좋아. 안녕, 리즌.”

“안녕, 톰.”

톰은 제이티에게 수화기를 넘겼다. 제이티는 톰을 보고 고개를 끄덕였다. 그리고 리즌에게 말했다.

“나한테도 똑같은 약속을 해줄래, 리즌?”

10

마법의 돌, 암모나이트

"가구가 별로 많지 않구나."

데니의 머리카락은 젖어 있다. 고수머리가 머리에 바짝 달라붙었다. 데니도 옷을 갈아입었다. 하지만 여전히 나의 암모나이트가 주머니에 들어 있다.

데니는 정말 멋지게 생겼다. 갈색 눈동자, 커다란 눈, 그리고 길고 짙은, 그래서 거의 낚싯대처럼 휘어진 눈썹. 검은 눈썹. 짧게 자른 머리카락은 고불고불했다. 데니의 피부는 환상적인 갈색이었다. 나나 제이티보다 훨씬 짙었다. 그의 피부는 빛을 뿜는 것 같다.

데니를 쳐다보지 않으려면 상당한 노력이 필요했다. 눈길을 돌리다 집 안의 가구를 하나하나 살펴보게 되었다. 안락의자 하나, 편안해 보이는 의자 둘, 커다란 텔레비전 그리고 섬처럼 뚝 떨어진 부엌의 식탁, 식탁을 둘러싼 여섯 개의 의자. 그중 하나에 내가 앉아 있다.

큰 방에는 가구가 별로 없었다. 데니가 의자 하나를 빼 맞은편에 앉았다.

"그래서 리즌."

나는 데니를 좋아한다는 사실을 들키지 않으려고 혀를 깨물어야 했다. 얼굴이 빨개지거나 고개를 흔들거나 그런 행동을 하지 않으려 애썼다. 물론 그가 내 마음을 알았으면 하는 바람도 있다. 하지만 그것은 그가 나를 좋아할 경우에만 그렇다.

"응······."

간신히 입을 열고 내가 말했다.

"할머니가 뭐라고 그러셔?"

"에스메랄다랑 통화하지 못했어. 톰과 제이티랑 한 거야. 뭔가 일이 있어서 나갔다고 그러네. 다른 데 있다고 해. 별로 알아낸 것도 없나 봐. 에스메랄다가 돌아오면 내게 전화하라고 하겠대."

데니가 주머니 속에서 암모나이트를 꺼내 탁자에 올려놓았
다. 갈색, 회색, 검은색의 돌은 대리석 식탁 가운데에서 사
라지는 듯했다.

"마법의 돌이지? 어떻게 나에게 이런 걸 줄 수가 있었지?"

나는 얼굴을 붉혔다.

"나는…… 우리가 만났던 곳 기억해?"

"인페르노 말하는 거야?"

"그런 것 같아. 네가 나에게 말을 걸었잖아, 제이티를 찾고
있다고."

그가 고개를 끄덕였다.

"나는 네가 제이슨 블레이크 같은 사람인지도 모른다고 생
각했어. 지금은 아니라는 것을 알고 있지만, 그때는 몰랐으
니까. 네가 제이티를 납치하거나 그런다면 내가 다시 찾으
려고 너에게 준 거야."

"볼 수 없어도 어디에 있는지 알 수 있다는 거야? 정말 마법
의 돌이란 말이지?"

나는 고개를 끄덕였다.

"나는 암모나이트가 어디에 있는지 언제든 느낄 수 있어.

너무 멀리 떨어져 있지 않다면 말이야."

데니와 내가 동시에 암모나이트로 손을 뻗었다. 손가락이
살짝 스쳤다.

"미안해."

둘이 동시에 말했다.

"가져가."

나는 암모나이트를 집었다. 따뜻했다. 돌에서 데니의 느낌
이 전해졌다.

"다시 찾게 되어 좋니?"

나는 고개를 끄덕였다. 좋은 느낌이다. 나는 암모나이트를
주머니에 넣고 엄지와 검지로 꼭 붙들고 있었다.

"그게 어떻게 가능한 거야? 내 말은 그 돌을 계속 가지고 있
었는데, 전혀 차가워지지 않더라고. 굉장히 이상했어."

나는 마법을 가진 물건들에 대해 설명하려고 애썼다. 하지
만 어떻게 그 물건들이 마법을 갖게 되는지 설명하기는 힘
들었다. 나도 완전히 이해할 수 없는 것이니까. 마법사들은
그런 것을 믿는다고 사라피나가 비웃으며 이야기해 준 것
을 들은 것이 전부였다.

나는 돌에 흡수된 태양 에너지와 비슷한 것으로 이해해 보

려 했다. 하지만 돌은 잠깐 있다 식지만, 마법의 돌은 영원히 온기를 유지하고 있는 정도로 이해하려 했다. 나는 데니를 생각했다. 마치 그 심장이 내 손가락 사이에서 계속해서 뛰고 있는 것 같다. 데니의 존재가 암모나이트에 묻었을까? 그 작은 돌을 계속 주머니에 지니고 있는 동안, 나의 어떤 것을 느꼈을까?

전화기가 울렸다. 데니가 전화기를 내게 건넸다.

"네 할머니야."

"잘 있어요, 에스메랄다!"

내가 외쳤다. 처음으로 그녀의 목소리가 반갑게 느껴졌다.

에스메랄다의 이야기를 좀 더 생각해 보아야겠다.

커다란 유리문으로 다가갔다. 문을 열었다. 그리고 발코니로 나갔다. 바람은 매서웠고 눈은 없었다. 하늘은 새파랬다. 새털구름이 조금 있을 뿐이었다. 땅에는 몇 개의 눈 무더기가 보였다. 앞에 큰 물이 있었다. 하지만 소금 냄새는 나지 않았다. 바다가 아니라 호수이거나 강이라고 생각했다.

물가에 예순두 개의 붉게 썩은 나무 기둥이 꽂혀 있다. 마치 거인의 무리가 익사하며 손을 불 위로 뻗어 올린 것 같았다.

폐쇄된 부두의 교각일 것이다. 갈매기가 날고 있다. 몇몇은 춥다는 듯이 잠깐 동안 공중에 서 있다가 멀어졌다. 바다가 멀지 않은 것이다. 갈매기들은 왜 이 추위 속에 머물러 있는 것일까? 그들은 여름이 있는 곳으로 날아갈 수 있다.

유리문이 열렸다 닫혔다. 데니였다. 데니에게는 마법도 없었고, 소멸의 녹슨 징후도 없었다. 그는 공백의, 보통 사람이었다. 데니가 나에게 커다란 양모 외투를 건넸다.

"그러다 얼어 죽겠어."

데니의 입에서 짙은 입김이 빠져 나왔다. 나는 점점 얼어 가고 있었다. 외투를 입었다.

"멋진 풍경이네. 전망이 좋다. 뉴욕은 정말 크구나."

"저쪽은 뉴저지야."

"다른 도시란 말이야?"

데니가 멍한 표정으로 나를 쳐다보았다.

"응, 그래."

"그래?"

별로 달라 보이지 않았다. 회색과 갈색의 고층건물들, 나무도 없다. 뉴욕 쪽 물가에서 사람들이 자전거를 타거나 달리고 있었다. 그리고 줄에(이곳에서 보기에는 마치 연실처럼 보이는) 개들을 달고 사람들이 산책하고 있었다.

옆으로 고속도로가 있었다. 트럭과 자동차들이 질주하고 있다. 차들이 지나가는 소리가 들렸다. 가끔 경적 소리와 급제동하는 소리가 점점이 들렸다. 그때 작은 음악 소리가 들렸다. 데니의 전화기겠지. 데니는 전화기를 꺼내 들고 화면을 들여다보더니 단추를 눌렀다. 그리고 주머니에 다시 넣었다.

"왜 전화를 받지 않아?"

"친군데 지금 통화하고 싶지 않아."

"누가 전화했는지 어떻게 알아?"

데니가 눈을 크게 뜨더니 나를 본다. 내가 아주 멍청한 질문을 한 것이다.

"전화 건 사람의 이름이 화면에 뜨니까."

"내가 너에게 전화를 걸었을 때에는 왜 난 줄 몰랐어?"

나는 소매 속으로 손을 집어넣었다. 정말 추웠다.

"아니……."

데니는 나를 쳐다보며 어떻게 이해시킬까 하고 궁리하고 있었다.

"네 전화기가 아니었잖아, 맞지?"

"당연히 아니지, 나는 전화기를 가져 본 적이 없는걸."

데니가 웃음을 터뜨렸다.

"아, 이제 알겠다."

"몇 시야?"

톰과 제이티는 어떻게 하고 있는지 궁금했다.

"2시 15분 전."

"그렇구나."

"여기 얼마나 오래 머물 거야?"

나는 고개를 저었다.

"그 늙은이에게 달려 있어. 내 의지의 문제가 아니야. 늙은 이가 사라지거나 아니면 나를 통과하게 해주거나, 그렇지 않음 돌아갈 수 없어."

"비행기를 탈 수 있잖아."

그 생각은 하지 못했다. 값이 얼마나 할까? 비행기 삯은 굉장히 비싸지 않을까?

나는 데니의 집에 있다. 엄청나게 크다. 데니는 지금 부자다. 이 모든 것이 마법사인 아버지에게서 물려받은 것이다. 에스메랄다도 많은 돈을 가지고 있다.

돈이 문제를 해결할 수 있는 삶에 나는 익숙하지 않다. 나는 보통 돈이 없거나 가끔 돈이 문제가 되는 삶을 살았다. 사라피나는 한 번도 돈을 충분히 가진 적이 없었다. 그래서 사라피나는 여러 가지 일을 했다. 바에서 술을 나르기도 하고 계산원을 하기도 하고 과일을 줍기도 하고 수학 과외를 하기도 했다. 할 수 있는 모든 일을 했다. 가끔 나도 사라피나를 도왔다.

돈이 떨어지면 우리는 라면을 먹었다. 라면은 참 유용하다. 황야에서는 땅의 자비에 기대었다. 야생 열매 뿌리를 캐 먹는다. 대도시에서는 할 수 없는 일이다. 데니와 에스메랄다는 돈에 매어 사는 것 같지 않았다. 마치 허공에서 돈을 뜯어내는 것 같다. 실제로도 그랬다. 아무것도 없는 데서 제이티가 돈을 만들어내는 것을 내 눈으로 보지 않았는가.

"내가 표를 사줄게."

마치 신문을 사주는 것처럼 데니가 말했다.

"그렇게 해봤자 별로 달라지지 않아. 문 이쪽에서 그가 여전히 문을 두드리고 있다면 말이야. 우리는 이쪽에서 어떻게 할 수 있을지 생각해야 해. 어쩌면 여기에 실마리가 있거나 무엇을 해야 할지 아는 사람이 있을 거야. 뉴욕은 큰 도시니까. 마법사가 나 혼자뿐이 아닐 거야. 에스메랄다에게 무슨 생각이 있는 것 같아."

나는 팔을 움직였다. 내 발은 다시 파래지면서 바늘로 콕콕 찌르는 것처럼 아팠다.

"할머니와 시드니에 사는 것은 괜찮아?"

나는 곰곰이 생각했다.

"엄마를 만날 수 있고, 연락할 수도 있고, 제이티와 톰이랑 함께 사는 것도 좋아. 하지만 나는 에스메랄다를 믿지 않아. 지금까진 괜찮았어. 경계심을 늦추지 않고 지내면 되니까. 그리고 거기는 따뜻하니까. 여름이야."

데니가 문을 열었다.

"특별한 이유가 아니라면 여기에 계속 있을 필요 없잖아?"

나는 그를 따라 들어갔다.

"에스메랄다는 그 늙은이가 어디에서 왔는지 내가 추적하기를 바라."

"어떻게 말이야?"

"마법으로."

"알겠어."

데니는 이해했다는 것처럼 대답했다. 하지만 그가 이해할 수 있는 것이 아니다.

"어떤 종류의 마법이야?"

"난 냄새를 맡을 수 있어. 에스메랄다는 내가 그의 흔적을 따라가기를 바라."

그의 전화기가 울렸다. 데니는 미안하다는 듯이 어깨를 으쓱하더니 전화기를 꺼냈다.

"이 친구는 통화를 해야겠는걸."

전화를 받기 전에 그가 내게 말했다.

"잘 있어, 산드라? 응, 그래, 당연히 그렇지…… 나도 마찬가지야…… 나도 그렇게 생각해……."

데니는 자기 방으로 가 문을 닫았다.

가족이나 친구가 원하기만 한다면 언제나 연락할 수 있다는 것이 어떤 느낌일까? 하루에 여러 번 전화가 올 만큼 많은 친구를 가지고 있다는 것은 어떤 것일까? 낯설게 느껴졌다. 데니는 휴대전화를 언제나 가지고 다니나? 화장실에도 가지고 가나? 모든 사람들이 휴대전화를 그런 식으로 쓰나? 황야에서도 손에 휴대전화를 든 사람을 몇몇 보았다. 하지만 잘 터지지 않았다. 도시에 가지 않는 한 휴대전화는 쓸모없었다.

14분이 지나서 데니가 커다란 종이 한 장을 들고 나타났다.

데니는 전화에 대해서는 한마디도 하지 않았다. 나는 산드

라가 누굴까 생각했다. 데니는 얼마나 많은 친구를 가지고
있을까?

"옷이 필요할 거야. 신발은 말할 것도 없지."

"맞아."

여태 그 생각은 하지도 못하고 있었다. 나는 머리가 빈 것일
까? 데니는 종이를 바닥에 놓고 그 앞에 꿇어앉았다.

"여기에 발을 올려 봐."

나는 그렇게 했다. 그는 펜으로 나의 왼발 둘레를 그렸다.
데니의 손이 내 발목을 스쳤다.

"다른 발."

내 발목을 스쳐 간 그의 손길이 남아 있다. 그는 나의 오른
발도 그렸다. 그의 왼 손목 안쪽이 나의 발허리와 발목을 스
쳤다. 나는 얼굴을 붉히지 않으려고 애썼다.

"자."

나를 바라보며 데니가 말했다. 아무 느낌 없는 표정이다.

"그리고 또 필요한 게 뭐가 있어?"

"음……."

발에 닿았던 그의 느낌을 머릿속에서 지우는 데에만 집중
했다.

"양말, 양말이 필요해."

그가 고개를 끄덕였다.

양말, 신발, 외투, 장갑, 모자, 그다음에 티셔츠, 청바지……."

 그는 발을 본뜬 종이 여백에 적어 넣었다. 그러더니 손바닥을 펴서 내게 내밀었다.

"손을 대봐."

그의 손은 따뜻하고 부드러웠다. 내 얼굴은 더 뜨거워졌다. 내 손은 데니의 손바닥 정도였다.

"좋아, 아주 작은 손. 목도리도 하나 사 올게.

데니는 계속 적었다.

"이 정도면 충분한 것 같아."

"그것도 필요해."

나는 좀 당황해서 말했다. 사라피나는 내가 부끄러워할 줄은 생각지도 못할 것이다. 사라피나는 사람들이 속옷이나 월경, 그런 것을 부끄러워하는 것을 마땅치 않게 생각했다. 우리는 나쁜 습관, 예를 들면 거짓말 같은 나쁜 행동을 부끄러워해야 한다고 했다. 하지만 사라피나는 마법에 관해 내게 거짓말을 했다. 그녀의 거짓말 때문에 나는 일찍 죽게 될 것이다.

"뭐라고?"

데니가 물었다. 약간 멍한 표정이었다.

"언더 말이야."

"언더?"

"그러니까 나는 브래지어랑……."

"팬티! 속옷 알겠어. 미안해."

그에게 내 사이즈를 알려 주었다. 그게 미국에서도 통하는 기준인지 데니는 알지 못했다.

"무슨 색을 좋아해?"

나는 빨간색을 생각했다. 북쪽 황야의 갈색 섞인 붉은 색……. 하지만 나는 뉴욕에 있다. 그 북쪽 땅은 더 이상 북쪽이 아니었다. 현기증이 난다. 나는 제이티를 생각했다. 빨간 갈색, 그러니까 녹슨 색. 제이티에게서 나는 냄새와 맛의 색깔이다. 그것은 그녀가 앞으로 오래 살지 못한다는 뜻이다. 우리도 역시 마찬가지다.

"파란색, 짙은 파란색."

11

죽음 앞에서

"이제 움직이지 않는구나."

에스메랄다가 말했다.

제이티는 그녀가 부엌으로 들어오는 소리를 듣지 못했지만, 펄쩍 뛰어오를 정도로 놀라지는 않았다. 당연히 톰은 부엌을 반쯤 달려갔다. 그래도 가구에 부딪히지는 않았다. 에스메랄다는 가져온 상자를 식탁 위에 내려놓았다.

"그래요."

톰은 차분한 목소리를 내려고 애썼다.

"그게 멈춘 것은……."

톰이 시계를 보았다.

"10분 전이요."

"13분 전이야."

제이티가 공책을 들여다보며 말했다. 리즌이 문짝으로 빨려 들어가고 난 이후, 제이티는 줄곧 문짝을 보고 있었다. 별다른 변화는 없었다. 그렇다고 잠자코 있지도 않았다. 제이티는 이제 실신할 지경이었다. 에스메랄다와 리즌에게 그것이 중요했다. 둘 모두 숫자와 패턴을 알고 있으니까.

톰은 정말 성가셨다. 톰은 끝없이 중얼거리고, 묻고, 혼잣말을 했다. 제이티는 이제 침묵이나 핀잔으로 대꾸했다. 톰의 수다에 제이티는 녹초가 되었다. 그렇잖아도 피곤한데 더욱 피곤하게 만들었다.

"자, 보자."

에스메랄다가 제이티에게 손을 내밀며 말했다. 제이티는 에스메랄다에게 공책을 넘겨주었다. 에스메랄다가 몇 쪽을 훑어보았다.

"잘했다. 고맙구나."

"리즌이 전화했어요. 메르와 통화하고 싶어 하더라고요."

톰이 말했다.

에스메랄다가 고개를 끄덕였다.

"무슨 특별한 것을 발견했나요?"

에스메랄다가 가져온 상자를 바라보며 제이티가 물었다.

상자 안에 무엇이 들어 있을까 궁금했다. 깃털이 더 들어 있

을까? 뼈일까?

에스메랄다가 고개를 끄덕였다.

"한두 가지를 발견했다. 생각이 좀 있다."

"예를 들면 어떤 거예요?"

"그것보다 지금까지 너희 둘이 여기에 앉아 문짝을 지켜보

느라 고생이 많았다."

"정말 그래요."

톰이 말했다.

"맞아요, 그래요!"

제이티가 더 크게 대답했다. 제이티가 톰을 귀찮아하듯 톰

도 제이티가 귀찮았다.

"둘이 좀 쉬는 것이 어떠니?"

에스메랄다가 시계를 보고 말했다.

"한 시간쯤 있다 돌아오렴. 그때 이야기해 줄게……."

제이티는 말이 끝나기도 전에 기뻐서 폴짝 뛰었다. 몸을 좀

움직이고 싶었다. 이제 좀 벗어나 빌어먹을 문짝이 아닌 다른 풍경을 보며 마음껏 달리고 싶었다. 제이티는 부엌을 박차고 현관으로 튀어 나갔다.

제이티는 좁고 울퉁불퉁한 인도를 따라 달렸다. 가로수 사이를 달렸다. 어떤 가지들은 낮게 드리워져서 키가 작은 제이티도 가지를 피해 몸을 숙여야 했다. 한쪽에 늘어서 있는 집들이 순식간에 지나갔다.

이빨보다 더 촘촘히 늘어서서, 웅크리고 있는 낮은 집들이 마치 길을 삼키기라도 하려는 것처럼 길에 나와 있다. 엄마가 물려 준 가죽 팔찌가 손목에 느껴졌다. 주머니 속에서는 짐승 이빨이 흔들리고 있다.

블록이 끝날 때까지도 제이티는 달리기를 멈추지 않았다. 무릎을 더 높게 올려 더 빠르게 달렸다. 자동차들은 길가에 주차되어 있고, 인도와 차도의 경계에 세워진 말뚝 때문에 길은 뉴욕보다 훨씬 좁아서, 뉴욕의 골목길 정도였다.

다음 블록을 따라 달릴 때 빨간색, 초록색, 파란색들이 어우러져 짹짹거리며 날았다. 털이 숭숭한 빨간 꽃이 핀 무성한 나무 사이로 숨어든다. 바람도 없었다. 그것은 문제가 되지 않았다. 제이티는 빠르게 달리며 바람을 일으켰다.

앞에 달리는 개들을 지나쳤다. 좁은 길을 가로질러 그다음 블록까지 달려갔다.

사람 손이 많이 가지 않은 가로수 뿌리 때문에 지진이 난 것처럼 보도가 갈라져 있다. 넘어지지 않기 위해 발걸음을 가볍게 하고 무릎을 더 높이 들어 올렸다.

속도는 줄이지 않았다. 도로 끝에 닿을 때까지 달렸다. 그리고 왼쪽으로 꺾었다. 차가 밀리는 도로를 피하려는 것이다. 그 길 때문에 그늘이 얼마나 소중한가를 깨달았다. 오늘 해가 얼마나 쨍쨍한지, 더위가 얼마나 뜨겁게 몸을 달굴 수 있는지 깨달았다.

제이티 검정 머릿결에서 8월 한낮 도시의 아스팔트보다 더 많은 열기가 피어올랐다. 속도 때문에 제이티 눈에서 저절로 눈물이 났다. 소금기가 눈을 찔렀다. 제이티는 고개를 들었다. 커다란 나무들이 작은 아파트 단지 앞에 있는 오렌지색 낮은 벽돌 담장 위로 그늘을 드리우고 있었다.

제이티는 걸음을 늦추고 벽돌 위에 앉았다. 그늘임에도 불구하고 타는 듯이 뜨거웠다. 제이티는 상관하지 않았다. 넓적다리에 손을 얹고 몸을 앞으로 숙여 깊이 숨을 들이쉬었다. 현기증이 일었다. 몸을 흔들거나 머리를 흔들면 왈각달각하는 소리가 날 것 같았다. 쉬어야 한다.

새벽부터 아침까지 멍청한 문짝만 바라보고 있었더니 모든 풍경이 아름다웠다. 제이티 마음에 들었다. 제이티는 활짝 웃으며 일어났지만 여전히 숨은 거칠었다.

멀리 길이 사라지는 데 신호등이 바뀌기를 기다리는 자동차의 윤곽 위로 아지랑이가 춤춘다. 하늘을 흘긋 올려다보았다. 파란 데다 파랗기만 한 하늘이다. 색이 너무 선명해서 오래 바라보기 어려웠다. 손가리개를 했다.

"와우!"

제이티는 그처럼 강렬한 색을 본 적이 없다. 자동차 매연이 있었지만 그래도 모든 것이 선명한 선을 드러냈다. 자동차와 나무와 바닥에 붙은 껌까지 레이저로 잘라 낸 유리처럼 선명했다. 빨강, 파랑, 초록색의 새들이 짹짹거리며 날아간다. 하나하나마다 현기증을 일으켰다. 푸르디푸르고, 붉디붉다. 지금까지 본 어떤 색보다 선명했다.

"와우!"

제이티의 입에서 다시 탄성이 터졌다. 자신이 전혀 다른 도시, 전혀 다른 나라에 있다는 것을 잊고 있었던 것이다. 제이티는 뉴저지 말고는 뉴욕 외에 다른 곳을 가본 적이 없었다. 게다가 모든 사람이 자신과는 완전히 다른 말투를 가진 그런 곳에 가본 적이 없었다. 자동차가 반대 방향으로 통행하는 곳에 가본 적도 없었다. 눈을 찌르는 듯이 밝은 빛이 있는 곳에도 가본 적이 없었다.

'예수님, 마리아님, 요셉님, 저 오스트레일리아에 있어요!'

제이티는 다시 성호를 그으며 신에게 감사드렸다. 죽기 전에 더 넓은 세상을 볼 수 있다는 것에 감사했다.

제이티는 리즌이 약속했던 것처럼 오스트레일리아의 황야에 갈 수 있었으면 했다. 그러면 캥거루를 볼 수 있을 것이다. 얼마나 멋진 일인가! 제이티가 시계를 보았다.

"와우!"

겨우 8시 30분이었다. 아직 아침이다. 제이티는 오후가 다 되어 가는 느낌이었다. 이른 아침 시간에 어떻게 이렇게 뜨거울 수가 있을까? 그 생각에 그녀는 현기증이 일었다. 시간이 느려진 것 같았다.

'시차 적응이 문젠가?' 제이티는 생각했다. 아니면 멍청한 문짝을 계속 바라보고 있었기 때문일까?

"제이티!"

제이티가 몸을 돌렸다. 톰이 있었다. 멍청이 모자를 쓴 톰이 옆구리를 짚고 있었다. 톰이 제이티의 옆에 앉았다.

"젠장, 너 무지하게 빠르구나."

"나는 제트기보다 더 빨리 달릴 수 있어. 그런데 넌 옷을 아주 멋지게 차려입었구나."

"혹시 그것도 마법이야?"

톰이 숨을 몰아쉬며 물었다.

"당연하지. 에스메랄다가 준 마법 이빨 때문에 더 빨리 달릴 수 있어."

제이티는 주머니에 손을 넣어 이빨을 꼭 쥐었다. 달아오른 아스팔트만큼이나 뜨거웠다.

"난 언제나 내 위치를 알 수 있어."

톰이 제이티를 바라보았다.

"그래, 나도 그래, 지금 여기 우리는 뉴타운에 있고……."

"아니, 아니 그런 의미가 아니야. 내가 말하는 것은 공간이야. 내 주변에 있는 모든 사물과 관계를 알 수 있다는 거야."

톰은 여전히 멍한 얼굴로 바라보고 있었다.

"나는 어떤 것에도 부딪치지 않아, 톰, 절대로. 나는 정말

능숙하지. 왜냐면 난 그냥 알아. 몸이 알아. 주변에 있는 사물들이 어디에 있는지. 특히 사람들 말이야. 누군가 갑자기 튀어나온다고 해도 나는 부딪치지 않고 달릴 수 있어. 물론 그들이 나보다 훨씬 빨라도 말이야."

제이티는 아빠를 생각했다. 그리고…… 그를 생각했다. 순간 몸이 싸늘해지는 것을 느꼈다.

"어쨌거나 그게 내가 그렇게 빨리 달릴 수 있는 이유야. 하지만 나는 마법을 쓰지 않더라도 굉장히 빨라."

"멋지다."

"그렇지?"

톰이 고개를 끄덕였다.

"네 오빠도 마법에 대해 알고 있지?"

"응."

"아하……."

톰이 말했다.

"왜?"

"아무것도 아니야."

제이티가 어깨를 으쓱했다.

"너희 나라는 정말 끝내준다. 너무 화사하다."

"비웃는 거야?"

제이티가 킥킥거렸다.

"넌 정말 말을 웃기게 해."

"이 근처에 물 마실 데 없을까? 목말라 죽겠어. 기절할 지경이야."

"있어."

"저 모퉁이 돌아가면 모퉁이 가게가 있어."

톰의 말이 또 제이티를 웃겼다. 제이티가 또 키득거렸다.

"뭐…… 왜 그래?"

"모퉁이 돌아서 모퉁이 가게!"

톰은 한숨을 내쉬고 자리에서 일어났다.

"너를 볼 때마다 항상 난 피곤해."

제이티도 일어섰다. 현기증이 일어 다시 주저앉았다.

"괜찮아?"

제이티가 고개를 끄덕였다. 눈앞에 별이 날아다녔다. 그리고 손가락 끝이 저렸다. 머릿속이 텅 빈 것 같았다. 단지 머리만이 아니었다. 온몸에 기력이 빠져나간 것처럼 가벼워졌다.

"정말이야? 별로 좋아 보이질 않네."

톰이 제이티 앞에 쭈그리고 앉아 그녀의 눈을 바라보았다. 마치 망원경을 통해 보는 것처럼 톰의 모습이 멀리 있었다. 그러더니 톰의 피부에 있는 주근깨를 모두 셀 수 있을 만큼 가까워졌다. 어떤 것은 황금색이었다. 그 때문에 다시 현기증이 일었다. 제이티는 비틀거렸다. 톰이 제이티의 무릎을 붙들고 제이티가 넘어지지 않도록 했다.

그때 제이티는 무엇이 잘못되었는지 깨달았다. 제이티는 지금 죽어 가는 것이다. 바로 지금 여기에서. 제이티는 마법을 모두 사용했고, 죽는 것이다.

톰의 마법이 손에서 박동하는 것을 느낄 수 있었다. 모든 세포가 그것이 필요하다고 제이티에게 외친다. 마법을 빼앗아야 한다. 하지만 그녀는 마법을 빼앗을 힘도 없었다.

제이티가 생각했던 것보다 빨리 찾아왔다. 머릿속에는 지금까지 그녀가 했던 모든 일들이 떠올랐다. 그보다 그녀가 해서는 안 되는 일들이 떠올랐다. 그녀로서는 어쩔 수 없던 일들도 있었다. 방어막을 치고, 미친 듯이 달리고…… 그런 것 말고도 해서는 안 되는 일들이 있었다.

제이티는 마법 팔찌와 이빨 덕에 좀 더 오래 살 수 있을 것이라고 생각했다.

‘최소한 아빠 말만 들었어도……’

‘조심하렴, 아주 주의해야 해, 정말 필요할 때만 써야 한다. 돈을 만들지 마. 너무 열심히 춤을 춰도 안 돼. 너무 빨리 달려도 안 돼.’ 안 돼, 안 돼, 안 돼…… 제이티는 해서는 안 되는 모든 것을 했다.

‘죽기에 난 너무 어려.’

제이티는 눈앞이 흐려졌다. 세상이 멀어지고, 흐려졌다. 멀리 도로와 처음 보는 새들, 모든 것이 사라지고 있다. 제이티는 죽음을 받아들일 수 없었다. 지금은 그리고 자신은 아니다. 하지만 그렇게 되고 있다. 힘, 생명, 제이티의 몸을 구성하는 힘이 사라지고, 이제 무로 돌아가고 있다. 제이티는 죽고 싶지 않았다.

“너의 마법이 필요해, 톰.”

톰의 눈이 동그래졌다.

“뭐라고?

“나는 죽어 가고 있어. 느낄 수 있어. 내게 약간의 마법을 주었으면 해. 난 네 마법을 취할 수 없어. 너에게 그러면 안 되지.”

제이티는 거짓말을 했다. 그녀에게는 그럴 힘이 없었던 것이다.

"얼마 남지 않았어."

제이티의 의식이 점점 흐려지고 있다.

'미라처럼 피부가 쪼그라들거나 햇빛을 본 흡혈귀처럼 될까? 그렇게 달려서는 안 되는 것이었어.'

오늘의 달리기가 제이티를 경계 너머로 밀어내고 있었다.

"얼마나 필요한데?"

"나도 몰라."

'전부를 원해.'

"네가 조절할 수 있어, 톰. 더 이상 원하지 않으면 네가 멈추면 돼."

톰은 두려운 표정이었다. 볼이 진홍색이었다. 그러다 안색이 바뀌었다. 마치 한겨울에 밖에 선 것처럼 사색이 되었다. 그것은 사실이었다. 에스메랄다는 한 번도 톰의 마법을 훔친 적이 없다는 것은 사실이었다.

"내가 뭘 어떻게 해야 해?"

톰이 물었다. 톰의 목소리는 훨씬 차분했다.

"네 몸에 손을 댈 거야. 그러면 내게 허락한다고 말해."

제이티는 톰도 잘 보이지 않았다.

"내게 너의 마법을 나눠 줘. 별로 기분이 좋지 않을 거야. 아주 무섭지. 비명을 지르고 싶을 거야. 그리고 너는 끔찍하게 고통스러울 거야. 나도 무섭도록 싫었어. 그렇게 해줄 테야, 톰? 넌 많이 가지고 있잖아."

제이티의 목소리가 갈라졌다. 눈에 눈물이 맺혔다.

"나는 죽고 싶지 않아. 이렇게 일찍 죽고 싶지 않아."

톰이 머리를 움직였지만 제이티는 그것이 끄덕인 것인지 가로저은 것인지 알 수 없었다. 제이티가 손을 앞으로 뻗었다. 그리고 톰의 손 위에 얹었다.

"가져가."

"네가 알아서 그만이라고 말하고 손을 빼."

제이티는 점점 말할 기운도 없어졌다.

"나는 너무 약해졌어, 톰. 내 힘으로 멈출 수 없을 거야. 알겠어?"

"알겠어."

톰이 속삭였다. 목소리가 너무 작아서 제이티가 대답을 들었는지 알 수 없었다. 제이티가 아니라 톰이 죽어 가는 사람 같았다.

"내게 네 마법을 주겠어?"

"그래, 허락할게."

톰의 마법이 제이티의 몸으로 흘러들었다. 깨끗하고 강하고, 생생한 톰의 마법이.

12

늙은 마법사를 쫓아

데니는 옷을 사러 나가기 전에 텔레비전을 어떻게 작동하는지 알려 주었다. 데니의 휴대전화가 다시 울렸다. 하지만 그는 전화를 받지 않았다. 지금껏 나는 그렇게 전화벨이 자주 울리는 사람을 본 적이 없었다.

하긴, 내 주변에는 휴대전화를 가지고 있는 사람이 많지도 않았다. 어쩌면 그렇게 전화가 오는 것이 정상일지도 모른다. 나는 안락의자에 앉아 그가 돌아오기를 기다리며 원격조정기의 단추를 누르고 있었다.

커다란 화면에 그림이 바뀌었다. 점점 빨리 단추를 눌렀다.

만화경 속을 들여다보는 듯 놀랍고도 이상한 그림들이 획획 지나갔다. 어떤 사람이 공중을 나는 장면이 비쳤다. 새처럼 날고 있다. 마법 비행이다. 실제가 아니었다. 하지만 세상 사람들이 생각하는 마법이 그랬다. 아무렇게나 쉽게 마법을 쓸 수 있다고 생각한다. 웃기는 일이다.

에스메랄다의 계획을 생각했다. 냄새를 쫓아 늙은 마법사가 어디에서 오는지 알아내는 것. 늙은 마법사에게서는 그의 작은 괴물 골렘보다 지독한 냄새가 났다.

그렇기에 에스메랄다는 그를 추적하기가 더 쉬울 것이라고 생각했다. 나는 그렇게 생각하지 않는다. 어쨌든 최소한 계획은 세워진 것이다.

음악이 나오는 방송에서 멈추었다. 꽉 끼는 까만 색 바지와 가슴만 간신히 가릴 것을 윗도리라고 어깨에 걸치고 있는 여자가, 찌그러진 자동차 위에 뛰어올라 팔을 휘저었다.

여자의 입술을 보니 노래를 부르고 있는 모양이다. 목소리는 여자라기보다 남자에 가깝다. 말이 너무 빨리 지나가서 이 말 저 말 뒤범벅이 되었다. 영어로 부르는 노래인지도 알 수 없었다. 베이비, 러브 하는 단어를 들은 듯도 하다. 내가 알아들은 유일한 단어였다.

여자 주변에는 쓰레기 더미와 부서진 건물의 잔해가 쌓여 있다. 모두 회색이다. 갈색 피부, 오렌지색 머릿결을 가진 그녀를 빼고 모두 차갑게 느껴졌다. 조작한 것 같은 파란 하늘이 보였다.

늙은 마법사의 냄새를 생각하자 위장이 뒤틀리는 듯했다. 그를 뒤쫓으려면 그 냄새를 똑똑히 기억해야 한다. 냄새는 집에 침입했던 작은 골렘과 같았지만, 훨씬 강력하다.

화면 속 여자는 자동차에서 뛰어올라 무너진 건물 꼭대기에 올라섰다. 불가능한 거리였다. 무너진 건물 꼭대기에서 푸른 언덕이 보였다.

그의 냄새는 훨씬 더 강했다. 그 냄새는 구역질을 일으켰을 뿐만 아니라, 내 몸을 감싸고 돌며 내 안으로 들어올 길을 찾았다. 그가 나의 친족이기 때문에 그랬을까? 골렘도 그랬다. 칸시노였다. 하지만 핏줄이라는 느낌은 늙은 마법사보다 강하지 않았다. 골렘은 어쩌면 늙은 마법사의 복제물일 수도 있다. 그가 원본인 것이다.

데니가 종이 가방을 잔뜩 들고 왔다. 여전히 전화를 받고 있었다.

"나중에 전화할게."

승강기 문이 닫히는 동안 그가 말했다.

"나도 그래, 나도……."

그는 전화기를 주머니에 넣었다.

"자, 크리스마스야!"

"야, 선물이다!"

나는 안락의자에서 뛰어내려 그에게 달려갔다. 순간 그렇게 경박하게 뛰어나간 것이 후회되었다. 나는 바보다. 텔레비전 세계에 빠져 있다 이제 진짜 세계로 돌아왔다. 현실은 흐릿하다. 텔레비전 속의 세계처럼 선명하지 못하고 흐릿하다. 나는 안개를 걷으려고 눈을 깜박였다.

"괜찮아, 리즌?"

"응, 괜찮아."

데니는 종이 가방 일곱 개를 내게 건넸다. 가방마다 뭔가 가득 들어 있었다. 이렇게 많은 선물을 받아 보기는 처음이다. 물론 그 안에 에스메랄다가 준 잠옷과 책은 넣지 않겠다. 그것은 선물이 아니라 뇌물이니까.

생일날이나 성탄절이 되면 사라피나는 나에게 선물을 주었다. 언제나 완벽했다. 암모나이트, 나침반, 아틀라스 지도 등. 내가 열한 살 때 사라피나는 나에게 다윈의 《종의 기원》을 선물했다.

그 글에 익숙해지는 데 시간이 좀 걸렸다. 에두르는 표현에 고풍스런 문체가 쉽지 않았다. 하지만 자연선택과 진화라는 개념은 얼마나 놀라웠던가!

오스트레일리아의 황야에는 수많은 화석이 있다. 과장이 아니라 한발 내디딜 때마다, 말 그대로 우리 발밑에서 역사가 우두둑거렸다. 사라피나는 암모나이트를 바다로부터 수백 킬로미터 떨어져 있는 킴벌리스에서 찾았다.

옛날, 아주 먼 옛날 그 돌은 조개였다. 그때 생물들은 오징어를 닮았다. 그때 조개는 직선이었지만, 시간이 흘러 나선형의 껍질을 가진 생물로 진화했다.

마법은 어떻게 진화했을까? 마법의 원시적인 모습은 어떤 것이었을까? 어디에서 왔을까? 어떻게 자연선택 되었을까? 자연선택을 통해 무엇이 되려 할까? 인간의 형질을 가진 것은 과연 인간뿐일까? 인간이 진화의 끝일까? 죽음 아니면 광기로 이끌어 가는 유전자와 함께 얼마나 멀리 가야 할까?

"맘에 들어?"

데니가 물었다.

"와우!"

가방 안에 든 알록달록한 물건들을 보며 내가 외쳤다. 티셔츠, 청바지, 운동화 상자 세 개 그리고 모직 제품들이 있었다. 한 아름에 안을 수도 없다.

"너무 많아. 이렇게 많이 살 필요는 없잖아."

데니가 어깨를 으쓱했다.

"내가 돈이 좀 있어. 왜 안 되겠어. 너에게 선택의 폭을 좀 넓혀 주면 좋겠다고 생각했어. 이것도 샀어."

데니가 외투 주머니에서 작은 상자를 꺼냈다. 디지털 시계였다. 검정 바탕에 밝은 파랑 숫자들이 보였다. 시계 줄도 파란색이었다.

"이제 나에게 시간을 물어보지 않아도 돼."

나는 데니를 꽉 끌어안았다.

"곰답, 정말 곰답, 데니!"

"가서 옷 갈아입어."

데니가 환하게 웃으며 말했다.

"옷을 잔뜩 껴입어야 해!"

"걱정하지 마. 제이티가 겨울 옷 입는 법을 가르쳐 주었어."

데니는 내 더러운 잠옷을 장난스럽게 째려보았다.

청바지 네 벌, 평범한 티셔츠 여섯 벌, 긴팔 네 벌, 스웨터 세 벌, 양말 여덟 켤레 그리고 팬티와 브래지어. (속옷 때문에 나는 얼굴을 붉혔다.) 데니가 내 속옷에 손을 댔단 말인가? 사라피나는 코웃음도 치지 않을 것이다.
외투, 장갑 두 켤레, 스카프 두 장 그리고 니트, 파란색과 검은색 섞인 모자 하나. 너무 많았다. 데니는 어떻게 이렇게 잘 고를 수 있을까? 바보스럽거나 소녀 취향의 것은 없었다.
나는 까만 청바지 한 장을 골랐다. 조금 크다. 암모나이트를 오른쪽 주머니에 넣었다. 그리고 빨간 글씨로 '포에버' 라고 쓰여 있는 파란 티셔츠를 골랐다. 데니가 보내는 메시지인가? 무슨 의미일까? 그냥 우연일까? 데니는 갈겨쓴 글씨가 있는 옷을 좋아하는 것일까? 마음에 든다. 역시 좀 크다.
다음 검은색 긴팔 옷을 입었다. 그다음 파란색 긴팔 옷에 딸린 모자를 스웨터 밖으로 꺼냈다. 그리고 그 위에 에스메랄다의 브로치를 달았다. 검정 양말을 신고 신발 상자 세 개를 하나하나 열었다.

양가죽을 댄 부츠랑 예쁜 스니커즈 두 개. 빨강, 하양, 파랑에 별이 가득 그려져 있다. 내가 지금까지 본 스니커즈 중 가장 멋지다. 나는 스니커즈를 꺼내 신었다. 유일하게 딱 맞았다.

'괜찮아. 청바지나 윗도리가 큰 게 낫지, 신발이 크다면 정말 곤란했을 거야.'

다른 하나는 아주 짙은 파란색이었다. 보름달이 뜬 사막의 푸른색 하늘만큼 짙었다. 양쪽에 세로로 은색 줄무늬가 있어 마치 땅에서 날아오르려는 것 같았다. 그 스니커즈를 신으면 세상 누구보다 빨리 달릴 수 있을 것 같다. 제이티보다도 빨리 달릴 수 있을 것 같다. 일찍 죽지 않을 수도 있겠다는 느낌도 들었다. 나는 죽음에 대한 생각은 떨치고 파란 외투를 집어 들었다.

"다 잘 맞니?"

"응."

"아니네. 내가 생각했던 것보다 네가 조금 작았구나. 신발은 어때? 신발은 맞겠지? 상점에 있던 여자애가 네 발하고 크기가 똑같더라고. 그래서 그녀에게 신발을 신겨 보았어. 운이 좋았지?"

"굉장히 좋았네."

상점에서 일하는 모든 여자애들이 하던 일을 멈추고 데니에게 달려왔을 것이다. 나라도 그랬을 것이다.

"옷은 좋아?"

"좀 크기는 하지만 완벽해, 고마워."

나는 데니를 꼭 끌어안았다. 그도 나를 꼭 끌어안았다. 데니의 강한 손이 등에 느껴졌다. 따뜻한 체온이 나의 발바닥까지 퍼졌다.

"가자."

내가 말했다.

"이제 너무 더워지고 있어."

데니가 고개를 끄덕였다.

"겨울엔 말이야, 밖에 있으면 너무 춥고 안에 있으면 너무 더워. 대책이 없어. 장갑, 모자, 목도리는?"

"아이참."

방으로 달려 들어가서 장갑, 모자, 목도리를 들고 나왔다. 입어야 할 게 너무 많다. 나는 발코니에서 맞은 추위를 생각하고 목도리를 칭칭 감았다.

데니는 걸어가기에는 날이 너무 추운 데다 도착해서 다리품을 제법 팔 것이라며 택시를 잡았다. 하지만 택시는 도무지 잡히지 않았다.

모두 천천히 지나쳐 갔다. 데니가 미친 듯이 팔을 흔들어도 그저 지나칠 뿐이었다. 우리는 그 문에서 세 블록쯤 되는 곳에서 내려 걸어가기로 했다. 늙은 마법사의 냄새를 찾을 때까지 걸을 것이다. 우리가 그의 흔적을 발견해도 그가 우리를 발견할 수 없도록. 우리는 걸었다.

그동안 데니의 전화는 다섯 번이나 울렸다. 시드니에서 온 것은 없었다. 그리고 나는 그 냄새를 맡았다. 걸음을 멈추고 숨을 들이쉬었다. 자동차 매연과 담배 연기, 아주 희미하게 고무 타는 냄새와 산 냄새. 늙은 마법사의 냄새였다. 하지만 위장이 뒤틀릴 만큼은 아니었다.

일주일 전에 제이티가 나를 데리고 아침을 먹으러 갔던 그 식당에서 나오고 있었다. 그날, 일주일 전 내가 그 문을 통해 시드니에서 뉴욕으로 들어왔던 그날, 나는 내가 어디에 있는지도 몰랐고, 제이티는 제이슨 블레이크에게 잡혀 있었다. 그곳에 다시 오게 되니 이상했다. 나는 그때의 내가 아니다. 제이티 역시 그때의 제이티가 아니다. 지구는 여러 번 자전했다.

"냄새가 저기에서 오고 있어."

"확실해?"

"응."

흐릿하기는 했지만 분명히 거기였다.

나는 데니의 외투를 잡아당겼다. 데니는 옷깃을 여미고 내게 딱 달라붙었다. 추위에 그렇게 해준 것이 고마웠다. 모자와 장갑도 고마웠다. 내 멋진 스니커즈를 바라보았다. 청바지도 마음에 들었다. 엉덩이가 축 처지긴 했지만 뭐 괜찮다. 이 청바지와 톰이 내게 만들어 준 그 바지를 비교할 수는 없다. 어떤 옷도 어떤 신발도 톰이 만들어 준 바지만큼 내게 잘 맞는 것은 없었다. 지금 그 바지를 입고 있다면 얼마나 좋을까? 장담하는데, 옷에 스민 톰의 마법이 뉴욕의 추위 속에서도 시드니의 한더위에 있는 것처럼 나를 따뜻하게 했을 것이다.

"가서 늙은이가 있는지 볼 테야? 그리고 뭘 하고 있는지. 에스메랄다는 늙은이가 마법사가 아니면 관심을 갖지 않을 거라고 했어."

에스메랄다는 그렇게 말했지만 늙은 마법사가 바로 옆에

데니가 있었다는 것을 알 수 있다면 어떻게 하지?

"정확히 뭘 알아보라는 거야?"

"그가 뭘 하고 있는지, 여전히 거기 서 있는지, 문짝을 밀고 있는지, 아니면 다른 무엇을 하는지."

"알았어."

데니는 별로 좋은 계획이라고 생각하는 것 같지 않았다.

"다시 이곳으로 돌아올게. 냄새 맡는 일이 끝나거든 뭘 좀 시켜. 그리고 너무 멀리 가지 마라."

나는 문을 당겨 열었다.

"조심해."

그가 눈을 찡긋했다.

"내게 별로 관심을 보이지 않을 거야."

"에스메랄다도 그렇게 말하기는 했어."

"그러면 별로 조심할 것도 없잖아."

"그렇다고 그가 바보는 아닐 거야. 네가 나타나면 늙은이는 뭔가 낌새를 챌 수도 있어. 그는 아주 위험한 사람이야. 널 해칠 수도 있어."

나는 조시 데이빗슨에게 했던 일을 떠올렸다.

"알았어, 그만하면 충분해. 너도 조심해."

"응, 물론이야."

데니가 멀어질 때 노래 소리가 들렸다. 또 전화가 울린 것이다. 데니의 일상은 전화로 이루어져 있다. 데니의 전화기 속에는 많은 친구들이 살고 있다.

데니가 지금 나를 돕지 않는다면 데니는 다른 일을 하고 다른 사람과 시간을 보내고 있을 것이다. 나 때문이다.

나는 친구가 네 명뿐이다. 사라피나, 톰, 제이티, 데니.

그리고 지금 단지 세 명을 만났다. 만약 데니가 나를 돌봐 주지 않는다면 그가 나의 친구가 되었을까?

식당 안에 들어서자 방금 구운 케이크와 빵 냄새가 났다. 좋은 냄새다. 식당 안은 좋은 냄새로 가득하다. 천천히 익고 있는 고기 냄새, 덩어리 둥둥 갈색 수프 냄새. 작은 그릇에서 수프를 홀짝 마신 남자가 나를 지나쳐 식당 밖으로 나갔다. 깨끗하다. 소독약 냄새, 세제 냄새, 땀 냄새, 스팀 냄새가 난다.

나는 늙은 마법사의 흐릿한 흔적을 잃어버렸다. 식당 안쪽으로 걸어 들어갔다. 계산대 앞을 지나 주방 쪽에 있는 출구로 갔다. 늙은 마법사 냄새가 코를 스쳤다. 목구멍 뒤가 쓰렸다. 나는 걸음을 멈추고 깊이 숨을 들이쉬었다. 스쳐 지나간 그 냄새를 다시 찾으려고 했다. 사라졌다.

"자리를 찾니?"

종업원이 나타나 낯선 어투로 물었다.

"이쪽에 앉으렴."

내가 대답하기 전에 그녀가 말을 이었다.

'여기 앉으세요.' 라고 쓰여 있는 종이판을 가리키고 사라졌다. 냄새가 다시 나를 스치고 지나갔다. 저 바깥쪽, 화장실 쪽이다. 나는 화장실로 갔다. 살균제, 비누, 변기의 물, 마지막 사람의 화장품 냄새를 맡았다. 화장실에 간 김에 볼일도 보았다. 이제 화장실 냄새에 내 오줌 냄새가 더해졌다. 늙은 마법사 냄새가 이 안에서 나는 것이 맞다면 여러 가지 냄새에 섞여 사라질 것이다. 나는 물을 내리고 손을 씻었다. 손이 건조하고 간질간질했다.

변기가 있는 칸 밖으로 나오니 위장이 뒤틀렸다. 그의 냄새가 다시 났다. 다른 칸 앞으로 갔다. 그러자 고무 타는 냄새는 어디론가 사라졌다. 뒤로 한걸음 물러났다. 냄새가 난다. 출구 쪽으로 걸음을 옮겼다. 혹시 냄새가 밖에서 들어오는 것은 아닐까? 혹시 주문대 위에서 나는 것일까? 위에서 나는지 보려고 고개를 들었다. 냄새가 사라졌다.

오줌을 눈 변기 쪽으로 갔다. 바로 그곳 화장실 문 사이 한 가운데다. 우편엽서를 꽂아 둔 철제 선반 아래였다. 냄새가 가장 강하게 올라오는 구역질이 제일 심하게 나는 곳이다. 고개를 들어 보았다. 혹시 냄새가 환풍기에서 내려오는 걸까? 더 약해지지도 강해지지도 않는다. 나는 쭈그리고 앉았다. 스팍볼을 게우지 않으려고 입으로 손을 꽉 막았다.

격자무늬 바닥제에 길이 약 10센티미터 정도 갈라진 틈이 있었다. 넓지도 않았다. 2, 3밀리미터 정도. 거기에서 냄새가 올라온다. 좁기는 했지만 굉장히 깊어 보였다.

"뭘 도와드려요?"

남자 종업원이 와서 물었다. 물주전자를 한 손에 들고 미친 사람 보듯 나를 보고 있었다.

"뭘 떨어뜨렸어요?"

그 여자와 똑같은 억양이었다. 데니 같은 미국 사람은 아니었다. 어디 다른 데서 온 모양이다. 이 사이로 신음이 새어 나왔다.

"괜찮아요."

내 자리로 와 앉았다. 냄새는 사라졌다. 첫 번째 종업원이 나타났다. 물 잔을 탁 내려놓아서 물이 넘쳤다. 그리고 차림

표를 놓았다. 나는 물을 벌컥벌컥 들이켰다. 그의 냄새를 씻어내고 싶었다. 종업원이 돌아왔을 때 나는 코코아를 주문했다. 위장이 그것을 받아들일지 자신이 없었으나.

화장실 바닥 틈에서 냄새가 가장 강했다. 그러면 바닥에 있다는 것인가? 아래에서 올라오는 것인가? 어떻게 내가 아래로 내려갈 수 있지? 방법이 없었다.

내려가는 방법이 있다 해도 1초마다 한 번씩 토해낼 것이다. 참을 자신이 없다. 종업원이 와서 코코아를 식탁에 놓았다.

'어쩌면 이것으로 위장을 좀 진정시킬 수 있지 않을까?'

한 모금 입에 물었다 그대로 뱉었다. 너무 뜨겁다. 손으로 입을 부채질했다. 그리고 천천히 불며 다시 한 모금 마셨다. 끔찍하게 맛없었다. 구토 냄새, 타는 고무 냄새가 났다. 그의 냄새가 내 입안에 가득했다.

데니가 전화를 받으며 들어왔다. 전화를 끊고 내 앞에 앉았다.

"괜찮아? 얼굴이 새파래."

나는 인상을 찡그렸다.

"괜찮아. 그 냄새가 굉장히 더럽거든."

"답답한 일이로군. 냄새를 맡으며 따라가야 하는데 그것 때
문에 비명 지르고 토해야 하는 거야?"
"이제 그 얘기 안 하면 안 될까?"
"그럴게, 미안해. 거기 아무도 없었어."
"아무도 없다고?"
만약 늙은 마법사가 거기 없다면 나는 시드니로 돌아갈 수
있다. 에스메랄다에게 전화를 걸어 문을 통해 걸어 들어가
면 된다. 하지만 여기 데니와 함께 있고 싶다. 짧은 시간이
라도 그랬으면 좋겠다. 데니가 고개를 가로저었다.
"아니야, 아무도 없어."
"손전화로 오스트레일리아에 전화할 수 있겠어?"
"내 전화로?"
나는 고개를 끄덕였다.
"제이티에게 전화할 수 있어, 지금?"
"당연하지."
데니가 전화기를 꺼내 단추를 누르고 내게 주었다. 에스메
랄다가 받았다. 피곤한 목소리였다. 그럴 것이다. 내가 문짝
으로 빨려 들어가고 나서 아무도 잠을 제대로 잘 수 없었을
것이다. 그 생각을 하다 보니 나도 어제부터, 시드니의 어제

부터 잠을 자지 못했다는 것을 깨달았다.

나는 옷을 걷어 올리고 시간을 보았다. 지금은 4시 33분, 그렇다면 시드니는 오전 8시 33분이겠다. 에스메랄다는 오늘 결근을 하려는 것일까?

"리즌이에요."

"잘 있었어, 리즌? 뭘 발견했니?"

"뭐 그렇다고 할 수 있죠. 7번가로 데니가 가봤는데, 늙은 마법사가 없었다고 해요."

"재미있구나, 문짝은 아주 완벽하게 조용해."

"아하, 그러면 그가 그 근처에 있을 때에만 문이 요동한다고 생각하는 거예요?"

"그럴 가능성이 있지. 너도 문 근처에 있니? 그리 가서 그가 있는지 볼 수 있을까? 아주 조심스럽게. 만약 그가 있다고 해도 싸울 생각을 해선 안 된다."

"멀지 않은 데에 있어요."

다시 늙은 마법사를 보고 싶지 않았다. 그의 더러운 냄새를 쫓아가는 것만으로도 충분했다.

"한번 가봐. 늙은이가 거기 있는지, 없는지 보고 와. 그리고 전화 끊지 말고."

"알겠어요."

나는 전화기를 막고 데니에게 말했다.

"둘이 가서 한번 보라는데."

전화기에서 손을 떼고 물었다.

"만약 그가 없으면 어떻게 해요? 내 말은…… 나 시드니로 돌아가요? 그런다고 해도 우리가 문제를 풀 수는 없을 것 같은데요."

"모르겠구나. 어떻게든 반드시 너를 데려올 거야. 내 약속하마."

13

거짓말

톰은 집으로 돌아왔다. 모든 세포들이 돌로 변하고 있는 듯하다. 전력으로 달릴 때보다 지금, 걷는 지금이 더 힘들었다. 톰의 몸은 거리에 주저앉아 그냥 자라고 했다. 톰은 무시했다. 한 발 한 발 내딛는 데에 집중했다. 넘어지지 않도록 주의했다. 집까지만 가면 된다.

열쇠로 문을 열고 들어가서 문을 닫았다. 주저앉으려는 몸을 일으켜 세워 위층으로 올라갔다. 한 발 한 발…… 침실 손잡이가 손에 잘 잡히지 않았다. 계속 미끄러졌다. 고장 난 문이 아니었다. 열기 어려운 문도 아니었다. 이전까지 문을 여는 데 고생한 적은 없었다. 두 손으로 문고리를 돌려서야 비로소 문을 열 수 있었다.

파란색 개버딘 천을 한쪽으로 치우고 침대 위에 몸을 던졌다. 톰은 기진맥진했다. 뉴욕으로부터 돌아오던 날 리즌처럼 지쳤다. 그리고 에스메랄다가 톰에게서 마법을 빨아들였을 때처럼 피곤했다.

톰은 순모 개버딘 천을 끌어당겨 결을 쓰다듬었다. 질기지만 부드러웠다. 톰의 몸도 부들부들했다. 전혀 억세거나 튼튼하지 않았다. 마법이 빠져나간 것이다.

톰은 다음 의상을 구상했다. 개버딘 천이 많이 남았다. 짙은 파란색이다. 옷감을 팔던 사람은 한밤의 푸른색이라고 했지만 시드니의 한밤은 전혀 파랗지 않았다. 캐스에게 외투를 만들어 줘야겠다. 세상에서 가장 멋진 외투를.

긴 외투를 만들어야겠다. 무릎까지 내려오든가 좀 더 길어도 좋겠다. 옷깃이나 이음매를 인조 모피로 하거나 아니면 누비거나, 폴라폴리스로 해야겠다. 두터운 것은 옷의 선을 망칠 것이다.

코튼울이나 거미줄처럼 따뜻한 것으로 해야겠다. 아주 멋지고도 따뜻한 옷이 될 것이다. 세상의 어떤 겨울 외투보다 훌륭할 것이다. 한겨울 뉴욕에 사는 누나를 위해.

톰은 지쳤다. 이렇게 피로한 적이 딱 한 번 있었다. 그때 톰은 하루 종일 잠들었다. 누나의 아파트를 같이 쓰고 있는 그 멍청한 놈에 따르면 훨씬 오래 잤다고 했다.

캐스 아파트, 흉물스런 노란 안락의자에서. 에스메랄다가 톰의 마법을 훔친 후에. 에스메랄다가 톰의 마법을 가져갔다. 톰은 애써 눈을 떴다. 일어나 앉아 옷감을 무릎 위로 끌어당겼다.

'발목까지 내려오는 것을 만들어야겠다. 그게 훨씬 좋겠어. 인조 모피는 소매나 옷깃에만 쓸까?'

톰은 전화기를 들고 캐스의 전화번호를 눌렀다. 열다섯 자리를 누르고 나서 신호가 가는 소리가 들렸다. 드르륵, 긴 휴지, 드르륵, 긴 휴지…… 아무도 대답하지 않았다. 긴, 긴 침묵이었다. 뉴욕과 시드니 사이에 더 이상 전화가 통하지 않는 것일까?

톰은 에스메랄다와 다시는 이야기하지 않겠다고 결심했다. 갑자기 전화기 속에서 째지는 듯한 소음이 들렸다. 트림 소리 같았다. 톰은 웃었다. 오스트레일리아에서 미국으로 전화가 연결되었다. 중간에 원숭이가 전화를 받았을까? 원숭이 트림 소리가 계속 들렸다.

벨이 울린다. 보통의 신호랑 달랐다. 신호가 길게 떨어진다. 남자 목소리가 들렸다.

"여보세요?"

웃긴 목소리다.

"캐스 있어요?"

"아니오."

전화는 곧 끊어졌다. 끊긴 신호음이 들린다. 톰은 기억을 더듬어 보았다.

'누구의 목소리일까? 캐스의 심술궂은 남자친구일까? 내가 스물여섯 시간 동안 잤다고 말했던 그놈이다. 아주 비싼 욕실 용품을 쓰던, 캐스가 집을 나가기를 바랐던 그놈이다.'

톰은 누나의 휴대전화 번호를 눌렀지만 음성 사서함으로 넘어갔다. 전화해 달라고 메시지를 남겼다. 톰은 누나가 너무 보고 싶었다.

리즌에게도 전화하고 싶었다. 그녀에게 말하고 싶었다. 모든 것이 너무 힘들었다. 침대에 등을 기대고 앉아 눈을 감았다. 눈앞에 수천 개의 작은 삼각형들이 어둠 속에서 눈이 내리듯 떨어지고 있다. 리즌에게 무슨 얘기를 할까. 에스메랄다가 마법을 훔쳤다고 말할까? 리즌이 생각하는 것처럼 에스메랄다는 믿을 수 없는 사람일까?

톰이 눈을 떴다. 전등 주변의 천장은 회반죽을 발랐다. '뭐라고 부르더라?' 톰은 기억이 나지 않았다. 그것을 뭐라고 부르는지 알고 있었는지도 기억나지 않았다. 꽃과 잎사귀와 포도가 그려져 있었고, 회반죽 포도송이와 전등 갓 사이에 거미줄이 있다.

바라보고 있으니 눈이 아팠다. '그것도 마법의 일부란다. 때로는 거짓말을 해야 한다는 것.' 에스메랄다는 톰에게 거짓말을 했다. 탐색의 마법이라고 했던가? 기억이 나지 않았다. 어쨌든 에스메랄다는 톰에게서 마법을 빼앗았다.

에스메랄다는 손을 톰의 손 위에 얹고 마법을 나눠 주겠느냐고 했다. 톰은 그렇게 하겠다고 했다. 하지만 질문의 의미가 무엇인지 알지 못했다. 앞으로 다시는 어떤 질문에도 '예' 라고 대답하지 않겠다고 다짐했다. 그편이 훨씬 안전하니까.

에스메랄다와 톰은 마법을 나눈 것이 아니었다. 톰은 에스메랄다에게서 아무것도 취하지 못했으니까. 그 후에 톰은 병이 든 것처럼 몸이 아팠고, 지금처럼 몸이 무거웠다.

그리고 하루 종일 잠들었다. 지금도 그날처럼 긴 잠에 빠질 것이다.

눈을 감았다. 거미줄도 보이지 않고, 회반죽 포도송이도 보이지 않고, 꽃도 보이지 않았다. 톰은 생각했다. 에스메랄다는 정말 피곤할 것이다. 아니다, 그렇지 않을 것이다. 그녀는 톰의 마법으로 힘을 얻었으니까.

에스메랄다는 톰에게 거짓말을 했다. 제이티가 그랬던 것처럼 에스메랄다는 톰에게서 마법을 가져갔다. 최소한 제이티는 부탁했다. 그녀가 무엇을 할 것인지 정확하게 말했다. 어쨌거나 그럴 수밖에 없었기 때문이다. 제이티는 죽어가고 있었으니까.

제이티는 정말 안 좋아 보였다. 갑자기 제이티는 얼굴이 새하얗게 질려서 금방이라도 숨이 끊어질 것처럼 보였다. 제이티는 열다섯 살이다. 그렇게 일찍 죽는다는 것은 억울한 일이다.

톰은 다른 생각이 들었다. 에스메랄다는 마흔다섯이다. 그렇다면 그녀도 자신의 죽음을 느끼고 톰의 마법을 훔쳤을까? 제이티가 그랬던 것처럼? 에스메랄다도 바로 그 순간 죽음을 느꼈을까?

혹시 그랬을까라는 생각은 순간 사라지고 톰은 그랬을 것이라고 확신했다.

피로에 지친 에스메랄다의 얼굴에 죽음을 느낀 표정이 떠올랐다. 그래서 에스메랄다는 톰에게 마법을 훔친 것이다. 에스메랄다는 자신이 죽어 가고 있다는 것을 알았고, 두려웠던 것이다. 톰은 이제 모든 것을 확실하게 이해할 수 있었다. 에스메랄다는 한 번도 톰의 마법을 훔친 적이 없었다. 전혀 없었다. 그것은 사실이었다. 톰은 이제야 마법이 빠져나가는 것이 무엇인지 알았으니까. 그 무서운 일을 평생에 두 번 당했다. 처음은 에스메랄다에게, 그리고 제이티에게…….

1년을 넘게 에스메랄다와 지냈지만, 그리고 그녀를 매일 보았지만, 딱 한 번 그에게서 마법을 취한 것이다. 에스메랄다는 그때 절망에 빠졌던 것이다. 에스메랄다는 죽어 가고 있었던 것이다.

근래에 에스메랄다는 마법을 사용하는 데 이전보다 훨씬 주의를 기울였다. 마법 수업을 할 때조차 마법을 사용하려 하지 않았다. 단지 촛불을 끄는 정도. 그것은 아무것도 아니다.

에스메랄다가 거짓말하지 않았다면 얼마나 좋았을까? 톰은
생각했다. 만약 그녀가 부탁했다면 톰은 허락했을 것이다.
톰은 눈을 감았다. 꿈도 없는 잠에 빠졌다.

14

골렘은 없었다

"알겠어요. 우리는 방금 모퉁이에 도착했어요."

나는 에스메랄다에게 말했다.

"정말 문이 잠잠해졌어요?"

"그래."

"아하……."

나는 카페의 진열창에 기대었다. 볼에 차가운 유리가 닿았다. 재빨리 볼과 유리 사이에 옷을 끼워 넣었다. 겨우 5시 19분이다. 하지만 벌써 해는 떨어졌다. 그리고 여전히 월요일이다. 영원히 화요일이 오지 않을 것만 같다. 시드니는 오전 8시 19분이다. 그곳은 벌써 화요일이다. 내가 영원히 월요일을 사는 동안 시드니는 화요일을 살 것이다. 한기에 눈이 따갑다. 몹시 춥다.

사라피나가 미치고 나는 시드니로 갔다. 그리고 시간은 갑자기 늘어졌다. 1초, 1초가 늘어지고 1분은 속도를 올려 사라졌다. 시간이라는 것이 나로부터 먼 곳에서 지나가고 있었다. 일주일 전에, 나는 열다섯 살이 되었다. 하지만 나는 지금 몇 살인지 모르겠다. 수백 살일까? 열다섯 살일까?

맛있어 보이는 열아홉 개의 머핀과 케이크가 진열되어 있다. 냄새는 맡을 수 없다. 내 코에는 늙은 마법사의 냄새가 가득하다.

토사물과 석탄 냄새가 내 혀를 감쌌다. 쓰디쓴 위액이 목구멍으로 넘어오고 있다. 팔에 소름이 돋았다. 코, 볼, 눈이 에는 듯하다. 옷 속에 감춰진 몸은, 면도칼로 추위를 잘라 내기라도 한 것처럼 따뜻하다.

더 이상 피곤하지 않다.

"늙은이가 거기에 있어?"

에스메랄다가 물었다. 그녀의 목소리가 갑자기 내게 달려들었다.

"아하…… 그러니까……."

"내가 가서 그가 있는지 볼게."

귀에 바짝 대고 데니가 말했다. 나는 송화기 구멍을 막고 데니에게 말했다.

"늙은이가 거기 있을지도 모르잖아."

"너는 내 뒤에서 걸어와. 내 몸으로 널 가릴 수 있어. 너 얼굴이 별로 안 좋아."

"내가 있는지 없는지 그는 보지 않아도 알 수 있어."

나는 숨을 깊이 들이쉬었다. 차가운 공기가 폐로 밀려들고 나는 기침을 했다. 데니가 내 등을 쓰다듬었다. 나는 고개를 가로젓고 말했다.

"나는 괜찮아. 내가 앞에서 갈게."

말은 행동보다 쉽다. 이 일이 빨리 끝났으면 좋겠다. 내 몸은 늙은 마법사를 다시 볼까 두려워한다. 내 귀는 소리를 못 듣는 것을, 내 눈은 아무것도 못 보는 것을 두려워한다.

"두려운 것도 당연하지."

"나는 무섭지 않아."

나는 거짓말을 했다.

"무슨 일이니?"

에스메랄다가 다른 쪽 세상에서 물었다.

"아무것도 아니에요. 지금 막 모퉁이를 돌았어요."

나는 한발 내디뎠다. 얼어붙은 개똥을 살짝 치웠다. 얼음 위에서 미끄러지지 않도록 조심해서 걸었다. 낯익은 거리다. 이스트 빌리지의 거리들은 대게 비슷하다. 그래도 나는 이 거리를 안다. 내가 처음 뉴욕에 발을 디딘 곳이다. 여름에서 겨울로 건너온 곳이다. 내가 처음 눈을 보았던 곳이다.

늙은 마법사가 보이지 않는다. 하지만 저 먼 곳에 후리후리한 남자가 막 모퉁이를 돌아 나간 것 같다.

"늙은이가 보이니?"

에스메랄다가 다시 물었다.

제이슨 블레이크처럼 보이는 남자, 우리 할아버지를 본 것 같다고 말해야 할까? 늙은 마법사는 나와 같은 칸시노니까.

"아니오."

데니가 나를 보았다. 그가 고개를 가로저었다. 데니도 늙은이를 보지 못했다.

"하지만 냄새를 맡을 수 있어요."

어느 때보다 냄새가 강했다. 약국에 들러 구토를 멈추는 약을 먹고 싶었다. 에스메랄다는 아마 냄새를 맡지 못하는 모양이다. 둔한 겨울옷 속에서 최대한 주변을 살폈다.

"하지만 벌써 어두워졌어요. 그래서 뭐라고 말하기가 어려운데……."

그러니까 내가 제이슨 블레이크를 보았는지 어땠는지도 확실하지 않다는 것이다.

"문은 여전히 잠잠해."

이번에 그녀의 목소리는 훨씬 깨끗하게 들렸다. 사라피나의 목소리. 내가 마지막으로 보았을 때의 사라피나보다 훨씬 사라피나 같다.

"일단 둘 사이에 무슨 연관이 있는지 확인해 보는 것이 필요하겠죠?"

"그래, 그 늙은이와, 바로 그래."

에스메랄다가 나 대신 대답했다.

나는 데니에게 바짝 붙어 걸었다. 두터운 겨울옷 속에서 나는 땀을 흘리고 있었다. 하지만 코는 추위 때문에 떨어져 나갈 것 같았다. 하늘은 추한 오렌지빛 갈색으로 변하고 있었다. 늙은 마법사의 고약한 냄새는 바로 저런 색깔일 것이다.

매연의 갈색.

달도 보이지 않고 별도 보이지 않는다. 십자성, 카리나, 켄타우로스는 북쪽에서는 보이지 않는다. 어디가 동쪽인지 서쪽인지도 모르겠다.

"계단에 도착하거든 내게 말해."

"알겠어요."

나는 데니의 전화기를 통해 말했다.

"내가 문을 열어 보려고 해."

에스메랄다가 말했다. 목소리가 갈라졌다.

"그러면 방어막으로 친 깃털이 엉망이 되지 않나요?"

"아니야."

에스메랄다는 아무 설명 없이 대답했다.

'정말 훌륭한 선생님이로군.'

"만약 그가 몸을 감추고 있으면요? 지금 냄새가 너무 지독하거든요."

나는 뒤를 돌아보았다.

"나는 준비가 되었어."

에스메랄다는 어떻게 그렇게 확신할 수 있을까?

"우리 지금 문 앞에 도착했어요. 오오……."

잿빛 갈색의 뭔가가 문 바로 앞에 있는 계단참에서부터 줄줄 흘러나오고 있다. 정말 지독하다. 입안에 쓴 맛이 가득했다. 그것은 곧 거품으로 변하더니 점점 커졌다. 나는 한발 물러섰다.

"염병."

"문이 다시 요동치고 있어."

에스메랄다의 목소리가 들렸다.

그 이상한 반죽 같은 것이 형태를 갖추며 솟아오른다. 사람의 형체를 갖춰 간다. 결국 늙은 마법사가 되었다. 나는 도망치려고 뒤로 돌았다. 하지만 그가 나를 붙잡았다. 손을 쓰지도 않고 나를 자기 쪽으로 끌어당겼다.

비명을 지르려고 입을 열었지만, 그가 내 입을 닫았다. 만약에 지금 토한다면 나는 질식하고 말 것이다. 제발 그가 마법으로 이 냄새를 좀 막아 주었으면 했다.

"오, 저기 그 늙은이가 있네."

마치 늙은 마법사가 원래부터 거기에 있었다는 듯이 데니가 말했다.

"저게 그 사람이지? 맞아?"

"무슨 일이야?"

에스메랄다가 물었다.

"괜찮니, 리즌?"

나는 아니라고 말하고 싶었지만 입이 열리지 않았다.

"늙은이가 거기에 있어?"

에스메랄다가 물었다.

"문짝이 미친 듯이 날뛰고 있어. 리즌, 그쪽에 무슨 일이야? 지금 문을 열고 나가도 되겠어?"

늙은 마법사가 가볍게 손을 흔들었다. 그가 나를 풀어 준 것이다.

"아니, 안 돼요!"

에스메랄다에게 말했다. 말할 수 있다는 것에 안도했다.

"늙은이가 있어요. 나오지 말아요."

전화기를 붙들고 있는 오른손이 아래로 툭 떨어졌다. 나는 오른팔을 끌어 올리려 했다. 등짝에 땀이 흘렀다.

늙은 마법사는, 처음 그를 보았을 때처럼 문에 기대어 있었다. 그 자리에서 한 발짝도 움직인 것 같지 않았다. 그가 눈치 채지 않기를 바라며 천천히 몸을 돌렸다. 미친 듯이 달리고 싶었다. 냄새로부터, 늙은 마법사로부터 도망치고 싶었다.

그러나 그가 나를 붙들고 놓아주지 않았다.

그가 나비보다 부드럽게 손가락을 퉁겼다. 순간 나는 움직일 수 없었다. 손에 들려 있는 전화기에서부터 계속 작은 소음이 들리지만, 나는 손을 들어 귀에 댈 수가 없다.

"염병!"

마법에 정신을 집중했다. 마법으로 그가 지금 하고 있는 짓을 막고 싶었다. 하지만 나의 마법은 전화기 속의 에스메랄다 목소리만큼이나 멀리 가버렸다. 이렇게 무기력하기는 처음이다. 그를 멈추게 할 어떤 방법도 없었다.

늙은 마법사가 미소 지었다. 그의 얼굴에 웃음 비슷한 것이 보였다. 그의 얼굴은 뭔가 이상했다. 표면이 중단 없이 흔들렸다. 문짝의 물결처럼. 그의 피부 또한 골렘의 움직임과 같이 흔들렸다.

그의 살이 골렘이었다. 이제 알겠다. 그는 땅의 갈라진 틈에서부터 솟아오른 것이다. 그리고 잿빛 갈색의 그 물질로 솟아오른 것이다. 골렘은 없었다. 골렘이라고 생각한 것은 늙은 마법사의 한 조각이었던 것이다.

골렘보다 늙은 마법사의 냄새가 그렇게 지독했던 것은 그가 골렘을 만들었기 때문이 아니라 골렘이 늙은 마법사의 몸이었기 때문이다.

"꼭 미라처럼 보여. 굉장히 늙었어. 그리고 삐쩍 말랐어."

데니가 말했다.

데니가 늙은 마법사를 가리고 내 앞에 서 있다. 그래도 늙은 마법사의 냄새는 여전했다. 그를 느낄 수 있었다. 나는 토하지 않는 데에만 정신을 집중하고 있었다.

"걱정하지 마, 리즌. 그가 마법사건 뭐건 간에 너보다 약간 더 키가 클 뿐이야. 내가 훨씬 더 크고 강하니까, 가서 손을 좀 봐줘야겠어."

늙은 마법사가 다른 마법을 쓴 모양이다. 몸이 내 의지와 상관없이 데니를 돌아 나갔다. 발이 움직일 때마다 나는 다리와 싸웠다. 왼발이 첫 번째 계단에 올라갔다.

"뭐하는 거야, 리즌? 가까이 가지 마!"

데니가 외쳤다.

나는 입을 열었지만 늙은이가 내 입을 닫고 나를 끌어당겼다. 또 한발이 저절로 움직였다.

"리즌!"

데니가 내 옆으로 뛰어왔다.

"도대체 무슨 짓을 하는 거야?"

늙은 마법사는 나를 계속 끌어당긴다. 두 계단을 더 올랐다. 나는 지금 그의 옆에 섰다. 내 몸이 비명을 지르고 있었다. 모든 근육이 뒤틀리고 그로부터 달아나려고 했다.

우리는 매우 가까이 있었다. 그의 팔과 몸을 볼 수 있다. 잿빛 갈색의 살. 근육이 진흙으로 된 것처럼 움직인다. 말라비틀어진 것이 아니다. 푹 익은 과일처럼 손을 대면 툭 터질 것이다.

위가 뒤집혔다. 늙은이가 위를 꼭 붙들었다. 덕분에 토가 멈추었다. 눈에 눈물이 찼다. 매운 찬바람이 코로 들어왔고, 입안에는 그의 냄새와 맛이 가득했다.

데니가 내 옆으로 달려들었다.

"리즌을 내버려 둬!"

"조심해, 데니!"

나는 비명을 질렀다. 늙은 마법사는 곧 손을 흔들어 내 입을 닫았다.

전화기에서는 제정신이 아닌 에스메랄다의 목소리가 들렸다. 데니가 몸을 돌리고 웃었다.

"네가 그랬지, 저 사람은 나에게 관심 없을 거라고."

늙은 마법사가 데니의 배와 얼굴을 주먹으로 때리고 무릎을 발로 찼다. 데니는 계단 아래까지 물러났다. 나는 포기했다. 나의 뇌는 내 몸에 포기하라고 전했고, 몸은 둔하게 명령에 따랐다. 내 몸은 이제 더 이상 늙은 마법사에게 저항하지 않았다. 위장도 경련을 멈췄다.

데니는 마치 일부러 계단을 달려 내려간 것같이 자기 발로 우뚝 섰다.

"당신은……."

내가 말을 시작했다. 늙은 마법사는 다시 내 입을 막았다. 나를 끌어당겨 두 계단 올랐다. 나는 그의 옆에 섰다. 그는 웃고 있었다. 희한한 얼굴에도 웃는 표정이 드러났다.

데니가 계단을 뛰어 올라왔다. 그리고 그에게 주먹을 휘둘렀다. 하지만 늙은 마법사는 잿빛 갈색 진흙 같은 것으로 변해 계단 돌 틈으로 사라졌다 데니의 주먹이 지나가고 나서 다시 나타났다. 데니가 눈 깜박하는 시간보다 훨씬 빠르다. 쉴 새 없이 주먹질을 하는 데니의 눈에는 그것이 보이지 않는 모양이다. 데니에게 기회는 없었다. 늙은 마법사는 데니를 보고 있지도 않았다. 그는 나를 보고 있다.

웃음이 떠나지 않는 얼굴로, 나를 가지고 놀고 있다.

"리즌."

숨을 헐떡이며 데니가 말했다.

"뒤로 물러나! 도망가자!"

나는 그럴 수 없었다.

"나는……."

늙은 마법사가 다시 고개를 가로저었고, 나는 입을 다물었다. 늙은 마법사는 데니의 주먹질을 모두 피하며 녹아 없어졌다 다시 나타났다. 데니의 몸이 점점 느려졌고, 윗입술에 땀이 맺혔다. 데니와 내가 내 몸을 움직여 보려고 했지만 땀만 흥건하게 흘릴 뿐이었다.

늙은 마법사가 데니의 얼굴에 주먹을 날렸다. 퍽! 하고 진흙이 아닌 살과 살이 부딪치는 소리. 데니는 비틀거리다 뒤로 펄쩍 뛰어 아래 계단에 섰다.

늙은 마법사가 천천히 다가가서 데니의 무릎을 걸어찼다. 데니는 뒤로 굴러 떨어졌다. 머리가 깨졌을지도 모른다. 늙은 마법사가 웃으며 천천히 내게 몸을 돌렸다. 물렁하게 물결치는 그의 얼굴처럼 웃음 자락도 흔들렸다.

늙은 마법사가 빈손을 모아 쥐었다. 손안에서 무엇인가 부풀었다. 그가 그것을 내게 던졌다. 나는 반사적으로 받았다. 잿빛 갈색, 늙은 마법사의 조각이었다. 뚜렷이 느낄 수 있다, 칸시노의 유전자와 그의 마법을.

그의 냄새가 나의 온몸을 감싸고, 나의 세포 속으로 들어오는 것이 느껴진다. 그의 냄새로 내가 가득 찬다. 세상에 그의 냄새 말고 다른 냄새는 나지 않았다. 뒤집히기 직전의 위장은 그대로 있고, 그의 조각은 내 살 속으로 스며든다. 몹시 아프다. 시드니에서 그것이 내 몸에 들어왔다 나갈 때보다 훨씬. 수천 개의 바늘이 찌르는 것처럼……

늙은 마법사가 내게 무슨 짓을 하고 있다. 물결치는 미소로 여전히 나를 바라보고 있다. 바늘은 나의 뼈와 골수까지 파고들었다.

늙은 마법사가 고개를 끄덕이더니 손을 흔들었다. 그리고 나를 계단 아래로 내려놓았다. 그가 나를 붙들고 있던 마법의 아귀를 풀었다. 나는 비틀거리며 달려가 홈통에 대고 토했다. 토하고…… 또 토했다. 아무것도 안 나올 때가지 계속 토했다.

데니가 나를 일으켜 세우고 눈을 끌어다 내가 게운 것 위에 덮었다. 나는 늙은 마법사를 보았다. 여전히 문에 기대 가만히 서 있었다. 그리고 손을 가볍게 저었다. 가라는 것이다. 마법을 쓰지 않았다.

나는 그의 말대로 했다. 데니의 손을 꽉 붙들고, 뛸 수 있는 한 힘껏 뛰었다. 그가 내 몸에 넣은 것이 날카롭고 예리하게 내 속에 있었다. 마치 수술당하는 것처럼. 내 몸이 바뀌고 있다.

늙은 마법사가 내게 무슨 짓을 했을까? 그가 나를 바라보고 있다는 것을 느낄 수 있었다. 나는 다리가 부서지도록 달렸다. 그렇게 미친 듯이 달리면 내 몸에 들어온 것이 더 깊은 상처를 남기지 않을까 하는 두려움이 생겼다. 모퉁이를 돌 때까지 달리기를 멈추지 않았다. 그의 시선에서 벗어나고 싶었다. 그의 냄새는 여전했다.

"괜찮아?"

데니는 쉽게 나를 따라왔다. 나는 카페의 진열창에 등을 기댔다. 케이크와 머핀이 있던 그 카페다. 이제 열일곱 개 남았다. 나는 고개를 끄덕였다. 입안은 정말 끔찍했다. 위가 쓰렸다. 외계의 생명체가 뱃속으로 파고들고 있었다. 나는 두려움에 찬 눈으로 손을 내려다보았다. 나는 장갑을 끼고 있었다. 손에 수많은 바늘구멍이 있을 것이다. 내 눈에는 보이지 않는다. 도려내는 듯한 통증은 사라졌다. 하지만 내 안에서 그것을 느낄 수 있다.

"손가락으로라도 이를 닦고 싶어."

"꼭 예쁜 칫솔을 사줄게."

"너는?"

그의 오른쪽 볼이 벌겋게 부어올랐고, 입가에 피가 흘렀다.

나는 장갑으로 데니 입가의 피를 닦았다.

"아무것도 아니야, 그저 입술이 터졌을 뿐이야."

"정말 운이 좋았던 거야. 늙은이가 네게 마법을 사용하지 않았거든."

'마법으로 너를 죽일 수도 있었어. 내가 조시 데이빗슨에게 그랬던 것처럼.'

"아하하…… 늙은이는 마법을 사용했어."

"아니, 그는 마법을 사용하지 않았어. 네 눈을 멀게 하거나 널 꼼짝 못하게 하지는 않았지."

나는 어깨를 으쓱했다.

내 안에 자신의 조각을 집어넣어 이제 나를 조종하기 더 쉬워졌을까? 통증은 없었다. 그렇지만 여전히 그것이 내 몸 안에 있다. 도대체 무엇일까? 데니가 코웃음을 쳤다.

"마법만 아니었으면, 그놈은 나를 때리지도 못했을 거야."

데니가 숨을 깊이 들이쉬었다.

"전화 아직 안 끊겼지?"

나는 손에 들린 전화를 바라보았다.

"그래."

데니가 전화기를 들어 에스메랄다와 이야기했다. 나는 깊이 숨을 들이쉬었고, 차가운 공기를 들이마셨다. 기침하지 않으려고 애썼다. 하늘을 바라보았다. 안개가 낀 것처럼 잿빛 갈색의 연기가 하늘에 퍼져 있다. 늙은 마법사의 것이다. 확신할 수 있었다.

나는 슬며시 모퉁이를 돌아다보았다. 그가 문을 지키고 있다. 나를 똑바로 바라보았다. 늙은 마법사로부터 잿빛 안개 줄기가 퍼져 나오고 있다. 열두 개의 안개 줄기가. 나는 재빨리 모퉁이 뒤로 숨었다. 늙은 마법사가 마법을 쓸까 봐 나는 얼른 몸을 피했다. 왜 이전에는 보지 못했을까? 무엇일까? 늙은 마법사로부터 퍼져 나오는 안개 줄기는?

가장 굵고 짙은 줄기가 모퉁이를 돌아 나온다. 나는 그것을 따라가기로 했다.

15

이 저주를 지워 버리고 싶어

"그동안 좀 지루했지? 재미있는 것을 발견했어."

제이티가 부엌으로 들어서자 에스메랄다가 말했다. 에스메랄다는 시선을 돌리지 않고 문을 뚫어지게 바라보고 있었다. 그녀는 아주 오래되고 무거운 골동품 전화기를 무릎 위에 올려놓고 있었다. 리즌의 전화를 기다리고 있는 것인지, 아니면 문을 열고 누가 들어서면 전화기를 던져서 머리통을 맞추려는 것인지 알 수 없었다.

문이 움직이고 있다. 이전보다 훨씬 느린 속도로 움직이고 있다. 누군가 뒤에서 정지 단추를 눌렀다 뗐다 반복하는 것

248

처럼 한 장면 한 장면 움직인다. 아주 이상했다. 문을 보고 있으려니 제이티는 온몸에 소름이 돋았다. 마치 야생의 맹수가 그들을 희롱하기라도 하는 것처럼. 일단 방심할 때까지 기다렸다 바닥에 놓인 깃털처럼 그들을 갈가리 찢어 놓으려는 것 같았다.

제이티의 머릿속에 깃털이 피에 물들어 가는 모습이 떠올랐다. 소름 돋는 장면이었다.

"톰은 어디에 있니?"

에스메랄다가 물었다. 그녀는 여전히 제이티를 바라보지 않았다.

"톰은 자러 갔어요."

"아직 이른 시간인데."

"더 이상 눈을 뜨고 있을 수 없다고요. 어젯밤부터 잠을 제대로 못 잤잖아요."

제이티는 에스메랄다가 자신을 쳐다보지 않는 것이, 톰에게 무슨 짓을 했는지 알기 때문인지 궁금했다. 에스메랄다는 그랬던 적이 없다고 했다. 톰 자신이 그렇게 말했다. 리즌과 제이티가 시드니에 오기 전까지는 마법을 빼앗는다는 이야기를 들어 보지 못했다고 했다.

‘에스메랄다는 나를 미워할 거야. 나도 내가 미워.’

에스메랄다는 고개를 끄덕이고 공책에 뭔가 적었다.

“재미있는 게 뭐죠?”

“리즌에게 전화가 왔다. 문이 움직이지 않으면 늙은 마법사도 반대편에 없다는 것을 알았어. 그가 문을 조정하고 있는 거야.”

“아하…….”

오랫동안 마법의 문을 저렇게 흔들고 있다면 엄청난 마법을 가진 사람이 분명했다.

“그는 정말로 강력해.”

에스메랄다가 말을 이었다. 날씨나 구멍가게에서 무엇을 샀는지 말하듯 아무렇지 않게 이야기했다.

“데니의 공격을 막으면서 리즌을 말도 못하게 움직이지도 못하게 만들었대. 아주 쉽게.”

“데니는 괜찮대요?”

“응, 물론이야.”

여전히 에스메랄다는 제이티를 바라보지 않았다.

“확실해요?”

“그래, 내가 통화를 했다.”

“그가 나타나지는 않았대요?”

“리즌의 할아버지 말이냐?”

제이티가 고개를 끄덕였다.

제이티는 식탁 의자에 앉았다. 엉덩이가 멍멍했다. 문을 감시하느라 오랫동안 그 의자에 앉아 있었기 때문이다.

“아니, 아직은 나타나지 않았대.”

제이티는 리즌의 샌들을 벗어 버리고 의자에 발을 올려 무릎을 감싸 안았다. 시계를 보았다. 그리고 뉴욕 시간을 계산했다.

‘리즌이 뭐라고 말했더라? 6을 더하고 오전을 오후로 바꾸라고 했던가? 아니, 8을 더하라고 했던가? 10시 이후에나 그렇게 하라고 했던 것도 같고……’

제이티는 손가락으로 계산을 했다. 오후 6시일 것이다. 아니면 8시던가. 해는 이미 떨어졌고, 무척 추울 것이다. 미광에 반짝이는 이빨보다 더 밝지도 않고 따뜻하지도 않을 것이다.

“뭘 해야 할지 모르겠구나.”

“네?”

“뭘 어떻게 해야 할지 모르겠어.”

에스메랄다는 전화기를 꼭 끌어안았다. 눈가가 젖어 있었다. 제이티는 그녀가 눈을 깜박이는 것을 보았다.

"내게 더 이상 마법이 남아 있지 않아."

제이티는 고개를 돌렸다. 문밖을 바라보았다. 늙은 거목이 창밖으로 보였다. 나뭇가지들이 늘어져 있다. 마당에 어둠을 만들려는 것 같기도 했고, 정글을 만들려는 것 같기도 했다. 밀림 한가운데 떨어진 듯했다. 도시에 있는 집의 뒷마당처럼 보이지 않았다.

만약 에스메랄다가 부탁한다면 톰은 그녀에게 마법을 나누어 줄 것이다. 톰은 얼마나 오래 살 수 있을까? 톰에게 얼마나 남아 있을까? 어쨌든 그들은 죽을 것이다. 어쩔 수 없는 일이다. 톰의 마법을 전부 빼앗는다고 해도 마찬가지다.

"우리는 죽을 거예요."

제이티가 말했다.

그제야 에스메랄다가 고개를 돌려 제이티를 바라봤다. 에스메랄다가 고개를 끄덕인다.

"내가 점점 쇠약해지는 것을 느낀다. 세상으로부터 멀어지고 있어."

"사라지는 거죠."

“맞아.”

에스메랄다가 슬픈 목소리로 말했다.

“나도 안다. 네 안의 그것을 볼 수 있어.”

‘에스메랄다가 무엇을 볼 수 있다는 것일까? 마법이 사라지는 것을? 마법을 빼앗긴 흔적을 본다는 것일까? 왜 나는 보지 못하는 것일까? 리즌도 그것을 볼 수 있는 것일까?’

제이티는 궁금했다.

“나는…….”

제이티가 말을 멈추었다. 에스메랄다에게 말해야 할지 망설여졌다.

“이제는 그를 이해할 수도 있겠어요. 내 마법을…… 빼앗은 거요.”

에스메랄다가 고개를 숙였다.

“그래, 하지만 잠깐 연장하는 것일 뿐이야.”

에스메랄다가 제이티를 바라보았다. 입가에 엷은 웃음을 짓고 있었다.

“몇 주 혹은 며칠을 더 살게 해준다면 내 모든 것을 다 줄 수 있어.”

“모든 것을요?”

에스메랄다가 고개를 끄덕였다.

"내가 그것을 취할 수 있다면 말이야."

"하지만 우리가 훔칠 만한 마법도 남아 있지 않은 거죠, 맞죠. 우리는 애걸해야 하고 자비에 희망을 가질 뿐이지요."

에스메라다가 일어나 앉았다. 그리고 제이티를 바라보았다. 에스메랄다의 눈가가 부드러워졌다. 에스메랄다의 시선이 잠깐 초점을 잃었다가 돌아왔다.

"너는 그렇게 했지."

질문이 아니었다.

"나는 다 설명했어요."

"알렉산더가 네게 그랬던 것처럼?"

"알렉산더요?"

"리즌의 할아버지, 제이슨 블레이크 말이다."

제이티는 갑자기 몸이 아팠다. 제이티는 자신을 그런 사람이 아니라고 생각했다.

"그게 진짜 이름이에요?"

제이티는 그가 사용하는 모든 가명을 다 알고 있다고 생각했다. 제발 에스메랄다가 큰 목소리로 그 이름을 부르지 않았으면 하고 바랐다.

254

“나도 모르겠다. 그를 처음 만났을 때, 자기 이름이 그렇다고 했으니까.”

‘어떻게 에스메랄다는 내가 그와 같은 부류라고 생각할 수 있을까?’

제이티는 자신이 그런 부류는 아니라고 확신했다.

“톰은 나에게 마법을 나눠 주었어요. 왜냐면 우리는 친구니까요. 그것은 그가 내게 한 짓과는 전혀 달라요.”

에스메랄다가 웃음을 터뜨렸다.

“비난하려는 것이 아니야. 널 비난할 입장이 아니다.”

“에스메랄다도 누군가의 마법을 뺏은 적이 있나요?”

아주 오랫동안 에스메랄다는 아무 말도 하지 않았다. 문짝은 이제 세로로 물결이 일고 있었다. 만약 그것이 갑자기 부풀어 제이티를 문 안으로 끌고 들어가지 않는다면 예쁘다고 생각했을 것이다. 문짝의 변화가 나쁜 신호인지 알 수 없었다.

“나의 딸로부터였지.”

“리즌의 엄마요?”

“그래.”

“오…….”

"정말이야. 사실, 딸에게 물어보지도 않았어."

"당신……."

"맞아. 사라피나는 마법을 사용하지 않았어. 마법을 배우기를 거절했지. 그리고 마법이 사실이라는 것도 거부했지."

"그래서 그녀에게서 마법을 빼앗았다고요? 오, 당신 엉덩이를 걷어차고 싶은 마음도 이해할 것 같군요."

에스메랄다가 웃음을 터뜨렸다. 하지만 그녀의 얼굴은 금방이라도 울음을 터뜨릴 것만 같았다.

"나를 싫어하는 이유가 더 있겠지. 나는 그다지 좋은 엄마가 아니었으니까."

제이티가 발끈하고 일어섰다.

"당신이 좋은 엄마요? 아주 재밌는 표현이군요. 여보세요, 당신은 아주 잔인한 악마예요."

"그런 뜻이 아니었어. 나는 준비가 되어 있지 않았던 거야."

에스메랄다의 볼에 눈물이 흘러내렸다.

"나는 내 딸이 미치지 않기를 바랐다. 그래서 내가 약간의 마법을 취한다면……."

"그리고 그게 상처가 되지 않는다면요, 그것은 당신이 더 오래 살기 위한 것이기도 하고요."

"아니야, 그런 것이 아니었어. 나는 사태가 이렇게까지 되기를 바라지 않았다. 모든 것을 바꿀 수 있다면 다르게 행동할 거야. 아, 그때로 돌아갈 수만 있다면……."

제이티가 코웃음을 쳤다.

"만약 과거로 돌아갈 수 있다면 농구 유전자를 잽싸게 휘어잡겠어요. 이런 끔찍한 마법의 유전자 말고요."

"맞아."

에스메랄다가 대답했다. 간절함이 배어 있었다. 에스메랄다의 마음이 전해지는 것 같았다.

"이 저주를 지워 버리고 싶어. 이것은 벌이야. 천벌이지, 어떤 것도 이보다 나쁠 수는 없다."

문이 움직이지 않았다. 얼마나 오래 그대로 있어 줄지 알 수 없었다. 그들은 그것을 공책에 기록했다.

"잠깐만요, 아까 그랬죠? 문이 움직이지 않으면 반대편에 그가 없다고요."

"그래, 맞아."

제이티가 일어섰다. 그리고 문 앞으로 걸어갔다.

"가자고요. 한번 가봐요. 어차피 우린 죽을 거잖아요, 그렇죠?"

16

늙은 마법사의 흔적

"우리 어디로 가는 거야?"

데니가 물었다.

"저쪽으로."

나는 가장 뚜렷한 안개 줄기가 있는 곳을 가리키며 말했다.

"에스메랄다가 늙은이가 어디에서 오는지 알아내라고 했

어, 지금 그렇게 하고 있는 거야."

"아프지 않니? 좀 쉬어야 하지 않을까, 우리?"

"나는 괜찮아."

나는 안개 줄기를 계속 쫓아갔다.

"제대로 가고 있는 거야? 너 아직도 그의 냄새를 맡니?"

나는 고개를 가로저었다.

"아니, 이젠 그럴 필요도 없어. 그를 볼 수 있으니까."

데니가 문득 멈춰 섰다. 몸을 돌리더니 두 주먹을 불끈 쥐고 말했다.

"그가 어디에 있어?"

"아, 미안해, 그가 아니라 그 늙은이 말이야. 나는 늙은 마법사가 어디에 있는지 볼 수 있어. 정확하게 말하면 그의 일부라고 할까. 이전에 냄새로 맡았던 그것 말이야. 안개 같은 것인데 한줄기로 뻗어 있어."

칭칭 감은 목도리와 모자 사이에서 그의 얼굴이 보였다. 마치 구역질 나는 것을 입에 물고 있기라도 한 얼굴이었다.

"무슨 말이야, 일부이라니?"

"그러니까 문틈이나 작은 틈새로 새어 나오는 것인데, 그의 피부 세포라고 할까."

"우와! 마법의 세포야?"

"그런 것 같아."

"우리는 피부 세포의 연기를 쫓아가고 있는 거구나. 거참, 이상하지?"

데니가 나를 보며 웃었다. 그가 손을 뻗어 내 코를 건드렸다. 추위 때문에 완전히 마비되었지만, 그는 장갑을 끼고 있었지만, 그가 내 몸에 손을 델 때 온몸에 전기가 흘렀다.

"네가 구역질하는 그거지?"

"응, 정말 더러운 냄새야."

그러나 더 이상 그렇지 않다는 것을 깨달았다. 이제 더러운 냄새가 아니었다. 나는 여전히 그 늙은 마법사의 냄새를 맡을 수 있었다. 하지만 구역질을 일으키지 않았다. 왜 그럴까? 그가 내 몸속에 넣은 그것, 나를 소름 돋게 하고 나를 아프게 하는 그것을 느낄 수 있었다.

내 몸이 내 몸이 아닌 것처럼 나는 불편했다. 그가 내 몸을 바꾸었다. 이제는 좋은 냄새가 났다. 어떻게 그가 나를 변화시킬 수 있을까?

"자, 길을 안내해 봐."

일곱 블록을 지났을 때 늙은 마법사의 안개는 포석 사이로 사라졌다. 나는 빠르게 걷다 문득 멈춰 섰다. 어떤 부인과 부딪쳤다.

"죄송해요."

길을 비키며 말했다. 아기를 안고 걸어오는 남자와 다시 부덮쳤다.

"죄송해요."

남자는 아무 말도 하지 않고 인상을 쓰고 지나갔다.

"뭐야? 우리 왜 멈춰 선 거지?"

데니가 나를 길 한가운데에서 낡은 신발 가게 쪽으로 끌어당겼다. 옆 가게도 아주 낡았다. 중고 물건을 파는 만물상 같은 곳이었다. 색 바랜 드레스를 입고 있는 아기 인형과 사람들의 얼굴이 새겨진 커다란 걸개그림이 있다. 나는 거기에서 엘비스 프레슬리를 알아볼 수 있었다. 하얀 드레스 입은 금발 여자도 있다. 빨강과 파랑 불이 들어오는 플라스틱 십자가도 있었다. 우리는 가게 쪽으로 바짝 붙어 섰다.

사람들은 옷을 단단히 여미고 지나갔다. 나는 그렇게 많은 사람들 틈에 있어 본 적이 없다. 이렇게 추운 날 밤에 밖에서 뭘 하는 걸까?

나는 늙은 마법사의 안개가 사라진 곳을 응시했다. 사람들이 지나가는 틈으로 보기에는 하수구나 환풍기 같은 것도 없었다. 바로 땅 밑으로 그것이 사라졌다. 왜 그런지 궁금했다. 왜 사라졌을까? 어떻게 사라졌을까? 또 한 가지가 궁금했다. 이곳에 그가 나타나지 않을까? 그 생각을 하니 갑자기

장이 꼬이는 것 같았다.

원하는 대로 아무 땅으로 숨어 들어갈 수 있다면 어디서든 그가 나타날 수 있다는 것이 아닌가.

몸속에 들어온 그의 일부로 그는 내가 어디에 있는지, 언제든 알 수 있지 않을까?

뒤를 돌아보았다. 군중이다. 하지만 그들 중 누구도 수백 년을 산 늙은 마법사는 없었다.

"사라졌어."

데니에게 말했다.

"마법 안개가 사라졌다고?"

"응."

"너희 할머니가 뭔가 알고 있지 않을까?"

그가 전화기를 꺼내려고 했다.

"아직은 안 돼. 내가 더 알아내기 전에는 안 돼."

나는 주변을 둘러보며 늙은 마법사의 흔적을 찾았다. 우리는 넓은 거리의 인도 위에 서 있었다. 인도는 넓었다. 도로는 더 넓어서 4차선은 되어 보였다. 만약 자동차들이 줄지어 늘어선 차선까지 합치면 6차선은 될 것이다. 자동차들은 몇 센티미터 간격으로 범퍼가 맞닿을 만큼 주차되어 있었다. 도대체 어떻게 차가 차도로 나갈 수 있을까? 견인차로 끌어낼까? 헬리콥터로 들어낼까?

밤이 되어, 형형색색의 간판 불이 들어왔다. 맞은편 거리 역시 가게들이 골동품이나 신발을 파는 낡은 가게가 빽빽하게 늘어서 있다. 여태까지 나는 한 번도 한산하게 홀로 서 있는 건물을 보지 못했다. 대부분의 가게들은 길가에 주차된 차들처럼 다들 비슷해 보였다.

눈에 들어오는 경치가 없었다. 그래서 지표물이 없었다. 언덕도 없고 산도 바위도 없었다. 나무 몇 그루가 있었지만, 이파리가 다 떨어졌기 때문에 구별할 수 없는 건물들과 비슷했다. 만약 데니를 잃어버린다면 나는 완전히 미아가 될 것이다.

"정확히 우리가 어디에 있는 거야?"

"1애비뉴와 A애비뉴 사이 17번가."

"알겠어. 나는 안개를 다시 찾아야겠어. 저쪽부터 찾아봐야겠군."

하늘을 올려다보았다. 이상하다. 별도 없고, 그렇다고 깜깜하지도 않다.

"저쪽은 어느 쪽이야?"

"동쪽."

"내가 만약 안개를 찾지 못하면 여기로 나를 데리고 와."

"문제없어."

"아직도 그게 보여?"

데니가 물었다. 우리는 동쪽으로 반 블록을 걸어왔다. 나는 걸음을 멈추고 A애비뉴 위아래를 쭉 살폈다. 안개가 보이지 않았다. 이 도시는 왜 그렇게 지루한 이름을 갖게 되었는지 궁금했다. 숫자도 좋고 글자도 나쁘지 않지만, 거리는 고유한 이름을 가지고 있어야 하는 것이다.

"아니, 냄새도 나지 않고 아무것도 보이지 않아."

"그게 어떻게 생겼어?"

데니가 물었다. 눈을 가늘게 뜨고 내가 보는 그 방향을 바라보며, 마치 자기도 볼 수 있는 것처럼 말했다.

"한줄기 안개처럼 생겼어. 하지만 훨씬 짙어. 불투명하고 색깔은 쥐색이야. 잿빛과 갈색 사이.

"그러니까 공중에 떠다니는 죽은 세포 덩이, 그런 것은 아니라는 거지?"

"아니야."

다음에 어디로 갈까? 동쪽으로 가보면 어떨까? 도대체 동쪽 같지가 않았다. 달도 없고 별도 보이지 않았다. 데니의 말만 믿고 가는 수밖에 없다. 우리는 계속 걸었고, 강에 닿았다. 그동안 늙은 마법사의 냄새는 없어졌다.

"네 집은 여기에서 가깝겠구나."

"여기는 이스트리버야, 허드슨이 아니라."

우리가 걸어온 쪽을 가리키며 데니가 말했다.

"우리 집은 저쪽에 있어. 맨해튼 반대편에."

"아하, 그래, 그럼 이게 섬이야?"

데니는 내가 뭔가 물어보면 멍청한 질문을 했다는 듯이, 제이티가 지었던 그 황당하단 표정으로 나를 바라보았다.

"맞아, 맨해튼은 섬이야."

"나는 이게 뉴욕시인 줄 알았는데."

"와, 리즌! 너 정말 아무것도 모르는구나."

"뉴욕에 대해서는 아무것도 몰라. 하지만 네가 모르는 많은 것을 알고 있어. 예를 들면 성냥 없이 불을 피운다거나……."

데니가 웃었다.

"넌 정말 그럴 수 있을 거야. 네 말을 믿어."

데니가 강 건너편을 손가락으로 가리키며 말했다.

"저쪽은 부르클린이야. 그리고 더 저쪽은 퀸스. 우리는 지금 맨해튼 섬 위에 있어. 전부 뉴욕의 자치구야."

"자치구라고?"

"뉴욕의 행정구역이야. 모두 다섯 개의 자치구가 있어. 맨해튼, 브루클린, 퀸스, 브롱크스, 스테이튼 아일랜드. 줄리에타와 나는 브롱크스에서 자랐어. 저쪽 북쪽에 있지."

데니는 검은 강이 흐르는 쪽을 가리키며 말했다. 낮에는 풍경이 어떨까 궁금했다.

"그러면 이스트 빌리지는 자치구가 아니야?"

"작은 동네 이름이야. 자치구는 훨씬 더 큰 거야. 이스트 빌리지 같은 작은 마을들이 모여서 자치구가 돼."

"알겠어."

혼란스럽다. 이스트 빌리지만 해도 굉장히 크다고 생각했는데.

"그럼 이 강이 이스트리버, 이스트 빌리지의 서쪽에 있는 거지?"

데니가 활짝 웃으며 고개를 끄덕였다.

"그러면 네 집 근처에 있는 것은 웨스트리버야?"

"아니, 그것은 허드슨이야. 어쨌거나 여기서 보면 서쪽에 있지."

"이쪽 강이 훨씬 맘에 들어. 나무도 많고 여름에 경치가 좋을 것 같아."

"맞아, 그래."

나는 그의 아파트에서 나무 한 그루 보지 못했고, 콘크리트 덩어리만 보았다. 이곳에서는 공원이 보였다. 여름에 무성해진다면 공원이라고 부를 수 있을 것이다. 나무들은 크고 울창했다. 하지만 이파리 하나 없었다. 늙은 마법사는 이곳에 없다.

우리는 다시 서쪽으로 걸어서 10번가에 도착했다. 그쪽은 14번가보다 인적이 드물었다. 길도 훨씬 좁았다. 나는 여전히 포위당한 느낌이다. 나는 어느 방향으로든 지평선이 보이지 않는 것이 싫었고, 너무 많은 건물을 보고 있는 것이 힘들었다.

우리가 A애비뉴에 도착했을 때 눈에 무언가 들어왔다. 가까이 가서 보니 장대 위에 달린 잿빛 리본이었다. 나는 춥고 배고프고 지쳤다. 늙은이가 내게 무슨 짓을 했는지 나는 아직 모른다. A애비뉴를 향해 걸음을 옮겼다. 그다음 거리에서 9번가라는 표지판을 보았다.

"아하……."

내가 말했다.

"발견한 거야?"

"아니야, 도시가 어떻게 돌아가는지 알게 된 거야. 난 참 둔한가 봐."

"뉴욕이 어떻게 돌아가는데, 리즌?"

"거리의 숫자는 남쪽에서부터 시작해 북쪽으로 갈수록 커지지. 10번가는 11번가 남쪽이야."

"아하……."

데니는 내 발견에 별로 놀라지 않았다.

"하지만 애비뉴는 동에서 서로 가는 거야. 1애비뉴가 제일 동쪽이야."

"잘했어."

"만약 네가 190번가 14애비뉴에 산다면, 북서쪽 끝에 있다는 거지."

"맞아. 하지만 14애비뉴는 없어. 넌 허드슨 강에 빠질 거야. 더 나쁠 수도 있고. 뉴저지에 가면 190번가 이상이 있어. 맨해튼은 218번가까지 있어."

"그럼 너희 집 주소는 뭐야?"

"웨스트 스트리트, 정확하게 하면 웨스트 사이트 하이웨이지. 이곳에서 서쪽으로 가장 멀리 위치해 있어."

"거기에서 가장 가까운 데는 몇 번가야?"

"사실, 웨스트 빌리지는 좀 달라. 거리 이름은 따로 있어. 숫자가 아니야. '호레이쇼 앤 제인' 같은 이름이 있어. 숫자는 없어."

"어…… 정말 정신 사납군."

이제 나는 거리의 숫자가 어떤 규칙으로 붙었는지 알게 되었고, 거리 이름으로 꽤 괜찮다고 생각하게 되었다.

"그러면 왜 이곳은 A애비뉴야?"

"옛날에 이곳은 커다란 공원이었거든."

거리의 동쪽을 바라보았다. 공원이 있었다. 눈과 나뭇잎이 다 떨어진 메마른 나무가 있는 것을 공원이라고 할 수 있다면 말이다.

"저런 것 같은 거야?"

"아니, 이 지역 전체가 공원이었어. 저렇게 조그만 게 아니라. 이 지역은 개발이 되지 않고 있었는데 거리가 생기면서 길을 더 만들어야 했어. 숫자는 서쪽으로 가며 붙었기 때문

에 대신 이곳은 알파벳을 사용했어. 여기서 동쪽으로 가면
A애비뉴야."

"그러면 C, D, E, F 그렇게 계속되는 거야?"

데니가 웃음을 터뜨렸다.

"C, D까지만 있어. 다음은 고속도로고, 더 가면 강이야."

우리는 7번가에 도착했다. 나는 7번가 서쪽을 쭉 훑었다. 거
기에 그것이 있었다. 밧줄만큼 굵은 안개가 도로 가운데 있
는 쇠격자 사이에서 흘러나오고 있었다.

"찾았다!"

"찾았어?"

"응, 바로 저쪽이야."

나는 그 철창을 향해 갔다. 거기에서 안개가 흘러나오고 있
다. 늙은이가 내 손에 던졌던 그것처럼 잿빛 갈색이다. 가까
이 갈수록 냄새가 강해졌다. 하지만 이전과는 냄새가 다르
다. 내 몸속에 들어온 그의 조각이 그 냄새를 훨씬 부드럽게
만들었다. 불에 탄 타이어 냄새는 향기로운 빵을 굽는 냄새
로, 그리고 쓴맛 같은 그것은 레몬 맛으로 바뀌었다.

별로 괴롭지 않았다. 오히려 좋은 냄새다. 그래도 그것은 같
은 냄새다. 냄새가 바뀐 것이 아니라 내가 바뀐 것이다. 늙

은 마법사가 그것을 내 몸속에 넣고 나서 레몬과 시나몬 토스트 냄새로 바뀐 것이다.

나는 몸을 부르르 떨었다. 어쨌든 고무 타는 냄새와 토사물 냄새보다는 훨씬 나았다. 아직도 느낄 수 있다. 늙은 마법사의 조각이 내 골수를 타고 흐르고 있다.

나는 창살을 내려다보았다. 어둠 속으로 안개가 사라졌다. 늙은 마법사가 갑자기 내 앞에 모습을 드러내지 않을까? 나를 꽉 붙들지 않을까? 머릿속에서 생각을 지우려고 애썼다. 내 몸속에서 갑자기 튀어나오지 않을까? 소름이 돋았다.

"이제 어디로 가는 거지?"

"저쪽, 서쪽으로."

대답하고 나는 안개를 따라 걸었다. 몸에 닿지 않으려고 조심했다. 안개가 내 몸에 닿을 때 어떻게 될지 알고 싶지 않았다.

1애비뉴 모퉁이에서 안개가 선명해졌다.

"길 가운데로 안개가 흐르고 있어. 남쪽으로 가고 있네."

안개는 우리를 2번가로 인도했다. 양쪽에 차들이 길게 주차되어 있었다. 어떤 것은 눈 때문에 먼지로 더러웠고, 어떤 것은 완전히 눈에 묻혀 있었다.

거리의 남쪽에 뉴욕의 여느 건물과 똑같이 생긴 건물이 늘어서 있었다. 5, 6층쯤 되는 갈색 잿빛 건물이었다. 다른 거리들과 구분할 수 없었다. 블록 한가운데 커다란 교회가 있었다. 현관 계단에는 눈이 쌓여 있다.

북쪽에 집이 몇 채 있고, 그 앞에 3미터쯤 되는 높은 울타리가 있었다. 거리 한가운데 묘지가 있는 것이다. 하얀 눈들이 덮인 듬성듬성 꽂힌 낡은 묘석과 묘비가 보였다. 낮게 깔린 돌담에는 잎이 다 떨어진 넝쿨이 자라서 담을 타고 무덤 뒤로 이어져 있다.

끝에는 앙상한 집이 서 있다. 묘지로 이어진 것은 우리가 따라간 안개뿐만이 아니었다. 세 줄기가 뒤쪽의 낮은 돌담으로부터 묘지로 향하고 있고, 다섯 줄기는 서쪽에서 오고 있다. 모두 묘지로 땅속으로 들어간다.

안개 그물은 하얗게 덮인 땅을 들락거리며 묘비와 묘석들 위로 기분 나쁘게 떠다녔다.

"염병!"

"뭐야?"

데니가 차가운 담 위로 올라서며 물었다. 묘지를 둘러본다.

"도대체 뭔데?"

"이곳 전체에 그게 있어. 여기 땅속에 있어."

"그게 무슨 말이야? 그가 귀신이란 말이야?"

"아니, 그의 안개가 땅에서 들락거려. 이 무덤 전체에서 말이야."

데니가 나를 바라보았다.

"무슨 말이야, 도굴꾼이라는 거야?"

17

악마의 선물

문은 열리지 않았다. 에스메랄다와 제이티는 겨울의 뉴욕으로 가려고 두터운 겨울옷을 챙겨 입었지만 문은 꼼짝도 하지 않았다. 에스메랄다가 문고리를 이리저리 뒤틀어도, 밀어도 보았지만 아무것도 달라지지 않았다. 제이티는 땀을 뻘뻘 흘리며 그 모습을 보고 있었다. 한여름의 한낮에 부엌에서 겨울옷을 몇 겹씩 껴입고 있었기 때문에 땀이 줄줄 흘렀다.

"왜 열쇠를 쓰지 않는 거예요?"

"나는 열쇠가 필요 없어. 나만이 열쇠 없이 이 문을 열 수 있어."

"하지만 달라졌을 수도 있잖아요."

"불가능해."

"그러니까 당신 말에 따르면 호랑이 담배 피우던 시절부터 살았고, 엄청난 마법을 가진 늙은이라면서요. 그렇다면 그에게 안 될 게 뭐 있겠어요."

에스메랄다는 제이티를 노려보았다. 만약에 그녀가 눈에서 마법 레이저를 쏘아낸다면 제이티는 단번에 재가 되었을 것이다. 갑자기 에스메랄다가 웃음을 터뜨렸다.

"좋아, 네 말이 맞는 것 같다. 내 능력은 강물처럼 변한 문짝에는 소용이 없나 보다. 열쇠를 가져와야겠어. 너희는 문에서 멀리 떨어져 있거라. 지금은 움직이지 않지만 어떻게 알겠니."

제이티는 눈동자를 데굴데굴 굴렸다. 제이티는 바보가 아니었다. 겨울 외투를 벗고 냉장고를 열어 콜라든 뭐든 마실 것을 찾아보았다. 아무것도 없었다. 포도주 한 병이 눈에 들어왔다. 제이티는 병을 꺼내 잔에 가득 따라서 한 모금 마셨다.

맛이 이상했다. 잘못 걸렸다. 제이티는 불편한 부엌 의자에 앉아서 오랫동안 문을 응시했다. 문이 움직이지 않는다. 혹시 에스메랄다가 문을 열려고 몸부림할 때 그 늙은이가 눈치를 채지 않았을까? 제이티는 그런 생각에 잠겨 포도주를 한 모금 더 마셨다. 처음보다 훨씬 맛있었다. 만약 건너편에 기다리는 늙은이가 자신과 톰, 에스메랄다가 문을 통해 나오기를 기다렸다 갑자기 달려들어 마법을 빼앗으면 어떻게 할까? 제이티는 걱정이 몰려왔다.

리즌이 에스메랄다에게 말한 바로는 늙은 마법사의 능력으로는 원한다면 언제든 그럴 수 있겠지만, 리즌의 마법을 빼앗지 않았다고 했다. 하지만 그것은 리즌의 마법만 원하지 않았던 것이 아닐까? 제이티는 아무것도 알 수 없었다.

"뭐하는 짓이야, 제이티!"

에스메랄다가 말하며 제이티의 손에서 잔을 빼앗았다.

"왜 그래요?"

"제이티 넌, 열다섯이야. 네가 지금 당장 죽는다고 해도 허락할 수 없다. 술을 마시는 것은 안 돼. 아침에는 더욱 더 안 되지."

"그는 술을 마시게 했어요."

"그랬겠지."

“알렉산더의 규범을 따르고 싶다면 언제든 그에게 돌아가거라.”

제이티는 규범이라는 말을 이해하지 못했지만 에스메랄다가 비꼬고 있다는 것은 알았다. 왜 안 되는 걸까? 고약한 포도주 한 잔 마시는 것이 뭐 그리 대단한 일일까? 제이티는 이해되지 않았다.

에스메랄다가 문에 열쇠를 꽂았다. 그녀가 손잡이를 돌리기 전, 문이 좌우로 흔들렸다. 그리고 갑자기 물이 된 것처럼 녹아내렸다.

액체로 변한 나무가 에스메랄다의 장갑 낀 손 위로 흘러내렸다.

“안 돼!”

에스메랄다가 비명을 지르며 문짝 안으로 빨려 들어가는 손을 다른 손으로 붙잡았다. 하지만 문짝은 에스메랄다의 손을 놓아주지 않았다. 문짝은 에스메랄다를 삼키고 있었다. 그녀는 몸을 한껏 굽히고 힘을 썼다. 머리에서 모자가 떨어졌다.

“제이티, 도와줘.”

제이티는 의자에서 뛰어 일어났다. 침착하게 뭔가 해보려

했지만 뭘 해야 할지 알 수 없었다. 만약 마법을 사용하면 즉시 죽을 것이다. 문짝이 에스메랄다의 팔뚝까지 삼켰다. 그녀는 몸을 활처럼 구부리고 팔을 빼내려고 애를 쓰고 있었다. 그리고 다리와 얼굴까지 빨려들지 않으려고.

제이티가 에스메랄다의 다리와 옷을 잡고 당겨 보았으나 손이 미끄러졌다. 제이티는 뒤로 물러나서 부엌을 둘러보았다. 포도주 잔이 눈에 들어왔다. 제이티는 그것을 집어 문짝에 뿌렸다.

요동치며 흔들리는 문짝을 타고 포도주가 흘러내렸다. 에스메랄다의 손과 발이 포도주에 젖었다. 포도주는 바닥까지 흘렀고, 깃털이 포도주에 젖어 떠다녔다. 순간 문이 에스메랄다를 확 잡아당겼다. 이제 얼굴과 다리만 보일 뿐이었다.

"젠장!"

갑자기 에스메랄다의 몸에서 빛이 번쩍했다. 그녀의 등에서 하얀 실 같은 빛이 퍼져 나왔다.

그것은 제이티가 춤추며 보는 사람들 사이의 마법 망처럼 생겼다. 그들의 에너지를 하나로 묶어 군중으로 만드는 끈처럼 보였다. 제이티는 대담하게 그 실을 붙들었다. 그리고 잡아당겼다. 온 힘을 다해 잡아당겼다. 마법을 쓸 수는 없다. 손바닥이 갈라지고 있었다. 제이티는 신경 쓰지 않고 계속 당겼다. 그러다 제이티의 등이 식당 문에 부딪혔다. 다음 무슨 일이 일어났는지 보지 못했다. 하지만 들을 수 있었다. 에스메랄다가 거칠게 숨을 내쉬었다. 제이티는 방 안에 마법이 흐르는 것을 느꼈다.

방 안에 있는 공기가 물결을 일으키며 밖으로 빠져나갔다. 제이티는 비틀거렸다. 손에 붙들고 있던 실도 사라졌다. 마치 물속에 가라앉은 것처럼 아무것도 들리지 않았다. 정신이 돌아왔을 때 에스메랄다는 뒷문 근처에 앉아서 벌게진 얼굴로, 물고기처럼 입을 벌리고 거칠게 숨을 내쉬고 있었다. 에스메랄다는 땀으로 흠뻑 젖었다. 그녀의 겨울옷은 넝마 조각처럼 찢겨 있었고, 장갑도 사라졌다.

오른손에는 커다란 열쇠가 꼭 쥐어져 있었다. 제이티가 귀와 코를 문질렀다. 마치 물을 닦아내는 것 같았다. 그리고 크게 숨을 들이쉬었다. 귀가 열리고 소리가 다시 들렸다. 문이 쇳소리를 내며 울고 있다.

에스메랄다는 장거리 달리기를 한 셰퍼드보다 더 숨을 헐떡였다. 냉장고에서 쾅 소리가 나고, 새들은 요란스럽게 지

저린다. 어딘가에서 개 짖는 소리가 들린다. 제이티가 성호를 그으며 마리아를 불렀다. 그리고 에스메랄다의 옆에 무릎을 꿇고 앉았다.

"괜찮아요?"

에스메랄다가 고개를 끄덕였다 가로저었다.

"굉장히 고통스러웠어."

에스메랄다는 팔꿈치를 짚어 몸을 일으켰다. 현기증이라도 나는지 그녀의 표정은 멍했다.

"괜찮아요?"

에스메랄다는 눈을 감았다 떴다. 겁에 질린 듯한 표정이었다.

"저기 뭔가 있어. 물 한잔 갖다 주겠니?"

에스메랄다는 열쇠를 꽉 쥔 손을 내려다보았다. 피가 송송 맺혀 있었다. 제이티가 물을 가져와서 에스메랄다에게 주었다.

"별로 좋아 보이지 않는데요. 악마라도 본 거예요?"

에스메랄다가 제이티를 바라보았다. 반쯤 웃고 있었다.

"그가 내 몸에 손을 댔어."

본능적으로 제이티가 뒤로 물러섰다.

“나는 죽어야 했는데 이해할 수가 없군.”

에스메랄다의 시선이 팔에 머물렀다. 뭔가 찾는 듯했다.

“난 마법을 사용했어. 도망치려고 말이야. 난 지금 죽어야 해. 그가 내 몸에 뭔가 넣었어. 그런데 나는 죽지 않았어.”

“악마가 그렇게 했다고요? 그 늙은이가?”

“정말로 늙었더군, 제이티. 가능하리라고 생각하지 못했어. 그런데 지금은 기분이 아주 좋아. 몸속에서 열이 나는구나. 나는 훨씬 강해진 것 같아.”

그녀가 제이티의 왼팔에 손을 얹으며 말했다.

“자, 선물이야.”

에스메랄다의 팔이 느껴지는 것이 아니었다. 아주 작은 면도날이, 날카로운 바늘이 느껴졌다. 아주 가는 실들과 예리한 바늘이 그녀의 몸속으로 들어오는 듯했다. 에스메랄다가 제이티를 공격하는 것이다. 그녀의 아버지가 그랬고, 그가 그랬다. 왜 예상하지 못했을까? 제이티는 알았다.

이것이 어른들이 하는 짓이다. 배반하는 것.

에스메랄다는 제이티의 마법을 모두 뽑아낼 것이고, 제이티는 죽을 것이다. 하지만 제이티에게는 멈출 힘도, 방법도 없었다. 제이티의 마음속에 분노가 하얗게 일었다. 그리고 눈앞이 하애졌다. 화를 낼 힘도 남아 있지 않았다. 눈물방울이 그녀의 눈에서 흘렀다. 회한과 후회가 그녀의 몸을 잠식했다. 그리고 고통이 점점 커졌다. 결국 후회도, 생각도, 의식도 사라졌다.

18

리즌의 눈물

"도굴꾼이나 도둑놈 같지는 않아. 쌓인 눈을 봐, 아무 흔적
도 없잖아."

"혹시 마법으로 영혼을 불러내거나 하지는 않을까?"

"그럴지도 몰라. 하지만 정확히는 모르겠어."

온몸에 힘이 쫙 빠졌다. 내려오는 눈꺼풀을 버티기도 힘들
었다. 머릿속은 하얘졌다. 아무것도 생각할 수 없었다. 반쯤
감긴 눈으로 늙은 마법사의 마법에서 뿜어지는 잿빛 갈색
안개의 흐름을 보았다. 여러 개의 줄기가 서로 엉켜서 땅으
로 들어갔다 다시 솟아오르고는 했다. 서로 휘감기며 소용

돌이치고 춤추는 것처럼도 보였다. 아름다웠다.

"리즌?"

"응."

"뭐가 잘못되었어?"

"졸려."

"집으로 가자."

위장이 죄는 듯했지만 구토감은 아니었다. 이 일대 전체에 늙은 마법사의 냄새가 가득했다. 라임 주스 냄새와 잘 구운 빵 냄새다. 처음에는 어떤 냄새였는지 생각이 나지 않았다.

"배고파."

나는 하품을 했다. 오늘 하루 종일 걸은 데다 지금은 낮이어야 하는데 밤이다. 하늘은 늙은 마법사의 잿빛 갈색과 똑같다. 온 세상이 그렇다. 나도 혹시 그럴까?

"근처에 스시집이 있어. 스시라고 들어 봤어?"

나는 고개를 가로저었다.

"들어 본 적 없어."

"모험 한번 해볼래?"

나는 고개를 끄덕였다. 입을 열어 말하기에는 너무 지쳐 있었다.

식당까지 걸어가는 것도 중노동이었다. 다리를 움직이는 것도 버겁다. 뇌는 어서 걸으라고 외쳐도 다리는 들은 척도 하지 않았다. 결국 데니가 내 무릎 밑에 손을 넣어 나를 들어 올렸다. 기분이 좋았다.

"휘유, 지난번보다 훨씬 낫다."

에스메랄다로부터 도망쳐 제이티를 따라 갈 때 데니를 만났다. 데니만큼 빨리 달릴 수 없었기 때문에 데니가 나를 들어 올려 어깨에 메고 달렸다. 데니가 웃었다.

"감자 가마니처럼 어깨에 매달려 가는 것이 별로였구나."

"응."

데니의 팔에 안겨 있으니 잠이 확 달아났다.

차가운 바람이 얼굴을 할퀴고 갔다. 몇 시간 만에 처음으로 늙은 마법사의 냄새가 아닌 다른 냄새를 맡았다. 데니의 냄새가 난다. 땀 냄새, 샴푸 냄새, 사향 냄새 같은 달콤한 냄새가 데니에게서 난다. 몸이 떨렸다. 나를 두르고 있는 그의 팔은 강하고 튼튼했다. 순간 그가 나를 어루만져 주었으면 하는 생각이 들었다. 이렇게 안고 가는 것보다 나를 꼭 안아 주었으면 싶었다.

"아직 멀었어?"

내가 물었다.

"내가 뭘로 보여? 네 아버지? 아님 택시 운전사?"

"넌 제이티 오빠고, 농구에 뛰어난 재능을 가지고 있어."

"맞아, 그게 바로 나야."

"그런데 너는 그걸 직업으로 삼으려는 거야? 농구를 해서?"

그것이 가능한지 알지 못했지만, 제이티의 말투는 자기 오빠가 농구를 잘하는 것이 대단한 일이라는 듯했다.

"그렇게 하고 싶어. 언젠가 그렇게 될 거야. 나는 조지타운의 농구 장학생으로 들어갔어. 하지만 지금은 휴학 상태야. 아버지가 돌아가시고 나서 줄리에타를 찾아 나섰거든. 농구 연습은 계속 했어. 매일매일. 그리고 길거리 농구도 하고. 나는 웨스트 스트리트 4가 농구부에 있어. 9월에는 학교로 돌아갈 거야. 연습을 굉장히 많이 해야겠지. 그 학교는 운이 정말 좋은 거야. 나같이 훌륭한 포인트가드를 두었으니까."

"그렇구나."

대답은 그렇게 했지만 데니가 무슨 말을 하는지 정확하게 이해할 수 없었다. 조지타운이 뭔지도 몰랐고, 열여덟 살이나 되어서 아직도 학교에 다니는 것도 이해가 되지 않았다.

"미안해, 연습을 못하게 해서……."

"별일 아니야. 동료들한테는 다 연락했어. 오늘 밤 게임은 못하는 걸로. 아침에 체육관에도 못 가겠다고 연락했어. 별로 대단한 것 아니야. 이 일이 더 중요하니까. 농구 안 하고도 하루쯤 살 수 있어."

"나도 마법 없이 하루를 살아 보고 싶다."

"줄리에타도 그렇게 말했어. 자, 다 왔다."

데니는 나를 살며시 내려주었다. 다리가 얼얼해서 제대로 서지 못하고 비틀거렸다.

"조심해."

데니가 식당 문을 열어 주었다. 나는 따뜻한 식당 안으로 들어갔다.

스시라는 것은 검은색에 가까운 짙은 초록색 종이처럼 생긴 것에 밥을 싸 놓은 것이었다. 고기와 야채가 가운데 들어 있었다. 굉장히 맛있었다. 하지만 우리의 허기진 배를 채우기에 역부족이었다. 나는 스물여섯 조각을 먹고 나서야 허기를 면할 수 있었다. 일본 전통 의상을 입은 종업원은 활짝 웃으며 수도 없이 인사를 했다.

그리고 아주 작은 잔에 차가 나왔다. 약간 쓴맛이 돌았지만 신선했다. 녹차라고 데니가 알려 주었다. 한 모금에 시차와 긴장에서 비롯된 모든 피로가 녹아 없어지는 것 같았다.

"너는 어떻게 뉴욕에 대해 아무것도 모를 수 있어? 그리고 어떻게 스시 한번 안 먹어 볼 수 있어?"

"제이티가 아무 말도 하지 않았어?"

"안 했어."

"나는 엄마 사라피나와 함께 오스트레일리아 여기저기를 돌아다녔어. 도시에는 들어가지 않았고, 황야에서 살았어. 황야에 스시 같은 것은 없어."

나는 그것을 왜 스시라고 부르는지 궁금해졌다.

"그래도 학교는 다녔겠지?"

"아니, 사라피나는 직접 가르치는 것을 더 좋아했어. 수학과 과학을 가르쳤지. 나는 수학을 정말 잘해."

"텔레비전에서라도 뉴욕을 봤을 것 아니야?"

"아니."

나는 고개를 가로저었다.

"나는 텔레비전을 거의 못 보았어. 오늘 너희 집에서 본 것이 전부야."

"설마⋯⋯."

데니가 충격을 받은 표정으로 말했다.

"설마 그럴 리가⋯⋯ 농담이겠지."

"사실이야. 가끔 식당에서 본 적은 있지. 하지만 대부분 경마나 축구 같은 것을 하고 있었고, 오랫동안 보고 있을 수도 없었어. 대신 나는 책을 많이 읽었지."

"하지만 네가 읽은 책에 뉴욕 이야기는 없었던 것이구나."

"대부분 수학과 과학 책이었어. 그리고 나는 오스트레일리아에 있는 작은 마을의 이름까지 다 알고 있어. 오스트레일리아에는 진짜 많은 마을이 있거든. 그리고 별자리 이름도 다 알아. 수백 개의 별을 하나하나 다 구별할 수 있고, 동물들도 마찬가지야. 그리고⋯⋯ 나는 피보나치수열을 계산할 수 있어."

"알겠어. 정말 놀랍구나. 너무 달라. 나는 텔레비전을 못 보고 자란 사람을 본 적이 없어. 무슨 말을 하려는 것이냐 하면, 뉴욕은 세상에서 가장 유명한 도시야. 그런데 너는 모른다는 거야. 그 문으로 들어오기 전까지 네가 전혀 알지 못했다는 것이 놀라워. 마법이 진짜라는 것보다 더 놀라워. 정말 이상한 일이라고."

“뉴욕이라는 도시는 알고 있었어. 들어 봤어. 하지만 맨해튼이나 브루클린은 못 들어 봤어.”

“혹시 엔와이피디(NYPD)가 뭔지 알아?”

나는 고개를 가로저었다.

“뉴욕, 뭐 그런 거겠지.”

정말 바보가 된 느낌이었다.

“뉴욕경찰청[New York Police Departement]이야. 정말 놀랍다. 그것도 모르다니.”

“이제 알잖아.”

데니가 눈을 뎅그렇게 뜨고 나를 바라보았다.

“너 혹시 다른 나라의 도시나 미국의 다른 도시는 알아?”

“알지.”

“파리, 도쿄, 프놈펜, 자카르타…….”

“어떤 도시인지도 알아?”

“파리는 프랑스에 있어. 지금이…….”

나는 시계를 보았다.

“오후 8시 37분이니까 파리는 오전 2시 37분이야. 프놈펜은 캄보디아에 있고, 시드니보다 네 시간 늦어. 그러니까 지금 오전 8시 37분이지. 자카르타는 인도네시아에 있어. 거기 시간은 프놈펜과 똑같아."

"도쿄는?"

"도쿄는 일본에 있어. 지금 오전 10시 37분이야."

"대단해, 내가 졌다. 어떻게 그럴 수 있어? 모든 도시의 시간을 다 알고 있는 거야?"

"쉬워. 하루는 스물네 시간이니까 계산하기 어렵지 않지. 어려운 것은 그 도시가 어느 시간대에 위치하는지 아는 것이야. 하지만 나는 전부 알고 있어. 어떤 경우에는 좀 인위적이야. 썸머타임이라든가 그런 것 때문에. 그리고 오스트레일리아 주변 나라에 대해서는 더 잘 알고 있어."

"무슨 말인지 알았어. 프놈펜이라는 도시는 처음 들어 봐."

"사실 뉴욕만큼이나 그 도시들에 대해서도 전혀 아는 것이 없어. 행정구역이 어떻게 나뉘는지도 모르고…… 뭐라고 했지? 자치구? 그런 것은 몰라. 만약에 마법의 문이 그 도시들 중 어딘가로 열렸더라도 나는 뉴욕에서처럼 길을 잃었을 거야."

"그런 게 있을 것이라고 생각하니?"

"뭐가?"

"다른 마법의 문 말이야. 도시를 연결하는……."

"잘 모르겠어. 하지만 그럴 수도 있겠지. 그렇게 생각해 볼 수 있겠네. 세상에 왜 마법의 문이 단 하나뿐이겠어."

그때까지 또 다른 마법의 문이 있을 수 있는 가능성에 대해서는 생각도 못하고 있었다. 나는 얼마나 바보 같은가? 혹시 늙은 마법사는 어느 먼 도시와 뉴욕을 연결하는 마법의 문을 통해 뉴욕으로 온 것이 아닐까? 만약 우리가 그의 마법에서 나오는 안개 줄기를 따라가면 다른 문을 만날 수 있을까? 늙은 마법사는 어떻게 그렇게 오래 살 수 있을까? 마법을 훔치는 것일까? 하지만 그는 내 마법을 빼앗으려 하지 않았다.

"마법사가 된다는 것은 어떤 거야? 굉장히 놀라울 것 같아."

종업원이 우리에게 왔다. 치마폭이 꼭 끼는 일본 전통 의상을 입었기 때문 종종걸음을 쳤다. 우리에게 후식 식단표를 주고 식탁을 치웠다.

"녹차 아이스크림? 그러니까 우리가 먹었던 녹차를 말하는 거야? 어우, 맛이 정말 이상할 것 같은데."

"정말 맛있어. 한번 먹어볼래?"

나는 고개를 끄덕였다. 새로운 것은 언제나 좋은 것이다. 데니가 종업원에게 주문을 했다. 그는 손을 들고 그다음에 눈

짓으로 종업원을 불렀다. 아주 간단했다. 나는 한 번도 그렇게 종업원을 불러 본 적이 없다.

"그런데 마법사가 된다는 것은 어떤 거야?"

데니는 내 안에 있는 마법이라도 보겠다는 듯이 바짝 다가왔다.

"아직도 확실히 모르겠어. 내가 마법사라는 것을 이제 막 깨달았으니까."

"정말이야, 어떻게 이제야 알 수 있어?"

'나는 어떻게 지금껏 모르고 지냈을까?'

"그것참, 설명하기 힘든데, 문을 통해 이곳으로 오기 전까지 몰랐어. 솔직히 말하면 시드니에서 뉴욕으로 넘어왔을 때도 금방 알아채지 못했어. 난 좀 둔한가 봐."

"제이티는 자기가 마법사라는 것을 원래 알고 있었다고 하던걸. 그 친구는 어때? 톰은?"

"1년 전에 에스메랄다가 말해 주어서 알았대. 마법사이면서도 평생 깨닫지 못하는 경우도 있대."

"설마, 말도 안 돼, 어떻게 모를 수 있지?"

"제이티는 뭐라고 했어?"

난 별로 생각하고 싶지 않았다.

"별로 많은 이야기를 하지 않았어. 제이티도 마법사였고, 부모님도 마법사였어."

"사람들이 생각하는 것처럼 그렇게 멋진 일이 아니야. 보통 사람이나 우리나 하늘을 날아 다닐 수는 없잖아."

하지만 나는 속으로 '정말 날 수 없을까' 하고 생각했다. 마법 비행을 시도해 볼 수는 있지 않을까? 하지만 굉장히 많은 마법을 사용해야 하고 땅에서 발이 떨어지는 순간 바로 죽을 수도 있다.

"마법은 그 정도로 대단한 것이 아니야. 사람들이 거짓말을 하는 것을 알아낸다거나, 아니면 마법의 문을 드나들 수 있다거나. 우리는 할 수 있지만 보통 사람은 못하지. 하지만 진짜 마법사인지 아닌지 모르는 일도 흔해. 에스메랄다 말로는 모든 사람들이 아주 약간의 마법을 가지고 있대. 혹시 그런 느낌 받은 적 없어? 등 뒤에서 누가 바라보고 있다는 느낌 같은 것."

"없어."

데니의 눈이 댕그래졌다. 질문을 전혀 이해하지 못하는 것 같았다.

"무슨 뜻이야? 모르다니?"

나는 에스메랄다가 들어 준 다른 예가 생각났다.

"전화기가 울리기 전에 누구에게 전화가 올지 안 적은 없어? 아니면 전화가 울릴 것을 안다거나."

"그럴 수도 있어?"

"에스메랄다는 그런 일이 있다고 했어. 기시감(처음 경험하는 것인데 이전에 경험한 것 같은 느낌 :역주)도 없었어? 아니면 꿈에서 본 것이 진짜 일어난다거나 한 적도 없어?"

"응, 전혀 없었어."

"와~"

"너는 마법의 공백 지대인가 보다."

그렇다면 늙은 마법사가 데니에게 마법을 쓰지 않은 것은 별로 놀라운 것이 아니다. 마법을 쓰지 않은 것이 아니라 마법을 쓸 수 없었던 것이다.

"내가 생각해도 그러네. 네가 말하기는 대부분의 사람들이 아주 약간의 마법을 가지고 있다고 했지? 기시감이나 뭐 그런 것처럼…… 그렇다면 대부분의 사람은 절름발이네. 쓸 만한 마법을 가지고 있는 것이 아니로구나."

데니가 웃었다.

나는 그의 웃는 모습이 좋다. 나도 따라 웃었다.

"차라리 절름발이인 것이 더 나아. 정말이야."

"왜?"

데니의 질문이 나를 문득 멈춰 서게 했다. 제이티는 데니에게 마법의 이면에 대해 말하지 않은 것이다.

"마법사가 되는 것은 사람들이 생각하는 것처럼 그렇게 즐거운 것이 아니야. 그러니까…… 그러니까…… 기운이 빠져."

"농구를 해도 그래. 그렇다고 해도 나는 여전히 농구를 좋아해."

"맞아, 농구는 그럴 거야. 제이티가 아무 말도 하지 않은 것이구나……."

나는 말끝을 흐렸다. 어떻게 말해야 할까? 내가 말해도 되는 것일까? 내가 데니에게 사실대로 말한다면 제이티는 어떤 반응을 보일까? 제이티가 내게 사실대로 말했다면 나도 별로 기분 좋지 않았을 것이다. 데니에게 사실을 말할지 말지는 제이티가 결정해야 하는 것이 아닐까?

"마법사에게 어두운 측면이 있다는 거야? 그런 말은 하지 않았어. 하지만 그런 것이 있을 것 같기는 했지."

"어두운 면이라……."

나는 웃음을 터뜨릴 뻔했다. '나는 열다섯이야. 열여섯이 되기 전에 죽을 수도 있어.' 이것이 어두운 측면이다.

"제이티에게 듣는 것이 나을 것 같아."

"난 네게 묻고 있는 거야."

데니가 커다란 갈색 눈동자로 나를 똑바로 바라보았다. 그의 얼굴이 닿을 듯 가까웠기에 숨소리까지 들렸다. 살짝만 앞으로 몸을 내민다면 데니의 입술에 입 맞출 수도 있었다. 나는 데니가 원하는 모든 것을 말해 주고 싶었다.

어둠 속에 아무것도 모른 채 있다는 것이 어떤 것인지 나는 잘 알고 있다. 그리고 다른 사람들이 내가 알아야 하는 것과 알면 안 되는 것을 결정하는 것이 어떤 느낌인지도. 우리 엄마 사라피나가 그랬고, 에스메랄다는 내게 편지를 써 놓고 내가 읽기도 전에 가져갔다. 제이티와 제이슨 블레이크, 그리고 늙은 마법사는…… 그의 조각을 내 몸속에 넣을 때 내게 한마디 묻지 않았다. 내 감각을 멈출 때에도 내게 한마디 묻지 않았다.

"돌아가실 때 어머니 연세가 어떻게 되었어?"

"열여덟."

"아버지는?"

"서른일곱. 제이티와 나를 아주 일찍 낳았거든."

나는 고개를 끄덕이고 숨을 깊이 들이쉬었다.

"대부분의 마법사는 오래 살지 못해."

"그게 무슨 뜻이야?"

"에스메랄다 말에 따르면, 너희 아버지는 마법사의 평균 수명보다 굉장히 오래 사신 거야. 우리 중 대부분 스무 살을 넘기지 못해. 그것이 마법의 어두운 면이야."

여종업원이 와서 녹차 아이스크림을 식탁에 놓고 갔다. 데니는 나를 뚫어지게 바라보았다. 나는 아이스크림만 내려다보았다.

19

이렇게 죽는 것인가

에스메랄다가 제이티를 놓아 주었다. 무척 아팠다.

"나에게 무슨 짓을 한 거예요?"

제이티가 물었다.

무엇인지 모르는 것이 제이티의 몸속으로 들어왔다. 몸이 정상이 아니었다. 균형이 깨지고 리듬을 잃었다. 제이티의 몸에서 거미줄 같은 흰 선이 뻗어 나왔다. 몸이 뜨거워졌다. 날씨가 더워서 그런 것이 아니었다. 몸 안에서 열기가 올라온다.

배 속에 면도칼 같은 것이 이리저리 움직이며 제이티의 몸을 불태우고 있다. 그것은 제이티의 일부가 아니었다. 제이티는 자기와 에스메랄다 사이에 가느다란 끈이 연결된 것을 보았다. 그것도 정상적인 것으로 보이지 않았다. 무질서하고 들쭉날쭉했다. 무서웠다.

"미안하구나. 너에게도 효과가 있을 줄 알았어."

에스메랄다가 입을 열었다.

"뭐예요, 무슨 효과가 있다는 거예요? 무슨 말인지 모르겠어요."

제이티가 몸을 떨기 시작했다. 부엌 바닥이 흔들리는 것 같았다. 무릎이 떨려 제이티는 벽에 등을 기댔다. 부엌 바닥이 엉덩이 밑에서 미끄러지더니 몸이 기울었다. 제이티는 타일 바닥에 얼굴을 세게 부딪혔다. 무척 아팠다. 하지만 몸속의 칼날보다는 덜 아팠다. 바닥은 차가웠다. 체스 판처럼 배열된 초록색, 검은색 타일이 보인다.

"나에게 무슨 짓을 한 거예요!"

에스메랄다가 차가운 물수건을 제이티의 이마에 얹었다. 하지만 잠시 뒤 물수건이 뜨거워졌다. 제이티는 몸이 전혀 진정되지 않았다. 그것이 몸속에서 이리저리 움직였다.

"미안하구나, 얘야. 이것까진 생각하지 못했어. 다시 꺼내야겠다."

제이티는 격렬하게 몸을 흔들었다.

"너무 아파요."

에스메랄다가 제이티의 팔에 손을 얹었다. 기분 나쁜 느낌이었다. 좋지 않은 일이 일어날 것이다. 제이티의 몸은 더 심하게 떨렸다.

"하지 말아요."

에스메랄다는 그녀의 팔에서 손을 떼지 않았다. 그리고 제이티 몸에서 무엇인가 빨아들였다. 제이티는 심하게 경련을 일으켰다. 머리가 바닥에 부딪히며 퍽 하는 소리가 들렸다. 제이티는 아마도 머리가 깨져서 피가 흐를 것이라고 생각했다. 이제 에스메랄다와 연결된 끈이 보이지 않았다.

몸 안에 있던 이물질이 밖으로 빠져나가려 했다. 단단하고 날카롭고 예리한 것이. 제이티의 몸을 산산이 쪼갤 것만 같았다. 에스메랄다가 그것을 몸 밖으로 뽑아내고 있다. 제이티는 그 이상한 것과 에스메랄다를 밀어내고 싶었다. 제이티는 손을 뻗어 에스메랄다의 얼굴을 할퀴려고 했다. 하지만 에스메랄다가 제이티 손목을 잡았다. 어느 남자보다 강했다. 어쩌면 제이슨 블레이크보다도.

제이티는 눈앞이 흐려졌다. 에스메랄다의 얼굴이 희미하게 보였다. 그녀는 눈을 감고 정신을 집중하고 있었다. '에스메랄다가 남아 있는 마법을 모두 뽑아내려 해. 나를 죽이려는 거야.' 제이티의 몸에 다시 경련이 일었다. 머리와 다리와 팔이 타일 바닥에 거세게 부딪혔다.

고통이 밀려왔다. 세상이 산산이 쪼개지더니 결국 아무것도 보이지 않았다. 제이티는 '이렇게 죽는 것인가' 생각했다. 그리고 정신을 잃었다.

20

얼마 남지 않은 시간

"네 말은 줄리에타가 일찍 죽는다는 뜻이야?"

나는 고개를 끄덕였다.

둘다 아이스크림에 손을 대지 않았다. 아이스크림 그릇은 천천히 초록색 웅덩이로 변해 가고 있었다.

"너도 그렇다는 뜻이지?"

"맞아."

"얼마나 어린 나이에?"

"나도 모르겠어."

게다가 지금 당장은 더 알 수가 없다. 늙은 마법사가 내게 한 짓 때문에 나의 마법은 또 한 번 크게 소모되었으니까.
나는 얼마나 잃었을까? 몇 분? 며칠? 몇 달? 내 안을 들여다
보고 싶었다. 내 안의 시들어 가는 생명을 보고 싶었다.
"마법을 얼마나 사용하느냐에 따라 달라. 정확하게 얼마라
고 말할 수는 없어. 아마 아무도 알 수 없을 거야."
데니의 외투 속에서 노래가 터졌다. 전화가 온 것이다. 하지
만 데니는 전화를 받지 않았다.
"그런데 너희는 왜 마법을 사용하는 거야?"
나는 한숨을 쉬었다.
"그것이 마법의 또 다른 어두운 면인데…… 마법을 사용하
지 않으면 미치게 돼. 우리 엄마, 톰의 엄마 모두 마찬가지
야. 두 분 모두 시드니의 정신병원에 있어."
"정말 충격적인 일이군."
"맞아, 이건 일종의 몹쓸 병과 같아."
나는 울음을 터뜨렸다. 내가 울 것이라고는 생각도 못했고,
나는 내가 무엇을 하고 있는지도 몰랐다. 그저 내 안에서 울
음이 터졌다. 내 얼굴은 순식간에 눈물과 콧물 범벅이 되었
다. 어깨까지 들썩이며 서럽게 울었다. 울음소리가 너무 커
서 데니는 난감한 표정으로 주위를 둘러보았다. 종업원이

휴지를 가지고 와서 등을 두드려 주었다.

"집에 문제가 좀 있어서요."

데니가 대답했다.

나는 웃음을 터뜨릴 뻔했다. 종업원이 고개를 끄덕이고 녹차 아이스크림을 가져갔다.

"새것으로 가져다줄게요."

데니가 화장지 한 장을 꺼내, 내 머리를 옆으로 쓸어 주고는 내 코에 댔다. 나는 휴지를 받아 들고 코를 풀었다. 눈물이고 콧물이고 그칠 줄 몰랐다. 데니가 화장지 상자를 내 앞으로 밀었다. 눈물 때문에 앞이 잘 보이지 않아 손으로 더듬어 화장지 통을 찾았다. 계속 코를 풀었다. 하루 종일 푼다고 해도 다 나오지 않을 것이다.

"미안해."

간신히 입을 열어 말했다. 나는 더 크게 어깨를 들썩이며 울었다.

"이러려던 게 아닌데……."

데니가 탁자 밑으로 손을 뻗어 내 손을 꼭 쥐었다.

"정말 이런 상황이 싫어."

"누가 좋겠어. 엉망이로군."

너무 열심히 울어서 가슴과 목구멍이 아팠다. 나는 사라피나를 생각했다. 텅 비어 밋밋하게 캐들러 파크에 머물러 있는 사라피나와 곧 죽게 될 제이티와 톰, 그리고 늙은 마법사가 내게 한 짓을 생각했다. 울음은 그치지 않았다.

데니가 내 옆으로 와서 팔로 나를 감싸 안았다. 전화가 다시 울렸다.

'아마 수천 명의 친구가 있는 모양이야. 나는 네 명뿐인데.'

데니는 전화를 받으라고 재촉하는 노래 소리를 무시했다. 그리고 내 머리를 자기 어깨에 기대게 하고 내 머리를 쓰다듬었다.

"내가 돌봐 줄게. 우리가 함께 고칠 방법을 찾아보자. 그게 질병이라면 치료법을 찾으면 되는 거잖아. 줄리에타와 너를 위해."

데니는 나를 데리고 집으로 돌아왔다. 데니는 그 시간에 우리가 할 수 있는 일도 더 이상 없는데다, 내가 너무 지쳐 있기 때문이라고 했다. 나는 피곤하지 않았다. 뉴욕이야 한밤중이지만 시드니는 오후 4시다.

나는 제이티의 오래된 티셔츠를 입고 제이티의 침대에 누워 천장을 바라보고 있었다. 창밖을 지나가는 불빛들 때문에 벽과 천장에 갈고리 모양의 그림자가 생겼다. 아주 잠깐 동안 나를 붙들었던 그 손이 생각났다. 늙은 마법사의 손.

고속도로를 달리는 자동차와 트럭들은 여전히 시끄러웠다. 가끔 경적과 사이렌 소리가 들렸다. 뉴욕은 잠들지 않는 도시다. 나는 시드니가 시끄러운 도시인 줄 알았는데 이곳에 비하면 굉장히 조용한 곳이다.

밖에서 나는 모든 소음들이 나를 더 외롭게 했다. 사라피나는 멀리 있다. 내 옆에 있다 할지라도 더 이상 나를 도울 수 없다. 사라피나가 보고 싶다. 옛날의 사라피나가 보고 싶다. 사라피나는 내가 겁에 질릴 때면 언제나 나를 안심시켰다. '세상에는 훨씬 더 나쁜 일이 많이 있단다.' 하고. 하지만 지금 나는 최악의 것들 가운데 최악의 것, 그 한가운데 붙들렸다.

나는 뭔가 다른 것을 생각해 보려고 했다. 데니가 마법에 관해 모든 것을 안다고 하면 제이티는 어떤 느낌일까? 내가 데니에게 마법사들의 저주를 이야기한 것을 알면 제이티는 화를 낼까? 내 생각은 또 늙은 마법사에게로 돌아섰다. 잿빛 갈색의 조각이 내 안에 살고 있다.

나는 자리에서 일어나 화장실에 갔다. 오줌을 누고 손을 씻고 화장실 거울을 들여다보았다. 달라진 것이 없었다. 나의 갈색 피부에는 아주 작은 잿빛도 섞이지 않았다. 땀구멍에서 무서운 거품이 터져 나오지도 않았다. 내가 도대체 무엇을 보려고 그랬는지 몰랐지만, 어쨌든 아무것도 없었다.

그것이 내 안에 있다는 것을 느낄 수 있다. 나는 이전의 내가 아니다. 내 몸 안을 볼 수 있었으면 좋겠다고 생각했다. 내 안에서 무슨 일이 일어나는지, 그것을 원래대로 되돌릴 수 없는지…….

나는 침대로 가지 않았다. 그럴 수 없었다. 욕실의 문을 열고 밖을 살폈다. 불이 모두 꺼져 있지만 거리의 불빛이 집 안으로 흘러들어 왔다.

'도시에서는 절대로 깜깜할 수가 없구나.'

나는 까치발을 하고 부엌으로 가서 냉장고를 열었다. 먹을 것이라곤 하나도 없었다. 맥주 캔만 가득했다. 냉장고 문을 닫았다. 데니가 깨어 있으면 얼마나 좋을까.

이야기할 사람이 필요했다. 방 문 밑으로 빛이 새어 나오지 않았다. 아마도 자고 있을 것이다. 방문에 귀를 대보았다. 아무 소리도 들리지 않았다. 천천히 방문을 열었다. 심장이

빨리 뛰기 시작했다. 데니의 방으로 들어갔다. 내가 무슨 짓을 하고 있는지 알 수 없었다.

나는 늙은 마법사가 내 안에서 나를 씹고 변형하는 동안 혼자 있고 싶지 않았다. 그의 방은 깜깜했다. 아무것도 볼 수 없었다. 한발 내딛고 곧 멈추어 섰다. 그렇게 가만히 귀를 기울였다. 심장이 쿵쾅대는 것 말고 다른 소리가 들리기를 바랐다.

눈이 어둠에 적응하지 못했다. 아마도 데니는 두꺼운 차광 커튼을 쓰는 모양이다. 밖에서 사이렌 소리가 들렸다. 그리고 다시 한 번…… 사이렌 소리가 멀리 사라지고 나서 정적이 찾아왔다. 데니가 숨 쉬는 소리가 들렸다. 깊이 잠든 모양이다. 내 방으로 돌아가야 한다고 생각했다. 하지만 내 입은 데니의 이름을 불렀다.

"데니, 자는 거야?"

아무 소리도 들리지 않았다. 이제 내 침대로 돌아가서 그 늙은 마법사의 조각이 내 안에서 헤엄치는 것을 지켜봐야 하나. 다시 한발을 내디뎠다.

"데니."

다시 좀 더 큰 소리로 불렀다.

“데니!”

이불이 서걱거리는 소리가 들렸다. 소리가 나는 쪽으로 다시 한발 내디뎠다.

“데니!”

나는 더 큰 소리로 데니를 불렀다.

“뭐야…….”

그가 침대에 일어나 앉는 소리와 이불 서걱거리는 소리가 들렸다. 나는 목소리가 나는 쪽으로 향했다.

“나야, 리즌.”

“어, 무슨 일이야? 무슨 일이 있어? 그 늙은이가 다시 나타났어?”

잠이 확 달아나는 모양이다.

“아니, 아무것도 잘못된 게 없어. 잠이 오지 않아서…….”

“뭐라고?”

나는 한발 더 내디뎠다. 침대에 부딪혔다. 침대에 가만히 앉아 무릎 위에 손을 가지런히 올려놓았다. 손이 떨리고 있었다.

“시드니는 지금 낮이거든.”

“응…….”

"그래서 잠이 안 와. 혹시 네가 깨어 있을까 해서……."

"난 자고 있었어."

"미안해."

"하지만 지금은 깼어."

"미안해."

침대에서 그의 목소리가 나는 곳을 향해 몸을 움직였다.

"혹시 말이야……."

"뭐?"

"혹시 비디오 게임 같은 거 있어. 그런 게 있다는 말은 들었는데, 한 번도 해본 적이 없어. 그게 어떤 것인지 궁금해."

"뭐라고?"

데니가 웃음을 터뜨렸다.

"당연하지, 당연히 있어. 오, 세상에…… 텔레비전 옆에 다 있어."

우리가 한 게임은 어두운 오솔길, 아니면 깜깜한 지하실을 지나가는 것이었다. 회색, 갈색, 검은색, 흰색의 세상이었다. 시뻘건 피가 터져 흥건해지는 장면은 충격이었다.

우리는 좀비들의 공격을 받았다. 좀비는 목을 잘라야만 죽일 수 있었다. 내가 어떻게 좀비를 죽이는지 모르는 것을 보고 데니는 깜짝 놀랐다. 흡혈귀를 죽일 때는 심장에 커다란 나무 못을 박아야 한다. 내가 흡혈귀에 대해 아무것도 모른다는 것을 알고 데니는 어이없어 하며 나를 쳐다보았다. 마늘은 어디에 쓰는 것인지 물었을 때 데니는 대답할 생각도 안 했다. 늑대인간은 은으로 된 총알로 쏘아야 했는데 참 거추장스런 일이었다. 우리 총에는 전부 보통 총알만 들어 있고, 은 총알을 얻기 위해서는 또 헤매야 했다. 미친 사람들은 보통 사람처럼 총을 맞고 죽었다.

나는 게임을 별로 잘하지 못했지만 재미있었다. 수십 번 죽었지만 내가 원하면 언제든 다시 살아날 수 있었다. 나는 게임 속 세계로 빨려 들어갔다. 게임 속 세상은 얼핏 뉴욕시를 닮았다. 하지만 훨씬 어둡고 우중충했다. 흰 눈과 번쩍이는 간판이 없는 것 빼고 뉴욕과 비슷하다.

나는 죽지 않기 위해 데니 뒤에 바짝 붙어 쫓아갔다. 데니가 적들을 죽이는 동안 데니 뒤에 숨어 있었다. 게임을 하는 동안 텔레비전 밖 세상은 까맣게 잊었다. 그리고 사람들이 왜 그렇게 게임 세상에서 달리고 총 쏘며 시간을 소비하는지 이해할 수 있게 되었다.

데니는 웃통을 벗고 잠옷 바지만 입고 있었다. 무릎 위에 조종기를 놓고 내 옆에 앉아 뚫어지게 화면을 쳐다보았다. 데니의 부드러운 갈색 피부를 쳐다보지 않기란 정말 어려웠다. 화면의 불빛이 그를 비추었다. 데니에게 입 맞추고 싶었다.

"정신을 좀 차려 봐, 리즌. 또 죽었잖아, 에이……."

그가 환하게 웃으며 나를 바라보았다.

"좀 더 빨리 움직여 봐."

나는 침을 꼴깍 삼키고 앞으로 몸을 기울였다. 그가 이상하게 나를 쳐다보았다.

"턱에 뭐가 묻었어."

나는 데니의 턱에서 있지도 않은 얼룩을 닦았다. 턱이 까슬까슬했다. 데니가 손으로 턱을 쓸었다.

"면도를 안 해서 그래. 다른 게임할까?"

"좋아."

그렇게 대답했지만 내가 정말로 바라는 것은 데니와 입 맞추는 것이었다.

"아니, 게임은 그렇고……."

나는 말을 맺지 못했다.

"내가 하고 싶은 것은……."

나는 그에게 달려들어 그의 입술에 입 맞추었다. 이가 부딪
쳤다. 그래도 나는 몸이 부르르 떨렸다.

"미안해."

나는 발치를 내려다보았다.

"리즌?"

"응."

나는 고개를 들지 못했다.

"너는 내 동생 친구야. 열다섯 살이고."

"너는 열여덟이고 세 살밖에 차이 안 나."

"열다섯이면 아직 어린 거야. 데리러 나갔을 때 너는 잠옷
에 브로치를 달고……."

"그건 마법의 브로치야. 암모나이트처럼……."

"리즌, 넌 정말 예뻐. 하지만 줄리에타……."

"내가 예뻐?"

"그럼 정말 예뻐. 하지만 넌 어린애야. 넌 맨해튼이 섬이라
는 것도 몰랐잖아."

"지금은 알고 있어."

"핵심은 그게 아니고, 넌 아직 어린애라고."

“아니야, 그렇지 않아. 마법사로 치면 난 할머니야. 난 내일 죽을 수도 있어. 나는 뽀뽀도 못해 보고 죽는 것은 싫어.”

“아직 뽀뽀도 못해 봤다고?”

“한 번도 못해 봤어. 난 열다섯 살이고 내일 죽을지도 몰라. 그런데 난 너의 향기가 좋아. 너와 입 맞추고 싶어.”

데니가 웃었다.

“너의 향기도 좋아. 하지만 난 못해. 넌 줄리에타 친구잖아. 그건 좀 이상하잖아.”

난 데니에게 다가갔다. 데니가 나를 살짝 밀어냈다. 그래도 나는 데니에게 바짝 다가갔다. 내가 아니라 내 몸이 하는 것이다. 나의 뇌는 모든 통제력을 잃었다. 나의 신경과 몸이 동물적 반사로 움직이고 있었다. 심장 박동, 땀, 깜박이는 눈꺼풀……. 그리고 얼굴의 근육이 살짝 경련을 일으켰다. 생식에 관해 설명할 때 사라피나가 말해 준 것이다. 인간도 다른 동물들과 마찬가지로 신체적인 변화가 일어난다. 나는 내가 동물이 된 것 같지는 않았다. 나는 나였다.

“너와 입 맞출 수 없어.”

나는 다시 그의 입술을 덮쳤다. 이번에는 훨씬 부드러웠다. 두 사람 모두 가만히 있었다. 그의 입술은 따뜻하고 부드럽고 건조했다. 나는 그가 도망칠까 봐 두려웠다. 또한 그렇게 가만히 있는 것도 두려웠다. 내가 지금 무슨 짓을 하고 있는 것일까? 내 안에 있는 늙은 마법사가 바늘로 찔러 나를 데니에게 더 가까이 밀어붙였다. 그가 입을 열었다. 나도 그랬다. 그의 혀가 내 입속으로 들어왔다. 부드러웠다. 나는 숨을 쉬려고 애썼다. 그의 손이 내 볼에 닿았다. 내 얼굴 전체를 덮을 만큼 큰 손이다. 데니는 나를 꼭 끌어안았다.

나의 모든 감각은 데니의 입술에 집중되었다. 그 외에 다른 것은 느끼지 않았다. 나는 눈을 감아야 할지 떠야 할지 어쩔 줄 몰랐다.

그를 향해 몸을 돌렸다. 그의 어깨에 손을 얹었다. 근육은 단단했고, 피부는 부드러웠다. 손가락이 그의 등에서 미끄러졌다. 데니의 손도 내 얼굴에서 미끄러져 내 등을 쓰다듬었다. 데니의 두 손이 나를 꼭 끌어안았다. 그의 향기가 가득했다.

우리는 계속 입 맞추었다. 내 속에서 바늘들이 춤추며 나를 데니에게로 더 가까이 밀어붙였다. 데니가 살며시 나를 밀어내며 물었다.

"너 정말 원하니? 정말로 그걸 원하는 거야?"

데니의 목소리가 모호하게 떨렸다. 그의 목소리를 듣는 순간 나는 더욱 그에게 키스하고, 그를 만지고 싶었다. 우리 사이에 달콤한 냄새가 가득했다.

"너에게서 라임 맛이 나."

내 주변에 있는 모든 것에서 라임 냄새, 방금 구운 빵의 냄새…… 시나몬 냄새가 났다. 데니가 나를 들어 무릎에 앉혔다. 자리에서 일어나며 낑 하는 소리를 냈다.

"정말로 원하니?"

'도대체 뭘…….'

그의 말을 정확히 이해할 수 없었다.

나는 그와 입 맞추고 싶고, 그를 만지고 싶고, 데니가 내 몸을 쓰다듬었으면 좋겠다. 그것은 확실했다.

"응."

데니가 나를 안고 침실로 갔다. 어둠 속에서 잠깐 비틀거렸지만 무사히 침대에 도착했다. 그는 나를 침대에 뉘고 내 위로 올라와 내게 뽀뽀했다.

손끝으로, 맛으로, 우리는 서로를 확인했다.

"도저히 안 되겠어."

우리 얼굴은 거의 붙어 있어서 데니가 말하는 동안 나는 그의 숨을 들이마셨다.

"못해. 이러면 안 될 것 같아. 안 된다고 말하렴."

나는 입술로 그의 입술을 막았다. 방 안 전체에 달콤한 라임 냄새와 막 구운 빵 냄새가 가득했다. 익숙한 냄새였다. 좋은 냄새였다. 데니의 팔이 내 허리로 들어와 윗도리를 벗겼다. 그가 잠옷을 벗는 소리를 들었다.

"정말 원하는 거야?"

그가 다시 귀에 가까이 대고 물었다.

내 몸 모든 세포들이 데니의 모든 세포를 만지고 싶어 했다. 나는 그래야만 했다.

"네 몸속에 나를 묻었으면 좋겠어."

"오, 세상에…… 내가 네 몸속에 나를 묻는 것이 맞겠지."

하지만 갑자기 그는 멀찌감치 물러나 앉았다. 그리고 깊이 숨을 들이쉬고 내가 알지 못하는 다른 나라 말로 빠르게 중얼거렸다. 캄캄해서 그의 모습이 보이지 않았다. 그의 몸속을 들여다보았다. 피부 아래 세포들은…… 하얗게 불타고 있었다. 마법은 전혀 없었다. 한 방울도 없었다. 그가 있는 곳으로 다가갔다. 손을 뻗어 그의 가슴을 만졌다. 내 손가락이 데니의 몸을 타고 미끄러졌다. 그의 턱과 입술을 만지고 입 맞추었다.

그가 신음하며 내게 입 맞췄다. 우리는 침대에 누워 내 등에 이불을 감쌌다. 그의 뜨거운 피부가 이마에 느껴졌다. 우리 두 몸과 이불이 뒤엉켜 하나가 되었다.

21

차라리 몰랐더라면

"톰! 톰! 아침이야, 일어나렴!"

깃털 속에 날카로운 이빨을 감춘 듯한 커다란 손이 톰을 흔
들었다.

"톰."

"음냐… 음냐……."

톰은 아무리 애를 써도 접착제를 바른 것처럼 눈꺼풀이 떨
어지지 않았다.

"그러지 말아요……."

"톰, 톰! 나다. 일어나! 어디 아프니?"

큰 손이 톰의 이마를 짚었다.

"열은 없는데……."

톰은 '아니, 난 괜찮아.' 하고 말하려고 했지만 들리는 소리
는 말이 아니었다.

"우웅……."

"톰, 어디 아파?"

"괜찮아."

의식도 말도 더 분명해졌다. 샛눈 사이로 세상이 흐릿했다.

"하루 종일 자고 있잖니."

톰은 간신히 눈을 떠서 잠을 쫓으며 몸을 일으켰다. 거인의
손도, 날카로운 이빨도, 깃털도 없었다.

"아빠……."

"그래, 톰."

아빠는 몸을 숙이고 톰의 입에 코를 대고 냄새를 맡았다.

"술 마신 것 아니야?"

"아빠!"

톰이 몸을 곧추세우고 아빠를 노려보았다.

"술 마셨다고 생각할 수밖에 없지 않겠어? 어제 오전 11시
에 식료품점에 갔다 왔어. 너는 밖에 나갔다 와서 하루 종일

잠만 자고 있었어. 다음날이 되어서도 일어나지를 않았어!"

"이제 일어났어요."

톰이 하품했다.

"술 마신 거니? 아니면 다른……."

"아빠!"

"그저 피곤했다고 말하고 싶은 거니? 스물네 시간 동안 자야 할 만큼 피곤했어?"

"마법과 관련된 일이야."

아빠는 더 이상 아무 말도 하지 않았다. 아빠의 입술이 가늘어졌다. 톰의 입에서 '마법'이라는 단어가 나오면 아빠는 언제나 같은 표정이다.

"도대체 무슨 생각을 하는 거야. 딱 한 번 뉴욕에서 이렇게 오래 잠들었을 뿐이잖아. 내가 무슨 병이더라…… 병에 걸렸다고 캐스에게 거짓말한 것은 아빠였어!"

"토마스 세바스챤 야브로!"

아빠는 생전 못 보던 표정으로 톰을 바라보았다. 경악과 분노 사이 어디쯤인 것 같았다. 너무 늦었다는 느낌이었지만 톰은 상관하지 않았다.

"아빠, 어떻게 이럴 수 있어."

톰 역시 아빠에게 이런 태도로 말한 적이 없었다. 톰은 자신
도 왜 이러는지 알지 못 했다. 하지만 톰은 초주검이 될 만
큼 지쳤는데 아빠는 자신을 약물중독자로 취급하고 있다.

"아빠는 두 사건을 연결할 생각도 못했어? 뉴욕에서 죽은
듯이 하루를 잠들어 있었던 것은 마법 때문이었잖아. 그리
고 며칠 뒤 시드니에서 똑같이 하루 종일 잠들었다면 그것
도 마법 때문이라고 생각할 수 없었어?"

아빠가 좀 수그러들었다.

"전화가 많이 왔다. 니키, 론, 스쿠터가 전화를 했어. 새 친
구가 생겼다고 옛 친구를 버리면 안 돼! 꼭 전화를 걸어 줘
라. 아, 그리고 제시카 창이 전화했다."

"뭐라고 해?"

"새 드레스에 관해 할 이야기가 있다더구나. 상당히 급해
보였어."

"아빠 그런 얘기는……."

"더 이상 하지 않으마."

아빠가 말을 멈추었다. 숨을 깊이 들이쉬더니 톰의 눈을 똑
바로 쳐다보았다. 마치 톰을 알아보지 못하는 것 같았다.

"나는…… 나는 잘 모르겠다……."

아빠는 팔을 들어 에스메랄다의 집 쪽을 모호하게 가리키며 말을 이었다.

"저…… 이해할 수가 없어. 내가 아는 것은 네가…… 네가 네 엄마처럼 변하고 있었다는 거야. 하지만 지금은 아니지. 넌 지금 행복하고…… 그건 참 잘된 일이야……. 메르가 많은 도움을 주었고…… 그 고마움을 잊을 수 없을 거다. 하지만 그것은 아주 두렵구나. 나는 차라리 네가 술을 마셔서 그러는 것이었으면 좋겠어. 그것은 이성적으로 이해 가능한 일이잖아."

톰은 놀란 표정으로 아빠를 가만히 쳐다봤다.

"그것이 실재한다는 것은 인정한다. 하지만 그렇다고 내가 그것을 좋아한다는 뜻은 아니야. 언젠가 자식을 앞세우리라는 사실을 어떻게 받아들일 수 있겠니? 그게 아니면 네가 마흔을 넘겨 살 수 있는 유일한 방법이 네 엄마처럼 미치는 길밖에 없다는 것을……."

"힘내요, 아빠! 혹시 알아. 재수 좋으면 사고가 나서 아빠가 나보다 먼저 죽을 수도 있잖아."

아빠는 한숨을 쉬었다.

"많이 웃겼다. 부모는 자식보다 오래 살아서는 안 돼."

"리안 선생님이 말씀하시기는……."

"옛날 역사 선생님 말이냐?"

"응. 선생님 말씀으로는 옛날에는 자식보다 부모들이 더 오래 살았다던데."

"아직까지도 오스트레일리아 원주민 사회의 영유아 사망률은 부끄러울 정도로 높지."

아빠는 시드니 대학에서 사회학을 가르친다. 지루한 제목의 책도 많이 가지고 있다. 《도시라는 의미의 고고학》, 《지식 이론의 이념》 등등. 하버마스와 푸코라는 사람이 쓴 것인데, 하버마스라는 이름은 톰에게 마이티 마우스랑 비슷하고, 푸코는 뭐랄까…… 아주 버르장머리 없는 녀석의 이름 같았다.

"나는 이런 이야기를 같이 할 사람이 없잖아, 아빠."

"에스메랄다는 어때? 에스메랄다의 손녀는? 그 미국 여자아이는?"

"만난 지 얼마 되지도 않았잖아. 그리고 메르는……."

톰은 에스메랄다가 무슨 짓을 했는지 아빠에게 말하고 싶었다. 하지만 어떻게 말해야 할지 알지 못했다.

"그들은 가족이 아니잖아. 나는 아빠랑 캐스랑 이야기하고 싶어.”

“캐스는 아무것도 모르고…….”

“난 캐스에게 말하고 싶어.”

“그것이 바람직하다고 생각하니?”

톰은 아빠가 그렇게 말하는 것을 좋아하지 않았다. 이런 경우 보통 아빠는 에스메랄다의 말을 그대로 반복했다.

“무슨 뜻이야? 바람직하냐니?”

아빠가 자리에서 일어나서 바닥에 널브러진 옷감을 밟고 발코니로 나갔다. 톰이 주춤했다. 아빠는 에스메랄다네 뒷마당에 있는 거대한 무화과나무 필로메나를 바라보았다. 햇살에 잎이 반짝였다. 구름 한 점 없었지만 최근 며칠보다 훨씬 시원했다. 톰은 ‘몇 시나 되었을까?’ 하고 생각했다. 침대에서 일어났을 때 어제 입은 옷을 그대로 입고 있다는 것을 알았다. 아빠가 술을 먹은 것이 아닌지 의심하는 것도 당연했다. 아빠가 톰을 돌아보았다.

“네 누나는 모르는 것이 나을 것 같다. 나도 차라리 몰랐더라면 더 좋았을 거야.”

“캐스에게 비밀이 있는 건 싫어. 바람직하지 않잖아.”

“캐스 마음이 어떨 것 같아. 만약 네가 오래…….”

326

"나한테 심각한 병이 있었다면 마찬가지로 오래 살지 못할 거야. 그렇다고 해도 아빠는 캐스에게 숨길 거야?"

아빠는 오랫동안 대답하지 않고 가만히 있었다.

"좋아, 알았다, 내가 말하마. 하지만 병은 다른 거야. 삶에서 일어날 수 있는 일이지. 하지만 이것은…… 이것은 그렇지 않아."

"캐스가 의심하고 있어, 아빠. 지난 몇 년 동안 문밖에 서 있는 기분이었을 거야. 그건 바람직해? 나랑 통화할 때마다 캐스는 도대체 무슨 일이냐고 물어. 나는 정말로, 정말로, 정말로 말하고 싶단 말이야. 놀랍고 무서운 일인 만큼 나도 누구와 이야기하고 싶어."

톰의 눈시울이 뜨거워졌다. 톰은 눈을 깜박였다. 아빠는 속상한 표정으로 먼 데를 바라보았다.

"좋다."

"캐스에게 말해도 돼?"

"그래, 캐스에게 말해라."

아빠는 아침 식사를 만들었다. 소시지, 달걀, 양파, 감자, 토마토, 치즈뿐 아니라 빵까지 프라이했다. 기름이 뚝뚝 떨어지는 것이 아주 맛있어 보였다. 톰은 오렌지를 한 아름 안고 가서 배 속의 기름기를 모두 씻어낼 수 있을 만큼 주스를 만들었다.

얼마 되지 않는 톰의 기억에는 작은 잔 네 개를 채울 만큼의 주스를 만들었던 엄마가 있다. 언제나 톰에게는 부족했다.

"환상적인데, 아빠!"

잘 익은 양파를 맛보며 톰이 말했다.

"완벽하지, 안 그래? 네 엄마는 한 번도 내게 요리를 맡기지 않았어. 콜레스테롤 때문에 버터도 넣지 못하게 했고, 조금만 갈색빛이 나면 발암 물질이라며 난리를 쳤지."

톰은 지금까지 아빠가 엄마를 나쁘게 말하는 것을 들어 본 적이 없었다. 아빠가 엄마에 대한 작은 기억이라도 가지고 있는지 의심스러웠다. 그 조그만 유리잔도 기억하는지 궁금했다.

"엄마가 미치기 전에 말이야?"

"때로는 말이다, 톰. 나는 네 엄마가 태어날 때부터 미치지 않았을까 생각할 때가 있단다. 우리는 열네 살에 만났지. 네 엄마는 항상 무언가에 미쳐 있었어. 올바른 식습관도 그렇고, 오토바이도 그렇고……."

"엄마가 오토바이를 탔어?"

"그래, 언제나 거칠었지."

아빠 얼굴에 잔잔한 미소가 떠올랐다. 그 모습이 톰의 마음을 아프게 했다. 아빠가 엄마에 대한 기억을 이야기하지 않았으면 하고 바랐다.

"대단히 거칠었지. 그런 미친 짓은 아주 좋았어. 재밌고. 정말로 미치기 전까지는."

아빠의 이야기를 더 들을 필요도 없었다. 톰도 아주 뚜렷하게 기억하고 있었다. 엄마가 톰과 캐스를 죽이려 했던 날을 생생하게 기억하고 있다. 절대로 잊을 수 없을 것이다.

"그런데 네 새로운 두 여자친구는 어떠니?"

톰의 얼굴이 새빨갛게 달아오르고 머리부터 발끝까지 전기가 찌릿했다.

"여자친구 아니야!"

아빠는 속으로 웃음을 터뜨렸다. 톰은 알 수 있었다.

"이놈 봐라!"

아빠는 활짝 웃으며 말했다.

"다들 아주 예쁘더구나."

톰은 '리즌은 예쁜 정도가 아니야.' 하고 대꾸할 뻔했지만 잘 참았다.

"나는 잘 모르겠는걸."

아빠가 다시 웃음을 터뜨렸다.

"아빠!"

"어쨌든 네게 또래 친구가 생겨서 참 잘됐다. 그리고 또 개네들은…… 어…….."

"마법사들이라서?"

"그래…… 맞아."

"맞아."

톰은 제이티가 죽어 가던 모습과 자신의 마법을 나눠 줬던 것을 생각했다. 리즌은 뉴욕에서 키 크고 멋진 그리고 여우 같은 데니와 함께 있다는 생각도 했다.

"맞아, 즐거운 일이야. 아침 먹고 나서 뭐하고 있는지 보러 가야겠어."

"누나에게 전화하지 않을 거니?"

"먼저 메르에게 물어봐야겠어."

"좋은 생각이다. 에스메랄다에게 내가 안부 전하더라고 전하렴."

톰이 건성으로 고개를 끄덕였다. 톰은 에스메랄다에게 할 말이 많았다. 안부를 전하는 것 따위는 안중에 없었다.

제이티를 먼저 봐야겠다. 톰은 아빠 방의 발코니를 통해 에스메랄다의 집으로 건너갔다. 방에 있기를 바라며 리즌의 창문에 얼굴을 바짝 대고 안을 들여다보았다. 방은 비었다. 침대도 깨끗했다.

톰은 문고리를 돌렸다. 잠겨 있지 않았다. 톰은 문을 열고 천천히 들어가서 안을 살폈다. 아무도 없다. 화장실을 확인하고 까치발을 하고 복도를 걸어갔다. 잠깐 멈추고 인기척이 있는지 귀를 기울였다. 톰은 마음의 준비가 될 때까지 에스메랄다와 마주치고 싶지 않았다. 새가 나는 소리, 차가 지나가는 소리만 들렸다. 안쪽에서 나는 소리는 전혀 없었다. 부엌에서도 뒷문에서도 아무 소리도 나지 않았다.

톰은 살금살금 제이티 방까지 올라갔다. 문에 귀를 대고 기척을 살폈다. 아무 소리도 나지 않았다. 최대한 조용하게 문을 두드렸다. 만약 제이티가 안에 있다면 문 두드리는 소리를 들었으면 했다. 톰은 생각했다. '아래층에는 아무도 없다면 얼마나 좋을까?'

"제이티?"

대답이 없다. 톰은 천천히 문을 열었다. 머리를 들이밀고 둘러보았다. 제이티가 침대에 누워 있었다. 톰은 조용히 침대로 다가갔다. 제이티 얼굴에 커다랗게 멍이 들어 있었다.

"제이티, 괜찮아?"

톰은 침대에 걸터앉았다.

"제이티?"

제이티는 죽은 사람처럼 꼼짝하지 않았다. 톰은 심장이 빠르게 뛰었다. 제이티 눈을 가만히 들여다보았다. 눈이 움직이지도 않았다. 제이티의 코앞에 손을 대보았다. 톰의 손이 떨리고 있었다. 시간이 흘렀지만 아무것도 느낄 수 없었다. 입술에 닿을 만큼 손을 바짝 댔다. 그럴 리가 없다. 왜 움직이지 않는 것일까? 왜 숨 쉬지 않는 것일까?

"제발 제이티, 숨을 쉬어, 제발."

그때 새털만큼이나 가벼운 미적지근한 숨이 톰의 손에 느껴졌다. 살아 있다. 의식은 없지만 살아 있다. 도대체 무슨 일이 있었던 것일까? 머릿속에 한 가지 생각이 떠올랐지만 아니기를 바랐다. 에스메랄다가 무슨 짓을 한 것일까? 톰은 방문을 박차고 나가서 세 계단씩 건너뛰며 계단을 달려 내려갔다. 마지막 여섯 계단은 그저 뛰어내렸다. 쿵 소리가 났다. 톰은 부엌으로 달려갔다.

에스메랄다가 깜짝 놀라 메모장과 볼펜을 떨어뜨렸다. 평생 한 번도 나쁜 짓은 해본 적이 없는 얼굴이었다. 고운 피부, 상큼한 얼굴, 여자아이처럼 뒤로 묶은 머리…… 낡은 티셔츠와 청바지를 입고 있었지만 에스메랄다는 멋졌다. '그녀의 외모는 거짓이다.' 톰은 생각했다.

"톰, 괜찮은 거니? 깜짝 놀랐잖아."

'잘됐군.' 하고 톰은 생각했다.

"무슨 일이니?"

에스메랄다가 물었다.

'아무것도 모르는 체하는 거야?'

톰은 온몸이 떨려서 입을 열 수도 없었다. 갑자기 만화경을 보는 듯 톰의 눈에 부엌 풍경이 변했다. 도형 외에는 아무것도 보이지 않았다. 삼각형, 사각형, 오각형, 마름모, 평행사변형…….

"제이티에게 무슨 짓을 한 거예요?"

기하학적 도형들이 뭉쳐 있는 데에다 대고 톰이 소리쳤다. 에스메랄다였다.

"제이티의 마법을 빼앗았나요? 당신이 내게 거짓말을 했다

는 것을 알아요. 당신이 내 마법을 빨아먹었다는 것을 알아
요. 이제 제이티에게 한 건가요? 제이티는 이제 죽는 거예
요? 만약 제이티가 죽으면 내가 당신을 죽이겠어요!"

성대가 팽팽해진 듯 목이 탁 막힌 소리로 톰이 말했다.

"톰, 나는……."

"내게 거짓말했어. 제이티에게도, 리즌에게도. 리즌 엄마가
도망친 것도 당연해. 당신은 사악해. 제이슨 블레이크보다
더 나빠! 어떻게 내게 그럴 수가 있어? 마법이 필요했다면
나는 당연히 당신에게 주었을 거야! 제이티에게 그랬던 것
처럼 말이야! 그런데 왜 빼앗아 갔어?"

"나는……."

"알아? 내가 왜 당신에게 말하고 있는지도 모르겠어. 이제
어떻게 할 거야? 또 거짓말을 하게? 씨알도 먹히지 않아. 올
라가서 제이티의 몸에 마법을 넣어야겠어!"

"톰!"

에스메랄다가 한발 다가오며 팔을 뻗었다. 마름모꼴의 손
가락이 톰의 몸에 닿으려 했다. 톰은 자기에게 다가오고 있
는 도형을 잡아당겨 예각의 삼각형으로 비틀었다. 도형이
깨졌다. 에스메랄다에게 뾰족한 도형이 쏟아졌다. 그녀가

비명을 질렀다.

"안 돼!"

톰은 그 자리에 고꾸라졌다. 삼각형, 마름모, 평행사변형, 사다리꼴…… 바닥에 얼굴을 부딪히자 눈앞이 캄캄해졌다. 감은 눈에 십이면체가 보였다. 어둠 속으로 굴러 떨어질 것 같아 톰은 눈을 뜨려고 애를 썼다. 도형이 모두 사라졌다. 진정한 형체는 사라지고 에스메랄다의 부엌이 되었다.

"톰!"

에스메랄다가 몸을 굽혀 보고 있었다.

"톰, 자제력을 잃었다. 절대로 자제력을 잃으면 안 돼……."

"알아요."

하지만 기분은 훨씬 좋아졌다. 마치 그의 몸이 오랫동안 바라고 있었던 일을 한 것처럼 가뿐했다.

"손이 왜 그렇게 되었어요?"

"네가 내 손가락 세 개를 부러뜨렸구나."

"많이 아팠으면 좋겠군요."

톰은 부엌 차가운 타일 바닥에 누워 있는 지금보다 더 마음이 차분했던 적이 없었다.

"제이티의 마법을 마셨나요?"

“아니.”

“그럼 무슨 일이 있었던 거예요?”

“톰, 일어나렴. 우리 얘기를 좀 해야 할 것 같구나.”

“우리 얘기하고 있어요. 내가 묻잖아요. 왜 내 마법을 몰래 훔쳤나요?”

에스메랄다는 톰 옆에 앉아 손가락을 살폈다. 오른손의 검지, 중지, 약지가 부러졌다. 손가락은 꺾이고 부어서 감자처럼 보였다.

'내가 저렇게 만든 거야.'

톰은 만족스러웠다. 팔과 손에 핏발이 서 있었다. 괴물이 톰과 제이티에게 남긴 흔적과 같은 것이다.

“나는 두려웠어.”

“솔직히 말했는데 내가 거부할까 봐 두려웠던 건가요?”

에스메랄다는 고개를 끄덕였다.

“죽는 것이 두려웠어.”

“나는 당신을 믿었어요. 그런데 당신은 나를 배신했어요.”

에스메랄다의 볼이 붉어졌다.

“그래, 나는 너를 배신했어. 네게 거짓말을 했고, 네게 묻지도 않고 네 마법을 훔쳤다. 미안하다는 말도 못했지. 나는 죽음에 임박해 있었어. 너무 두려웠다. 그렇게 해서는 안 되었는데…… 네게 사실대로 말해야 했어. 내 잘못이다.”

“대단히 잘못된 거죠.”

에스메랄다가 고개를 끄덕였다.

“하지만 이제 더 이상 필요 없다.”

“뭐가 필요 없다는 거예요?”

부은 손가락은 호박만 해졌다. 가운데손가락의 손톱에서 천천히 피가 흘렀다.

“더 이상 마법을 훔칠 필요도 얻을 필요도 없어.”

“그런데 왜 제이티의 마법을 훔쳤어요?”

“톰! 나는 제이티에게 마법을 나눠 주려고 했던 거야. 그렇게 하려고 했지. 빼앗으려던 것이 아니었어.”

“물론 그러셨겠죠.”

톰은 에스메랄다의 말을 믿을 수 없었다. 하지만 톰은 화가 나지 않았다. 자신 안에 어떤 분노도 남아 있지 않았다. 이제 평생 동안 다시는 자제력을 잃지 않을 것이다. 삶이 많이 짧아지기는 했겠지만.

“톰, 내 손가락을 잘 보렴.”

톰은 웃음을 터뜨렸다.

"이미 보고 있어요."

가운데손가락이 제자리를 찾아갔다. 손톱에 흐르던 피도 멈추었다. 풍선에서 바람이 빠지듯 붓기가 가셨다. 그리고 검지가 제자리를 찾고 붓기가 가라앉았다. 마지막으로 새끼손가락이 치료되었다. 모든 것이 원래대로 되었다. 에스메랄다가 천천히 손가락을 움직였다. 언제 부러졌냐는 듯 자연스럽게 움직였다. 톰이 일어나 앉아 에스메랄다를 뚫어지게 쳐다보았다. 에스메랄다도 톰을 바라보았다. 리즌의 눈 색깔과 같은 갈색이었다.

"어떻게……?"

"마법이 생겼다. 제이티의 힘을 훔칠 필요가 없어."

"하지만 뉴욕에서는……."

"일단 좀 앉자. 음료수를 가져올게."

톰은 자리에서 일어났다. 다리가 후들거렸다. 식탁으로 가서 의자를 꺼내고 다시 자리에 앉았다.

'어떻게 그럴 수 있을까? 그리고 왜 그녀가 시키는 대로 하고 있는 것일까?'

톰은 이해할 수가 없었다. 에스메랄다 역시 믿을 수 없다는 듯 오른손을 바라보았다.

“그 늙은이 말이야, 문지기 늙은이, 그가 내게 마법을 썼다. 내게 자신의 마법을 넣어 주었어. 그 역시 한마디도 묻지 않고 내게 마법을 밀어 넣었어. 나를 죽이려고 한다고 생각했지만 아니었어. 나는 마법을 얻었다. 내 몸의 모든 세포에서 그의 마법이 느껴진다. 내 몸이 좀 변한 것 같아. 이전 어느 때보다 훨씬 강해졌다. 그리고 이제 죽지도 않을 거야. 마법을 사용할 때면 점점 강해지는 느낌이다.”

“늙은이요?”

톰은 에스메랄다가 지금 무슨 말을 하고 있는지 이해하려 애썼다. 그가 에스메랄다 팔에 상처를 남겼다. 톰은 자신의 손가락을 보았다. 상처는 많이 진정되었지만 흔적은 남아 있었다.

“그가 골렘을 우리에게 보낸 것은 우리에게 마법을 주기 위해서였다는 건가요?”

에스메랄다가 고개를 끄덕였다.

“그렇다고 생각한다.”

“우리를 구원하기 위해 이리로 들어오려 했다는 건가요?”

“그가 무엇을 원하는지는 나도 몰라. 나는 그가 내게 준 마법을 제이티에게 나눠 주려고 했다……. 하지만 그게 그렇게 단순한 것이 아니었어. 그 때문에 제이티는 병들었어."

톰이 에스메랄다를 쳐다보았다. 그녀의 표정을 읽으려 했으나 톰에게 제이티의 능력은 없었다. 에스메랄다가 거짓말을 하는지 어떤지 알 수 없었다.

"제이티의 몸은 거부 반응을 일으켰다."

"그의 마법은 우리 마법과 다르다는 건가요?"

"맞아, 뭔가 달라."

톰은 그 말을 이해해 보려 애썼다. 에스메랄다는 마법으로 부러진 손가락을 고쳤다. 그런 일이 가능할 것이라고 생각지도 못했다. 에스메랄다에게 질문하고 싶은 것이 너무 많았다.

"왜 제이티에게는 효과가 없는 것인가요?"

"나도 몰라."

"내게도 줄 수 있어요?"

"시도해 볼 수는 있지. 하지만 제이티에게 부작용이 심했다. 경련을 일으키고…… 나는 제이티가 죽는 줄 알았어. 제이티에게 너무 많이 넣었던 거야. 그러니 만약에 아주 조금만 시도해 본다면……."

"제이티는 괜찮을까요?"

"그래, 괜찮을 거야……."

"제이티의 몸을 들여다봤는데 세포들이 이전보다 훨씬 더 안정적이었다."

"무슨 뜻이죠?"

"내가 제이티에게 준 마법…… 마법 자체가 제이티를 해친 것 같지는 않아. 제이티의 몸이 그것과 싸워서 외부로 배출했어."

"그럼 그것은 어디로 갔을까요?"

"나도 모른다. 공기중에 흩어졌을까? 아마도 제이티의 열에 의해 증발한 것이 아닐까. 제이티는 괜찮을 거야."

"백 퍼센트 확신할 수는 없는 거죠?"

"그래."

"의식만 돌아온다면 생명을 유지할 만큼의 마법은 남아 있겠죠?"

"그래, 하지만 얼마나 오래일지는 나도 알 수 없다. 네가 나눠 준 마법과 제이티에게 남은 마법 약간은 있으니까."

톰은 만족한 표정으로 고개를 끄덕였다.

"제이티에게 가봐야겠어요."

"그렇게 하렴."

에스메랄다는 마치 톰에게 허락하는 것처럼 말했다. 톰은
에스메랄다가 뒤따라오지 않는 것이 고마웠다.

22

기다림

잠에서 깨어났을 때 제이티는 따가울 정도로 눈이 부셔서 다시 눈을 감을 수밖에 없었다. 망치로 얻어맞은 것처럼 머리가 떵하고 몸을 움직일 때마다 온몸이 쑤셨다. 바짝 마른 목구멍은 따가웠다. 기침을 했다.

"여기, 물."

제이티는 목소리가 들린 쪽으로 고개를 돌렸다. 톰이었다. 제이티는 실눈을 뜨고 신음하며 물 잔을 받았다.

"고마워."

제이티는 한 잔 가득한 물을 단숨에 들이켜고 나서 톰을 향해 잔을 내밀었다. 톰은 재빨리 잔에 물을 채웠다. 제이티의 손에 물방울이 튀었다. 톰은 베개와 쿠션으로 제이티의 등을 괴어 주었다. 제이티가 등을 기댔다. 몸을 지탱할 힘도 없었다. 온몸이 아팠다.

"머리가 너무 아파."

제이티는 말할 때마다 기침이 나왔다. 두 번째 잔을 다 비우고 다시 톰에게 잔을 내밀었다. 톰은 물을 따랐다.

"아스피린 가져다줄까?"

제이티가 고개를 끄덕이자 톰은 아스피린을 가지러 갔다. 제이티는 순식간에 물 잔을 비웠다. 그래도 갈증은 가시지 않았고, 메마른 느낌은 가시지 않았다. 목구멍에 닿기도 전에 물이 모두 증발하기라도 하는 것처럼. 입속은 열흘 된 빵처럼 바짝 말랐다. 물주전자가 바닥에 놓여 있었지만 침대를 내려가 물 잔을 채운다는 것이 엄청난 노동으로 생각되었다.

제이티는 무릎에 빈 잔을 내려놓고 눈을 감았다. 에스메랄다가 무슨 짓을 했던 것일까? 허공에 붕 뜨는 것 같은 끔찍한 느낌이었지만 죽을 때의 느낌은 아니었다. 어쨌든 당장 죽지는 않을 것 같았다.

'에스메랄다가 뭐라고 했더라?'

머릿속이 복잡해질수록 머리가 더 아팠다. 톰이 아스피린 병을 들고 와서 제이티의 손에 두 알을 떨어뜨렸다. 제이티는 약을 입에 넣고 삼켰다. 알약 두 개가 목구멍을 타고 내려가며 식도를 할퀴는 것 같았다.

"차양을 닫아 줄래, 톰? 너무 밝아."

감은 눈이 덜 부시자 제이티는 살며시 눈을 떴다. 방 안으로 찌르고 드는 것만 같던 햇빛이 온화해졌다.

"훨씬 낫다."

톰이 와서 옆에 앉았다.

"물 더 줄까?"

제이티는 잔을 내밀었고, 잔 가득한 물을 다 들이켰다. 제이티는 그렇게 한 주전자를 다 마셨다. 톰은 주전자를 들고 화장실로 달려가서 물을 받아 왔다.

"목말라."

"그럴 거야."

톰이 웃으며 말했다.

제이티는 톰의 웃는 모습이 예쁘다고 생각했다.

'하얀 이, 파란 눈동자…… 피부가 너무 하얘서 더 파랗게

보이는 것일까?'

"너는 너무 하얘. 주근깨가 많이 생기겠어."

물 잔을 다 비우고 제이티가 말했다.

"맞아, 게다가 눈썹도 안 보이지."

"아니야, 내 눈에는 보이는걸. 금빛 도는 흰색이야."

"그래? 너 머리가 좀 어떻게 된 것 아니냐?"

제이티가 웃었다.

"그럴지도 몰라. 머리가 많이 아프거든."

"무슨 일이 있었는지 알겠어?"

"에스메랄다가 내게 무슨 짓을 했어. 에스메랄다가 내 마법
을 빨아낸다고 생각했는데…… 아니었어."

'만약 그랬다면 나는 이미 이 세상 사람이 아니겠지.' 제이
티가 미간을 찌푸렸다.

'에스메랄다가 무슨 짓을 했을까?'

"내게 손을 댔는데 굉장히 아팠어. 에스메랄다의 손가락에
서 뭔가 내 몸 안으로 들어왔어, 아주 날카롭고 무서운 것
이. 날카로운 이빨을 가진 벌레 같았어."

톰은 제이티의 잔에 다시 물을 따랐다. 제이티는 꿀꺽꿀꺽
물을 마셨다. 그제야 목이 축여지는 느낌이었다. 제이티는

또다시 잔을 톰에게 내밀었다.

"장담하는데 너 이제 화장실에 가면 오줌 싸느라 한 달 동안 못 나올 거야."

제이티가 어깨를 으쓱했다. 작은 움직임이었지만 온몸이 아팠다. 눈을 굴리면 뒷골에 붙어 있던 통증이 안구로 밀려왔다. 제이티는 한동안 말없이 앉아 있었다.

"메르가 왜 그랬는지 알아?"

제이티가 고개를 가로저었다. 제이티는 참을 수 없이 머리가 아팠다.

"에스메랄다가 내 마법을 깡그리 뽑아내는 줄 알았어. 하지만 아니었어. 살아 있잖아. 내가 왜 살아 있지, 톰?"

"메르는 너에게 마법을 나눠 주려고 했대. 하지만 네 몸이 거부 반응을 일으켰다고 하더라."

"그래?"

제이티가 조심스럽게 고개를 끄덕였다.

"마법이 들어오는 느낌이 아니었어."

"늙은이의 마법이야."

톰이 이어 말했다.

"우리의 마법과는 엄청나게 다른가 봐. 메르는 진짜 마녀가 되었어. 부러진 손가락을 마법으로 고쳤어.”

“에스메랄다가…….”

“메르는…… 에스메랄다는 손가락 세 개가 부러졌거든. 그
런데 마법으로 손가락을 원래대로 만들었어.”

“에스메랄다 손가락이 부러졌다고?”

“부러졌는데 고쳤다니까.”

“무슨 뜻이야?”

“내 눈으로 똑똑히 봤어. 부러져 덜렁거리던 손가락이 똑바
로 펴지고 붓기가 가라앉고 완전히 정상의 손가락이 되었
어. 그것은…….”

“잘못 본 것 아니야?”

“하늘 땅 별 땅 맹세할 수 있어.”

“하늘 땅 별 땅?”

제이티가 웃었다. 재밌는 말이다.

“그런데 어쩌다 손가락을 부러뜨렸어?”

제이티가 고개를 돌려 톰의 얼굴을 똑바로 쳐다보았다. 톰
이 얼굴을 붉혔다.

“왜 그래? 무슨 일이 있었어?”

톰이 고개를 떨어뜨렸다.

"내가 자제력을 잃었어."

"네가 부러뜨렸구나!"

제이티가 주춤했다. 자기 귀에도 너무 크게 들렸다.

"복수한 거야?"

톰이 고개를 끄덕였다.

"기분이 정말 좋았어."

"에스메랄다가 나처럼 했던 거구나. 그녀는 나빠. 나보다 더 나빠. 나는 네게 물어봤잖아. 나는 그처럼 되기 싫었어. 손가락을 부러뜨릴 만해."

톰의 표정이 복잡해졌다.

"뭘 물어봐?"

톰은 다시 얼굴을 붉혔다.

"맞아, 내게 물어봐야 했어."

"에스메랄다는 두려웠던 거야. 하지만 에스메랄다는 널 믿어야 했어, 네가 착하다는 것을. 나는 그랬어."

"내가 싫다고 말하면 어떻게 했을 거야?"

"죽었겠지. 어제 내 몸속에 들어왔던 그 힘…… 확실히 마법인 거야?"

"에스메랄다는 그렇게 생각해."

“무척 아팠어. 나는 죽는 줄 알았으니까. 몸이 갑자기 붕 떠오르는 느낌…… 끔찍해. 살아 있는 게 훨씬 낫구나.”

“당연하지.”

“나는 열다섯은 넘겼으면 좋겠어.”

“그래, 네가 꼭 그랬으면 좋겠어. 그리고 리즌과 나도 그랬으면 좋겠어.”

“리즌은 거기에 해법이 있다고 믿는 거야. 문으로 빨려 들어가기 전부터 그렇게 믿었어.”

“리즌이 네게 무슨 얘기를 했어?”

톰의 목소리가 날카로워졌다. 무엇 때문에 톰이 그렇게 반응하는지 제이티는 이해가 되지 않았다.

“아니, 메르가 리즌에게 마법에 관해 설명할 때, 한계…… 뭐 그런 거 전부 다. 리즌은 그런 표정이었어.”

“무슨 표정?”

“문제를 이해하고 풀 때의 표정을 하고 있었어. 리즌은 어쩌면…… 문제의 해결자가 될지도 몰라. 수학과 관련이 있을 거야. 내 생각에 리즌은 우리 문제가 수리의 문제라고 생각하는 것 같아. 리즌이 옳기를 바라야지.”

“나도 그랬으면 좋겠네.”

톰이 제이티에게 따뜻하게 웃어 주었다. 제이티는 자기 눈을 의심했다.

"아까…… 네가 그랬지, 에스메랄다에게 새로운 마법이 생겼다고. 그것은 어디에서 온 것일까? 문지기 늙은이?"

"그래, 에스메랄다의 팔에 똑같은 자국이 생겼으니까…… 골렘이 우리를 물어서 만든 것과 같은 것이."

"맞아, 그 느낌이었어. 하지만 에스메랄다가 내게 넣은 것과 비교하면 골렘한테 물린 것은 아무것도 아니야."

제이티가 말을 멈추었다.

"너도 느꼈어? 리즌은 그다음에 달라졌어. 골렘의 공격을 받고 나서 말이야. 보통 때와 많이 다르다고 느꼈어."

톰이 그때를 기억하며 고개를 끄덕였다.

"나도 리즌 몸에 손이 닿았을 때 뭔가 잘못되었다고 느꼈어. 너무 매끈했어. 피부가 아니라 마치 금속 표면처럼……."

"그래서 그렇게 거대한 빛을 만든 거야! 마법이 너무 커서 통제하기가 힘들었던 거라고!"

제이티가 눈을 감았다. 이제 알 수 있었다. 에스메랄다를 문 쪽으로 끌어당긴 것, 에스메랄다가 제이티의 몸속으로 넣으려던 그것은 늙은이의 골렘과 같은 색깔이었다. 제이티의 몸속으로 들어왔던 것도 같은 것일까? 머리가 아팠다.

"에스메랄다는 어디에 있어?"

"뒷문을 감시하고 있어."

"리즌은?"

"아직 뉴욕에 있어. 어제 아침 이후로 통화를 못했어."

"그러니까…… 네게 마법을 나눠 주고 나서 나는 잠들었어. 일어난 지 얼마 되지 않아."

"좋아, 그럼."

뭔가 할 일이 생겼다는 듯이 제이티가 활기차게 말했다.

"리즌에게 전화를 걸자. 이 얘기를 해줘야 해."

23

다음 날 아침

노래 소리가 들리다 갑자기 뚝 끊겼다. 그리고 다시 시작되었다. 같은 소절이 반복된다. 어디선가 들어 본 듯한 귀에 익은 노래였다. 하지만 어디에서 들었는지는 모르겠다. 캄캄하다. 이제야 미명이 밝아 온다.

"여보세요"

잠이 덜 깬 데니의 목소리다.

"안녕, 줄리에타."

멀리서 작은 목소리가 들린다. 무슨 말인지 알아들을 수는 없다. 나는 눈을 떴다. 데니 쪽으로 움직였다. 데니는 웃통을 벗고 있었다. 나도 마찬가지다. 그제야 이유를 깨달았다. 이불을 끌어 올렸다. 얼굴이 달아올라 눈물이 괼 지경이다.

"왜 내게 말하지 않았어?"

데니가 물었다.

"얼마나 남은 거니?"

제이티의 대답이 내 귀에 들리지 않기를 바랐다. 데니가 동생에게 하는 말도 듣고 싶지 않았다. 나는 다른 생각을 해보려고 했다. 내 몸속에 들어온 늙은 마법사의 골렘이라든가, 데니와 함께한 밤이라든가……. 제이티가 내게 화를 내지 않는 것은 데니에게 들은 말이 적잖이 당황스러웠기 때문일 것이다.

잠깐 동안 나는 미치지 않은 사라피나와 단둘이 황야를 헤매고 있다면 얼마나 좋을까 하고 생각했다. 마법도 없고, 미치지도 않는, 어린 나이에 죽지도 않고, 사악한 할아버지도 없는, 뉴욕도 모르고, 내게 화낼 친구도 없는 그런 세상에 있고 싶었다.

우리는 항상 그리워했던 질크밍건으로 다시 갈 수 있었을 것이다. 나는 그곳의 여인들이 들려주는 인어 조상 뭉가뭉가의 이야기를 열심히 들을 것이다.

"리즌 이야기는 빼."

'그러면 그렇지' 하고 나는 생각했다.

"왜 그래, 줄리에타? 좀 말이야……."

나는 등을 밀어 천천히 침대 반대편으로 갔다. 둘의 대화를 듣고 싶지 않다. 일어나서 샤워를 해야겠다.

"줄리에타, 너는 내 동생이야. 당연히 내가 알아야지!"

데니가 내 쪽을 흘긋 보았다. 하지만 그가 나를 보았는지 모르겠다.

"널 다시 못 보게 되면?! 다시 너를 잃고 싶지 않아!"

제이티가 뭔가 웃기는 말을 했나 보다. 데니가 웃었다. 하지만 쓰린 웃음이다.

"친구는 가족과 다르잖아, 줄리에타. 우리는 가족이라고."

데니가 내게 등을 돌리고 목소리를 낮추었다.

"널 사랑하는 것 알지? 그렇게 도망 다니지 말고 내게 왔으면 좋겠어."

한참 동안 데니는 말이 없었다. 알았다고 미안하다고 말했다. 아무래도 제이티가 울음을 터뜨렸나 보다. 나는 듣지 않으려고 애썼다. 피보나치수열로 달려들었다.

'0, 1, 1, 2, 3, 5, 8, 13, 21, 34, 55, 89, 114, 233, 377, 610,

987, 1597, 2584, 4181……'

머릿속에서 나선이 풀려 나간다. 잿빛 갈색의 나선이 라임 향기로 방 안을 가득 채운다. 나는 그 안에 침잠한다.

"리즌!"

나는 눈을 번쩍 떴다. 여기는 데니의 침실이다. 데니는 내 옆에 누워 있다. 데니가 멀리 있는 사람을 부르는 것처럼 다시 나를 불렀다.

"리즌! 줄리에타가 너랑 통화하고 싶대!"

그리고 잠깐 기다렸다 내게 전화기를 건넸다. 나는 전화기를 받았다. 데니를 똑바로 쳐다볼 수가 없었다.

"안녕!"

그런 목소리가 아니길 바랐다. 정확히 내 목소리가 어떻게 들리기를 바라는지 알지 못했지만…… 제이티가 내게 소리 지르지 않았으면 좋겠다.

"응, 안녕!"

제이티가 말했다.

"너도 졸린 목소리다? 거기 지금 오후 4시 아니야?"

제이티의 목소리는 방금 전에 심각한 대화를 나눈 사람 같지 않았다. 손목시계를 보았다.

“아니야, 오후 6시 13분이야. 우리는…… 음…… 우리는 어
제…… 아니, 오늘 엄청나게 돌아다녔거든. 그리고 어젯밤
에 별로 많이 자지 못했어.”

“알았어.”

제이티가 대답했다.

“우리도 마찬가지야.”

“너 목소리가 꽤 즐거워 보인다.”

“머리통이 터질 것 같아.”

제이티가 대답하고는 아무렇지도 않게 말을 이었다.

“정신이 좀 몽롱해.”

“괜찮은 거야?”

“아, 그럼, 좀 몽롱할 뿐이야.”

“네 오빠에 대해 할 말이 좀 있는데…….”

“알아, 난 너한테 아주 화가 났단 말이야. 너는 오빠한테 그
런 이야기를 하면 안 되었어.”

“하지만 그랬지.”

“그러니…… 우린 피장파장이야. 맞지? 네가 뉴욕에 왔을
때 내가 너에게 아무것도 알려 주지 않은 것. 그와 그 외 모
든 것. 그러니 우리 피장파장!”

“좋아.”

나는 베개에 등을 기대고 앉았다. 이불을 목까지 끌어당겨 안고 있었다. 아팠다. 허벅지에 근육통도 있었다. 데니와 나는 해가 중천에 뜰 때까지도 잠들지 못했다. 내 얼굴이 더욱 뜨거워졌다. 이제 그 일은 생각하지 않으려고 했다. 나는 눈을 감았다. 눈을 감고 데니를 보았다.

데니의 위장을 감싸고 있는 근육이 보였다. 나는 손으로 그쪽을 쓰다듬었다. 우리 사이를 알고 나서도 제이티가 우리 둘이 피장파장이라고 생각할지 걱정이다.

“우리도 온 동네를 뛰어다녔어.”

제이티가 말을 이었다.

“그리고 엄청 오래 잤어.”

데니가 이불 밖으로 미끄러져 나갔다. 욕실로 들어가는 데니의 뒷모습이 보였다.

“엄청 오래 잤다고?”

옷을 찾으려고 침대 주변을 살폈다. 전화기를 머리와 어깨 사이에 붙들고 윗도리를 입으려다 결국 옷이 엉켰다. 샤워기에서 물 쏟아지는 소리가 들렸다.

“그런데 말이야…….”

"잠깐만 기다려."

"그래."

나는 전화기를 내려놓고 아무 옷이나 걸쳤다.

"됐어. 무슨 일이 있었어?"

"늙은이가 에스메랄다에게 마법을 주었어."

"뭐라고?"

"그 늙은이가…… 늙은이의 골렘이 에스메랄다 몸속으로 들어갔어. 너한테 그런 것처럼 말이야. 그리고 나오지를 않아. 그것이 에스메랄다를 더 강한 마법사로 만들었어. 에스메랄다가 그 힘을 내게 나누어 주었는데, 나는 너무 고통스러웠어. 병든 것처럼."

"고통스러워?"

"벌레가 날카로운 이빨로 무는 것 같았어."

제이티가 잠시 머뭇거렸다.

"내 마법이 다 되어 가. 에스메랄다는 내가 곧 죽을 것이라고 생각하고…… 죽어 가고 있다고 생각하고……. 지금도 마찬가지지만, 그래서 에스메랄다는 그 골렘이 내게도 효과가 있을 거라고 생각한 거야. 하지만 거부 반응이 일어났어. 에스메랄다랑 달리 내게는 부작용이 있었던 거야. 나는 정말 많이 아팠고…… 경련에 뭐 모든 증상이 다 있었어. 네가 내 멍든 얼굴을 봐야 하는데.”

“너 지금 죽어 간다고?”

나는 제이티를 더 살게 할 수 있는 방법을 아직 찾지 못했다. 제이티가 이렇게 빨리 죽을 수는 없다.

“어…… 내가 약해져 가고 있다는 것을 느껴. 은박지 조각처럼 말이야.”

“뭐처럼?”

제이티의 죽음이 임박했다는 것인가? 죽을 수 없다. 죽어서는 안 된다. 이렇게 빨리…….

“얇은 유리판처럼…… 네가 내 몸을 들여다본다면 내 영혼이 내 몸을 떠나려는 것을 보게 될 거야……. 너무 무서워.”

“네 얘기가 더 무섭다.”

어떤 느낌일까? 내 존재가 이전보다 훨씬 가벼워질까? 속 빈…… 텅 빈 공간처럼? 나는 내 몸을 응시했다. 내 안에서 시들어 가는 삶을 보고 싶었다.

“뭐 하지만 지금은 괜찮아. 얼마 동안은…… 괜찮겠지.”

“그런데 어쩌다 멍이 들었어?”

나도 멍이 들었었지만 이제는 다 나았다. 샤워하는 소리가 들리는 욕실 문을 바라보았다. 나를 몸에서 씻어내는 것일까? 아니길 바랐다. 얼굴이 다시 달아올랐다.

"몸속에 골렘이 들어오자 내 몸에 경련이 일었어. 점점 내 몸속으로 깊이 들어왔어. 그리고 내 몸이 격렬하게 반응했어. 우리 생각에는 지금 너는 엄청나게 강해져 있을 것 같아. 에스메랄다처럼."

제이티의 목소리가 멀어졌다. 그리고 톰의 목소리가 들려왔다.

"잘 있었어, 리즌. 제이티는 이제 좀 쉬어야 해. 그게 말이야. 메르가 제이티의 몸에 넣은 그거 말이야. 그것 때문에 제이티가 많이 상했어."

톰이 작은 소리로 말했다. 목소리가 너무 작아서 억양으로만 톰이 질문했다는 것을 알 수 있었다.

"뭐라고?"

"잠깐만 기다려!"

톰이 손으로 송화기를 막는 소리가 들렸고, 그 뒤에는 무슨 말인지 알아들을 수 없었다.

"됐어. 지금 네 방이야. 골렘이 네 몸속에 들어갔잖아. 우리는 그게 네 몸에 마법을 남겼을 거라고 생각해. 메르에게 그랬던 것처럼 말이야."

"마법이라고? 아니, 나는 그런 것 같지 않은데……."

나는 말끝을 흐렸다. 내 몸 깊숙이에서, 내 뼛속에서, 골수에서 골렘이 흘러 다니는 것을 느낄 수 있었다.

"그것 때문에 내가 더 강해진 것 같지는 않아."

"하지만 기억해? 골렘이 제이티와 나를 물고 네 몸속으로 들어갔어. 그리고 우리 첫 수업에서, 너 엄청난 불꽃을 일으켰잖아. 핵폭발이라도 난 것처럼."

"하지만 내 몸 밖으로 빠져나와서 문으로 돌아갔잖아."

"기억해? 우리가 쫓아냈기 때문이야. 나하고 제이티하고 너하고."

"아니야."

도대체 말이 되지 않는다. 다른 종류의 마법이라고? 세상에 다른 종류의 중력이 있다는 말과 다르지 않다.

"메르는 이제 엄청나게 강해졌어. 그러니 너도 말이야……."

"골렘은 내 안에 없다니까."

"확실해, 리즌? 메르는 이제 죽지 않아. 그건 모든 것을 변화시켜. 그러니 너도 아마 죽지 않을 거야. 나는 죽을 테지.

제이티는 거의 한계에 다다랐어."

"죽음에 임박했다는 뜻이야?"

"그래, 이제 거의 다 되었어. 에스메랄다는 늙은이의 마법에는 한계가 없다고 해."

욕실에서 물소리가 그쳤다. 나는 침대에서 빠져나와서 문으로 갔다. 걸을 때마다 통증이 느껴졌다. 흐트러진 침대를 바라보았다. 사라피나가 뭐라고 그랬더라? 엄마처럼 나도 어린 나이에 남자와 첫 잠자리를 했다. 나는 멍청하게도 아무런 준비도 없었다. 엄마는 성병에 대해 말해 주었다. 에이즈, 임질, 매독, 클라미디아(이 병은 코알라도 걸린다)…… 더 이상 생각하고 싶지 않았다. 지금까지 한 번도 심각하게 생각해 본 적이 없던 것들이었다.

"에스메랄다는 그 마법에는 어떤 한계도 없다고 했어."

"한계가 있잖아. 제이티에게는 소용없다며."

"리, 에스메랄다는 또 마법을 사용하면 할수록 강해진다고 했어."

"하지만 어떻게 그런 것이 가능하겠어? 어디에서 그런 에너지가 온다는 거지? 그녀의 몸에서 에너지를 뽑아내지 않는다면 진짜 어디에서 온다는 거야?"

데니가 허리에 큰 수건을 두르고 욕실에서 나왔다. 나를 보고 웃었다. 나도 마주 웃었지만 금세 얼굴이 뜨거워졌다. 고개를 끄덕이고 방을 나가 문을 닫고 문에 기댔다. 데니는 무슨 생각을 할까? 지난 밤 일을 후회할까?

"리? 듣고 있어? 안 들려!"

"미안, 톰. 생각할 시간이 좀 필요해."

거실은 어제 내가 먹을 것을 찾으러 방을 나왔을 때만큼 캄캄했다. 열여덟 시간 전이었다. 나를 둘러싼 시간은 언제 제대로 돌아갈까? 언제나 너무 빠르거나 너무 느려서 잡을 수 없다.

"에스메랄다는 정말 엄청 강해졌어. 부러진 손가락을 고쳤어. 내 코앞에서 말이야!"

"손가락이 부러졌어?"

"그래, 얘기가 길어. 불꽃을 만드는 것에 비하면 엄청난 거야. 몇 초밖에 걸리지 않았다니까."

"믿을게."

"너는 어때? 대마법사가 된 느낌은 없어?"

"아닌 것 같은데."

나는 천천히 걸어 부엌으로 갔다. 한발 뗄 때마다 통증이 심했다. 하품이 나왔다.

"아, 배고파."

"그 마법의 집에서 수업하던 때, 네가 만들었던 빛을 기억해? 엄청 대단했잖아. 리즌, 기억해? 그런데도 너는 아무 느낌도 없다고 했잖아?"

냉장고 문을 열었다. 역시 아무것도 없다. 냉장고에 먹을 것이 맥주만큼 있었으면 좋겠다. 톰이 말한 대로 내게 그렇게 강력한 마법이 있다면 '뿅' 하는 순간 음식을 만들 수는 없을까? 그 정도는 되어야 유용한 마법이라고 할 수 있다.

"느낌이 뭔가 다르다거나 그렇지도 않아?"

별로 다르지 않았다. 늙은 마법사의 조각이 내 속에 흐르는 것을 빼고는. 초인종이 울리고 데니가 나가서 뭐라고 말한다.

"에스메랄다는 뭐 좀 다르게 보여?"

데니가 음식을 시켰으면 얼마나 좋을까? 에스메랄다가 전화를 걸고 나서 마법처럼 30분 후에 현관에 피자가 도착했다.

"아니, 별로 달라 보이지는 않아. 그러니까 새로운 마법의 증거라는 것은 에스메랄다가 부러진 손가락을 치료했다는 것 하나야?"

나는 톰의 목소리를 듣지 못했다. 문이 열리고 제이슨 블레이크가 걸어 들어왔다.

"이런 제기랄!"

"뭐야? 뭐야?"

"할아버지야! 제이슨……."

전화기가 내 손을 빠져나가 공중을 날았다.

24

대마법사

"리즌! 리즌!"

전화가 끊겼다. 전화기에서는 삐삐 하는 소리만 났다. 톰은 데니의 집으로 전화했다. 신호가 한참 울리더니 데니의 목소리가 들렸다.

"내가 보고 싶은 거군요. 그렇다면 메시지를 남기세요. 아니라면…… 그래도 할 수 없죠. 나중에 다시 걸어요."

'재수 없는 녀석!' 하고 톰은 생각했다. 전화기를 주머니에 집어넣고 아래층으로 달려 내려갔다.

"에스메랄다! 에스메랄다!"

에스메랄다는 부엌에 없었다.

"에스메랄다?"

어디에 있을까? 무엇을 하고 있을까? 제이티는 위층에서 죽어 가고 있다. 톰은 전화기를 꺼내 데니의 휴대전화 번호를 눌렀다. 역시 음성 메시지로 넘어갔다. 집 전화와 똑같은 말이 흘러 나왔다.

"안녕, 나야, 톰. 다시 전화해 줄 수 있어?"

혹시 몰라 톰은 자기 전화번호를 남겨 놓았다.

"걱정 많이 하고 있어. 괜찮은 거야, 리즌? 빨리 연락 줘!"

데니의 집 전화로 다시 연락해 보았지만 결과는 같았다. 이번에는 메시지를 남겼다. 그때 에스메랄다가 화장실에서 나왔다.

'다행이다! 에스메랄다는 무엇을 해야 할지 알고 있을 거야.' 하고 톰은 생각했다. 그때 톰의 머리에 이제 에스메랄다를 믿을 수 없다는 사실이 떠올랐다.

"무슨 일이냐, 톰?"

"제이슨 블레이크가 리즌을 찾아냈어요! 리즌과 통화하고 있었는데, 리즌이 갑자기 제이슨 블레이크가 나타났다고 말했어요. 그리고 전화가 끊어졌어요. 여러 번 다시 전화를 걸었지만 전화를 받지 않아요."

에스메랄다는 아무 말도 하지 않았지만 표정이 참담했다. 톰은 자신이 아랫입술을 깨물고 있다는 것을 깨달았다. 이를 풀었다.

"어쩌려는 것일까요?"

머릿속에는 여러 가지 가능한 것들이 떠올랐지만 톰이 물었다. 에스메랄다가 눈을 부릅떴다.

"더 많은 마법, 더 오래 살고 싶은 거야."

"어떻게든 해야죠!"

"그래야지. 그렇게 할 거야. 먼저 겨울옷이 필요하구나."

"마법의 문을 통해 뉴욕으로 가는 거예요?"

순간 톰은 바보 같은 질문이라고 생각했다. 그 방법 말고 어떻게 리즌을 구할 수 있단 말인가? 에스메랄다가 고개를 끄덕였다.

"제이티는 깨어났니?"

"깨어났어요. 하지만 힘이 없어요. 가서 보고 올까요?"

"아니다. 내가 가볼게. 너는 짐을 챙겨라. 이틀 정도는 머물 생각하고, 칫솔이든…… 네가 필요하다고 생각하는 것은 뭐든 챙겨. 아빠한테는 뉴욕에 볼일이 생겼다고 해. 언제쯤 돌아올지는 모르겠다고 하고.”

뚱뚱한 배낭을 왼쪽 어깨에 덜렁거리며 톰이 돌아왔다. 주
머니에 방한 용품을 가득 담은 겨울 외투를 한쪽에 들었다.
아빠가 캐스에게 전하는 인사말이 귀에 쟁쟁했지만 톰은
그럴 시간이 있을지 의심스러웠다.
제이티는 부엌 식탁에 앉아 포도주를 마시고 있었다. 초췌
하기 이를 데 없었다. 광대뼈의 멍은 붉은색, 남색, 푸른색
을 띠고 있고, 손에는 붕대가 감겼다.
“너는 못 가.”
톰이 식탁 위에 짐을 부려놓으며 말했다. 제이티가 인상을
쓰며 대답했다.
“내가 간다면 가는 거야.”
“그래, 하지만 넌 못 가. 몸이 허락하지 않을걸.”
제이티는 어깨를 으쓱하려는 것 같았지만 문득 몸짓을 멈
추었다. 톰은 눈썹을 찡그리고 말했다.
“거 봐!”
인상을 써 봤자 톰의 눈썹은 보이지 않는다. 언뜻 제이티는
톰의 눈썹을 볼 수 있다고 했던 말이 생각났다.

"맞아, 나는 못 가."

제이티도 결국은 인정했다.

"그렇다고 침대에 누워 있을 수도 없어. 리즌은……."

제이티가 눈을 깜빡였다. 톰은 제이티가 얼마나 화가 나 있는지 알 수 있었다. 자신이 바보같이 느껴졌다. 당연히 제이티는 화가 났을 것이다. 제이슨 블레이크가 너무 무서워서 그의 이름조차 말하지도 못하는데 그가 지금 리즌을 찾아냈다.

"거기 있니, 톰!"

검정 가죽 외투와 서류가방을 들고 부엌으로 들어서며 에스메랄다가 말했다. 외투는 에스메랄다의 팔에 걸려 있었으나 선이 얼마나 우아하게 나오는지 알 수 있었다.

"여벌 옷이 있어 다행이에요."

톰이 말했다.

"문짝이 삼켜 버린 외투는……."

제이티의 표정이 일그러졌다. 톰은 제이티가 웃으려는 것인지 찡그리려는 것인지 알 수 없었다.

"세 번째야."

제이티가 말했다.

"두 벌을 잃어버렸어."

"언제 그런……."

"기분이 어떠니, 제이티?"

외투에 대한 얘기는 무시하고 에스메랄다가 물었다.

"많이 아파요. 하지만 아직은 살 것 같아요. 얼마 남지 않았
겠지만."

"리즌이 전화했어요?"

"아니."

에스메랄다가 대답했다. 그리고 제이티를 돌아보았다.

"지켜볼 생각이니?"

"내키지는 않지만, 침대에 누워 무슨 일이 일어나나 상상하
고 있느니 이곳에 있는 편이 낫겠어요."

"뭘 지켜 봐?"

톰이 물었다.

"마법으로 문을 열어서 늙은이를 만나 내 마법을 더 강하게
하려고 한다."

"정말요?"

"굉장히 웃기는 생각이지."

에스메랄다가 말하며 문으로 바짝 다가갔다. 문 밑에 이전

보다 더 많은 깃털이 있었다. 처음에 놓았던 것보다 더 길고 휘어진 초록색 깃털들이 보였다.

"엄청난 힘을 쏟아야 할 것 같은데요. 위험하지 않을까요?"

에스메랄다가 고개를 끄덕였다.

"너희 도움이 필요하다. 내게서 눈을 떼지 마. 만약 위험해 보이거나 뭔가 너무 이상하면 나를 문에서 떼어내야 해."

"어떻게 하란 말예요? 메르는 이제 우리보다 훨씬 강해졌잖아요. 때리기라도 하란 건가요?"

"필요하면 그렇게라도 해. 하지만 그럴 일은 없을 것 같구나. 약간 흔들리는 것으로 족해."

에스메랄다는 눈을 감고 문을 향해 팔을 뻗었다. 톰이 에스메랄다의 손을 잡았다.

"에스메랄다, 늙은이의 마법에 대해 아는 것이 없잖아요? 안전하지 않을 수도 있어요. 그리고 그런 일에 그렇게 많은 마법을……."

"부러진 손가락을 고치는 것이 더 어려운 일인 것 같구나."

"지금 무슨 일을 하려는지 알고나 있나요?"

"리즌이 위험에 빠졌어. 리즌을 구해야 해."

"나도 알아요."

톰은 거의 소리를 지르고 있었다.

"하지만 메르가 죽으면 무슨 도움이 된다는 거죠?"

톰은 에스메랄다의 오른손을 보았다. 손가락은 자연스러웠다. 아무 일도 없었던 것처럼. 톰은 에스메랄다가 마법으로 했던 모든 것을 생각했다. 톰의 마법을 모두 뽑아내 톰을 죽음에 이르게 하지도 않았다. 다시는 톰의 마법을 훔칠 일도 없을 것이다. 만약 늙은이의 마법이 에스메랄다가 생각하는 그대로라면 톰은 에스메랄다를 믿어도 된다는 뜻이다.

"그런 일은 없을 거야."

"어떻게 알아요. 늙은이가 믿어도 되는 것처럼 확신을 준 다음, 전부 날려 버리면요? 제이티를 봐요, 늙은이의 마법이 제이티에게 무슨 짓을 했는지."

"야! 나 그렇게 엉망은 아니야."

"제이티! 네 모습은 심각해."

에스메랄다가 말했다.

"톰, 네 말이 맞다. 하지만 우리는 때로 모험을 해야 해. 늙은이를 생각해 봐. 그는 이 마법으로 아주아주 오랫동안 아무런 해도 입지 않고 살고 있어."

"아무런 해도 없다고요? 리즌이 괴물 같은 모습이라고 했잖아요.”

“그의 마법이 아니었으면 난 이미 죽었어, 톰. 지금부터 내가 살고 있는 1초 1초가 내게는 선물이야. 나는 내 손녀를 구하고 싶다.”

“제이티는 그 때문에 죽을 뻔했잖아요. 우리가 말하고 있는 동안에 그것이 몸속에서 독으로 변하면 어떻게 해요?”

“독으로 변하지 않아, 톰. 아무 이상 없이 내 몸속에 있다. 마치 원래부터 있던 것처럼.”

“느낌을 과신하지 말아요.”

“더 이상 다투지 말자. 난 이미 시작했어.”

에스메랄다가 눈을 감고 손바닥을 문에 댔다. 문짝이 물결을 일으켰다. 쇠가 갈리는 소리가 작게 들리더니 천천히 커졌다. 톰과 제이티는 손으로 귀를 막고 서로를 바라보았다.

25

제이슨 블레이크

데니의 휴대전화는 날카로운 소리를 내며 텔레비전 반대편으로 날아갔다. 깨진 조각들이 바닥에 미끄러졌다. 제이티 방 쪽으로 날아가는 것도 있고, 창 쪽으로 날아가는 것도 있다. 데니는 부서진 전화기를 흘긋 보고 제이슨 블레이크를 향해 몸을 돌렸다.

"당신이 내 여동생을 괴롭힌 망할 놈이야?"

제이슨이 고개를 끄덕였다.

"나가!"

데니가 말하며 승강기 단추를 눌렀다. 문이 곧장 열렸다.

"내 손녀와 할 이야기가 있어."

제이슨 블레이크가 나를 바라보았다. 늙은 마법사처럼 무시무시하게 나를 노려보았다. 나도 두려운 티를 내지 않고 그를 노려보았다.

"리즌은 당신과 할 얘기 없어."

"아니, 있을 거네."

"없어요. 나가세요."

제이슨 블레이크가 손목을 가볍게 흔들었다. 무언가 내게로 날아왔다. 나는 반사적으로 받았다. 잿빛 갈색 반죽 같은 것이다. 늙은 마법사의 그것이다. 늙은 마법사의 냄새가 난다. 막 구운 빵 냄새다. 내 피부 속으로 스며든다. 날카로운 통증이 느껴진다.

"싫어!"

나는 황금 나선에 정신을 집중했다. 나선을 풀어냈다. 내 몸속으로 스며드는 늙은이의 반죽을 밀어냈다. 손에서 그것이 둥근 공처럼 부풀었다. 나는 제이슨 블레이크를 향해 던졌다. 그가 왼손으로 받았다. 그리고 손안으로 스며드는 것을 보고 있었다.

"잘했다. 라울 에밀리오 헤수스 칸시노를 벌써 만난 것이로구나. 그럴 줄 알았다."

"누구요?"

묻는 순간 그 이름이 기억났다. 시드니 공동묘지에서 본 이름이다. 묘석에서 그 이름을 읽었다. 톰이 보여 준 내 조상들의 묘비에서 본 것이다. 1823년 사망.

"무슨 일이 있었지? 아무 일도 없었나?"

제이슨 블레이크가 나를 향해 다가왔다.

"그만 됐어."

데니가 말했다. 그리고 제이슨 블레이크에게로 다가갔다. 블레이크도 키가 큰 편이었지만 데니는 더 컸다. 데니는 블레이크를 내려다보았다.

"당장 나가요."

갓 구운 빵 냄새가 더 진해졌다. 식탁 의자 하나가 공중을 날아갔다. 내가 다급하게 데니를 불렀다. 데니가 몸을 돌리는 순간 의자에 얼굴을 맞았다. 데니는 자리에 쓰러졌다. 제이슨 블레이크는 내게로 달려왔고 나는 뒤로 물러났다. 그가 팔을 뻗어 내 어깨를 붙들었다. 그의 손은 뜨거웠다. 살이 타는 것 같았다. 나는 비명을 질렀다. 내 안에서 뭔가 찢어져서 블레이크 손으로 빨려가고 있었다. 내 마법을 빼앗는 것이다.

"안돼! 싫어! 싫어!"

나는 소리를 질렀다.

"이제 네 허락 따위는 필요 없다."

나는 눈을 감고 암모나이트를 찾았다. 주머니에 없었다. 생각을 비우고 황야에서 보았던 밤하늘의 무수한 별을 생각했다. 수천수만의 별이 너무 많아 셀 수도 없는 별을 눈앞에 그렸다. 나는 피보나치수열을 중심에 두고 나선을 펼쳤다. 하지만 황금 나선이 아니다. 나선의 간격이 너무 촘촘하다. 황금 나선이 아니다. 두루마리처럼 나선의 간격이 동일한 아르키메데스 나선이다. 이것은 암모나이트의 나선이 아니다. 나선이 풀려 혈관과 피부를 통해 퍼진다. 제이슨 블레이크에게 닿는다.

제이슨 블레이크는 이전의 그가 아니다. 미치지도 않고 죽지도 않기 위해서 조심스럽게 마법을 사용하던 그때의 그가 아니다.

빼앗는 것은 경제적인 방법이 아니다. 마법을 빼앗을 때도 마법을 많이 소모해야 한다. 그런데 그는 지금 내 마법을 강제로 뽑아내고 있다.

나는 그의 몸을 투시했다. 제이슨 블레이크의 몸속에 늙은
마법사의 마법이 있다. 다른 것도 보인다. 그래, 제이슨 블
레이크도 늙은 마법사의 후손이다. 제이슨이 칸시노일 줄
이야.

"망할 놈의……."

아득히 먼 곳에서 데니의 목소리가 들렸다. 제이슨 블레이
크가 신음하며 자리에 쓰러졌다. 내 어깨를 붙잡고 있던 그
의 손도 떨어졌다. 마법의 흐름도 그쳤다. 갑자기 일어난 일
이었다. 나는 쿵 하고 주저앉았다.

"일어나."

데니가 내 손을 잡아 일으키며 말했다.

"어서 옷을 입어, 도망쳐야겠어!"

제이슨 블레이크는 의식을 잃고 바닥에 쓰러져 있다. 그 옆
에 부서진 의자가 흩어져 있다. 나는 자리에서 일어났지만
비틀거렸다. 데니가 나를 부축했다. 데니의 얼굴을 보았다.
뺨에서 피가 흘렀다. 턱으로 목으로 피가 흐른다.

"지금 도망쳐야 해. 저 늙은이가 깨어나면 다시 가구들이
날아다닌단 말이야."

데니는 나를 잡아끌고 제이티의 방으로 갔다. 재빨리 옷을

챙겨 입고 주머니에 암모나이트를 넣었다. 나는 문이나 창문을 넘어가며 옷을 입는 훈련이 충분히 되어 있었다. 겨울옷은 다루기 힘들고 몸도 가누기 힘들었지만 그래도 나는 빨랐다.

데니는 내 팔을 끌고 승강기에 올랐다. 블레이크의 옆을 지날 때, 그의 신음 소리가 들렸다. 눈꺼풀이 움직였다가 닫혔다. 데니가 단추를 누르자 승강기 문이 열렸다. 우리는 안으로 달려들었다. 재빨리 1층을 눌렀다. 닫히는 문틈으로 제이슨 블레이크가 몸을 움직이는 것이 보였다.

현관을 걸어 나왔다. 마치 냉장고 속으로 들어가는 것 같았다. 몸이 부르르 떨렸다. 몸을 웅크렸다.

트럭 경적 소리가 울렸다. 시체를 일으켜 세울 만큼 크고 날카로운 소리였다. 나는 펄쩍 뛰었다. 멀리 고속도로의 가로등 불빛이 검은 허드슨 강을 가로질러 반사되고 있다. 강물은 무척 검었다. 도시의 하늘은 매연 때문에 붉은 갈색이었다. 데니는 내 팔을 잡고 빠르게 걸었다.

"어디로 가는 거야?"

내가 물었다. 칭칭 감은 목도리 속에서 내 목소리도 묻혔다.

"네 할아버지가 없는 곳으로! 너에게 무슨 짓을 한 거야?"

"마법을 빼앗았어."

"망할 놈! 전부 다?!"

"아니, 하지만 충분히 많이 뽑았어. 얼마 남지 않았어."

데니는 걸음을 재촉했다. 나를 끌고 붐비는 거리의 모퉁이를 돌았다. 그리고 도로 쪽으로 내려섰다.

"어디로 가는 거야? 우리를 따라올 거야. 모르겠어? 이제 그는 엄청난 마법을 얻었다고."

나는 기침을 했다. 찬 공기에 폐가 타는 것 같다.

"어디를 가든지 날 찾아낼 거야."

데니가 나를 도로 쪽으로 끌어당겼다.

"우리를 찾을 수 없는 곳이 어디엔가 있을 거야."

그런 곳이 있으리라고 생각되지 않았다. 하지만 우리를 지켜 줄 수 있는 사람이 떠올랐다. 위험하기도 하지만 말이다.

"늙은 마법사에게 가야겠어."

"늙은 마법사? 늙은이가 네 할아버지를 상대할 수 있다고 생각하는 거야?"

나는 고개를 끄덕였다.

"둘이서 한번 붙어 보라지."

"만약 늙은이가……."

데니가 목소리를 낮췄다.

"네 마법을 빼앗으면? 그러지 않겠어?"

나는 고개를 가로저었다.

"어딜 가든 마찬가지 아니야? 블레이크가 모두……."

"택시를 타자."

데니가 말하며 도로 쪽으로 팔을 뻗었다. 노란 택시 한 대가 우리 쪽으로 무섭게 달려들었다. 데니는 깜짝 놀랐다.

"서둘러."

내가 뒷문을 열고 안쪽으로 들어가 앉았다. 데니도 내 옆으로 올라탔다.

"어디 가세요?"

"동쪽이요. 7번가 A애비뉴요."

데니가 뒷좌석에 몸을 기대고 내 손을 꼭 쥐었다. 무언가 나를 휙 잡아챘다. 몸을 틀어 뒤를 보았다. 제이슨 블레이크가 우리를 쫓아 달려오고 있었다.

"쫓아오고 있어!"

데니가 뒤를 돌아보았다.

"제길!"

데니는 운전사에게로 몸을 기울이고 말했다.

"더 빨리 갈 수 없어요?"

"지금도 빠른 겁니다……."

"10분 내에 시내를 벗어날 수 있다면 20달러 줄게요."

운전사가 거울을 통해 데니를 보았다.

"40달러 내면 진짜 내 실력을 보여 주죠. 경찰이 딱지를 끊으면 그것까지 책임져야 해요."

"좋아요."

데니가 지폐 여러 장을 꺼내 운전사에게 건넸다.

"안전띠 매세요."

운전사가 큰 소리로 말했다. 가속 페달을 힘껏 밟았다. 제이슨 블레이크가 1미터 뒤에 있었다.

26

또 다른 마법

제이티는 늙은 마법사가 에스메랄다를 말려 죽일까 봐 걱
정이었다. 하지만 그 정도는 아닌 것 같았다. 에스메랄다는
문짝에 손을 올려놓은 후 꼼짝도 하지 않고 있다. 에스메랄
다는 눈을 감았다. 톰과 제이티는 입을 열지 않았다. 에스메
랄다는 꼼짝도 하지 않았다. 온몸이 땀으로 범벅이 되었다.
마치 센트럴 파크에서 자고 일어나서 이슬에 흠뻑 젖은 것
처럼.

문은 심하게 흔들렸다. 쇠가 긁히는 소리가 날카롭게 울리
고 성난 야생마처럼 문이 날뛰었다.

"이건 좀 이상해."

톰이 에스메랄다의 휴대전화를 내려놓으며 말했다. 수백 번은 전화를 걸었지만, 데니와 리즌은 답이 없다.

"이대로 계속하면 안 될 것 같아."

"하지만 리즌을 구해야 하잖아."

톰의 말이 틀렸다고 생각한 것은 아니었지만 제이티는 그렇게 말했다. 에스메랄다는 마법을 한 번에 쏟아내고 있다. 제이티의 아빠가 절대로 하지 말라고 했던 행동이다. 하지만 제이티는 언제나 마음대로 마법을 사용했고, 그 결과 열다섯의 나이에 죽음과 마주했다.

에스메랄다는 마흔다섯이다. 마법을 사용하기가 여간 조심스럽지 않다고 말했지만, 늙은이의 마법을 얻은 후에는 위험한 실험을 계속한다. 제이티를 죽게 할 뻔했고, 이제 자신이 죽을지도 모른다.

"어쨌든 지금 에스메랄다가 문을 흔들고 있는 것이잖아."

"맞지."

"우리가 할 수 있는 일이 없어. 나둬, 톰."

"말하기는 쉽지."

"뭐라고?"

문이 더 요란하게 발광했고, 쇠 갈리는 소리도 더 요란해졌
다. 아무도 자리에서 일어나지 않았다. 이제 날뛰는 문에 모
두 익숙해졌다. 제이티는 벌떡 일어날 수 없을 만큼 기운이
없었다.

"에스메랄다 말이라면 뭐든지 하겠구나."

제이티는 톰을 바라보았다.

"뭐라고?"

"잠깐, 기억을 되살려 봐. 에스메랄다가 네 마법을 훔쳤다
는 것을 알기 전까지, 너는 에스메랄다는 신의 선물이라고
그랬지?"

톰의 창백한 피부가 더 하얗게 변했다. 주근깨가 도드라졌
다. 입술은 정말로 얇아졌다. 숨을 깊이 들이쉬었으나 곧 한
숨으로 변했다.

"우리가 할 수 있는 일이 있을 텐데. 얼마나 되었어?"

"4분 전에도 똑같은 질문을 했지."

"그럼 14분이네."

제이티는 고개를 끄덕이고 톰의 어깨를 토닥거렸다.

"괜찮을 거야."

확신하지 못했지만 제이티는 톰에게 그렇게 말했다.

"아무도 완벽할 수 없어. 에스메랄다도, 리즌도, 너는……."

에스메랄다가 움직이기 시작했다. 그녀의 손이 손잡이로 천천히 이동했다. 갑자기 그녀의 몸에 경련이 일었다. 머리와 팔, 등 할 것 없이 심하게 흔들렸다. 곧 온몸이 부서질 것이다. 톰은 에스메랄다에게 다가갔다. 제이티도 자리에서 일어나서 식탁에 기대고 섰다.

"뭔가 해야 해!"

어떻게 해야 할지 알지 못했으면서 제이티는 그렇게 말했다. 톰은 더 다가가서 에스메랄다의 어깨를 잡았다. 하지만 진동이 너무 심해서 손에 잡히지 않았다. 톰이 다시 에스메랄다를 잡았다. 에스메랄다의 몸이 갑자기 격렬하게 흔들리는 바람에 톰은 바닥에 나동그라졌다. 뒤통수가 바닥에 부딪히는 소리가 쿵 하고 울렸다.

톰은 꼼짝없이 누워 있었다.

"톰!"

제이티가 외쳤다. 그러나 대답이 없었다.

27

악마의 추격

택시 기사는 마치 악마에게 쫓기는 것처럼 무섭게 차를 몰 았다. 틀린 말은 아니다. 마법이 세상에 있다면 악마라고 왜 없겠는가. 게다가 제이슨 블레이크는 내가 평생 만난 사람 중에 제일 악마 같은 사람이다.

택시가 모퉁이를 돌 때 나는 제이슨 블레이크가 뒤처지는 것을 보았다. 차가 이리저리 돌아 나갈 때마다 데니의 품으 로 쓰러지거나 데니가 내 품에 쓰러졌다.

"미안!"

처음에는 그렇게 말했지만 별로 미안하지 않았다. 데니와 몸이 부딪칠 때마다 나의 공포와 통증은 내 안에서 기쁨이 되었다.

빨간 불에도 택시 기사는 멈추지 않고 달렸다.

"별일 아니야."

사방에서 경적 소리가 울리자 데니가 말했다. 데니가 내 손을 꼭 쥐었다. 어젯밤 데니의 입술이 생각났다. 나는 다시 그에게 입 맞추고 싶었다.

"죽지 않기만 바라자고!"

데니가 웃으며 말했다.

나는 몸을 돌려 뒤를 보았다. 전조등에 눈이 어지러웠다. 그 사이로 제이슨 블레이크가 보였다. 빠른 걸음으로 경쾌하고 자연스럽게 걷고 있었다. 하지만 엄청나게 빨랐다.

나는 뒷유리창에서 눈을 떼지 못했다. 차가 요동칠 때마다 안전띠가 몸을 파고들었지만 나는 꼼짝하지 않았다. 두 블록 뒤에서 모퉁이를 돌아 달려 나오는 형체가 눈에 잡혔다. 겹겹이 껴입은 겨울옷의 무게를 못 견디는 양 느리게 걷고 있는 사람들 사이를 요리조리 피해 우리를 따라왔다. 제이슨 블레이크는 빛처럼 빠르다. 행인들은 지구처럼 느리다.

"뭐야!"

데니가 말하고 운전사에게 몸을 돌렸다.

"여기에요, 왼쪽이요. 고마워요, 여기요."

택시가 멈췄다.

"한 블록 뒤에 있어, 데니!"

"고마워요!"

데니가 택시기사에게 말하고 지폐 몇 장을 더 건넸다. 나는 차에서 뛰어내렸다. 찬 공기에 몸이 움찔했다.

"서둘러, 데니!"

소리치고서 마법의 문 쪽으로 달렸다. 어깨 너머로 블레이크가 우리를 향해 달려오는 것이 보였다. 군중 사이로 똑똑히 그를 볼 수 있다는 것이 웃겼다. 하지만 우스운 일이 아니라는 것을 곧 깨달았다.

그는 힘이 넘쳤다. 달릴수록 빛났다. 가로등과 간판 불빛, 주변의 모든 불빛을 흡수하며 달리고 있었다.

걸음을 늦추었다. 안개 줄기가 흐르고 있다. 안개 사이를 헤치고 문으로 갔다. 늙은 마법사는 보이지 않았다. 뒤를 돌아보았다. 제이슨 블레이크가 코앞까지 닥쳤다. 데니가 계단을 뛰어올라 내 옆에 섰다. 탁탁 튀는 소리가 들렸다. 나는 발아래를 내려다보았다. 계단 갈라진 틈으로 늙은 마법사가 거품처럼 솟아오르고 있다.

"그 사람은 어디에 있어?"

"곧 나타날 거야."

눈앞에서 솟아나는 이 거품이 데니의 눈에는 보이지 않는 모양이다.

"제이슨 블레이크도 마찬가지야."

데니는 사람들 사이를 헤치고 우리를 향해 달려오는 제이슨 블레이크를 손가락으로 가리켰다.

"내 몸에 손대지 못하게 해줘!"

데니가 한 계단 내려섰다. 그는 고개를 끄덕였다.

"보고 있어."

늙은 마법사의 몸이 형체를 잡아갈수록 그의 냄새가 더 강해졌다. 구토감을 일으켰던 그의 냄새는 라임 냄새로 바뀌었다. 불에 탄 고무 냄새는 막 구운 빵 냄새로 바뀌었다. 맛있는 냄새를 맡자 배 속에서 천둥이 쳤다. 데니와 나는 어젯밤부터 아무것도 먹지 못했다.

어젯밤…… 데니와 내가 함께 있을 때…… 그때도 역시 이 냄새가 가득했다. 늙은 마법사의 냄새, 편안함과 식욕을 돋우는 냄새.

“제길.”

데니가 말했다. 형체를 완전히 갖춘 늙은 마법사를 본 것이다. 늙은 마법사 냄새만 난다. 갓 구운 빵과 라임 냄새만 내 입에 가득하다. 그가 내 배에 손을 대었다. 나는 숨을 몰아쉬었다. 곧 눈이 멀거나 몸이 마비될 것이라고 생각했다. 데니가 내게 다가왔다.

“난 괜찮아.”

데니에게 말했다.

고통이 아니었다. 그로부터 따뜻한 기운이 내 배 속으로 전해졌다. 우리는 서로 마주 보고 섰다. 늙은이와 내가. 그의 몸속을 투시했다. 그의 마법이 보였다. 제이슨 블레이크의 몸속에 있는 것과 같은 것, 하지만 훨씬 강력하고 큰 마법이다. 훨씬 유연한 것이다.

늙은 마법사가 손을 뗐다. 나는 그 계단에 서 있다. 투시를 풀었다. 그는 나를 보고 웃었다. 내가 마음에 든다는 듯 고개를 끄덕였다. 잘했다고 말해 주면 좋겠다고 생각했다.

“당신이 라울 칸시노인가요?”

그는 계속 미소 짓고 있었다. 그의 손에서 전해지는 열기가 점점 강해졌다. 나는 다시 깊이 숨을 들이쉬었다.

"리즌!"

데니가 내 눈을 똑바로 응시하며 나를 불렀다. '괜찮은 거야?' 하고 묻는 것 같다. 나는 애써 웃음을 지었다.

"히스패닉계 이름인데, 스페인어로 내가 좀 물어볼까?"

"코모 세 라마 세뇨르 라울?"

늙은이가 손뼉을 쳤다. 그렇다고 말하는 것 같았다.

"뭘 원하는 거죠? 데니, 그에게 물어봐!"

"케 키에레 세뇨르?"

라울은 무슨 말인지 이해해 보려는 듯 고개를 갸웃했다.

"케 키에레 세뇨르?"

늙은 마법사 눈이 동그래졌다. 손을 뻗어 문의 열쇠 구멍에 손가락을 대고 긁었다.

"우리도 알고 있어요……."

데니가 말했다.

"네 할머니 집에 가겠다는데?"

"하지만 왜요?"

"포르케 세뇨르?"

늙은 마법사는 더 환하게 웃었다. 문에 기대서 손가락으로 다시 내 배를 가리켰다. 공동묘지에서 무엇을 원하는 것일까? 무덤 하나하나 살피려는 것일까? 그는 왜 블레이크와 에스메랄다와 나를 그의 마법으로 충전했을까? 제이티는 죽을 뻔했다. 그때 나는 깨달았다. 우리 모두 칸시노니까. 제이티는 아니고.

"데니!"

나는 비명을 질렀다. 제이슨 블레이크가 계단까지 왔다. 데니는 몸을 돌리며 주먹을 날렸다. 블레이크는 데니를 밀고 내게 다가오려 했다.

내 무릎이 턱하고 꺾였다. 늙은 마법사가 나를 일으켜 세웠다. 그리고 나를 안아 올렸다. 늙은 마법사의 얼굴을 투시했다. 마법으로 뭉쳐 있다. 인간도 아니고 동물도 아니다. 피도 없고 노폐물도 없다.

"너랑 할 얘기가 있다, 리즌!"

제이슨 블레이크가 큰 소리로 외쳤다. 투시를 풀고 그를 보았다. 계단 아래 비틀거리며 얼굴에서 턱으로 피가 흐르고 있다.

"얘기를 좀 해야 하지 않겠니?"

"지금 얘기하고 있잖아요."

"마법의 공백을 가진 귀찮은 놈이 너와 나 사이에 끼어 있잖니."

데니가 그에게 한발 다가갔다. 블레이크가 한발 물러났다.

"망할 놈!"

나는 그에게 말했다.

"당신처럼 나를 귀찮게 한 사람은 없어. 당신이 내 할아버지라는 것도 끔찍해."

제이슨 블레이크는 뭔가를 시도했다. 갑자기 공기의 흐름이 이상하게 되었다가 사라졌다.

"재미있군."

제이슨 블레이크가 말했다. 그의 눈에 초점이 없었다.

"이런! 너 몹쓸 장난을 쳤구나."

"뭐라고요?"

그가 나를 보고 웃었다. 밉살스런 표정으로 웃었다.

"그래, 이제 알겠다. 그가 왜 너를 선택했는지."

그가 짧게 웃음을 뱉었다.

"내가 네 할아비라서 그렇구나. 네 안에 마법의 핏줄이 둘이기 때문이야. 너는 칸시노 집안 여인들의 유전자뿐만 아니라 내 것도 가지고 있지. 게다가 라울의 것까지. 그래서 그가 너를 선택했구나. 너는 훨씬 강해지겠어. 아니면 더 빨리 죽거나."

'나를 선택했다고?'

"라울이 죽은 사람처럼 보이니?"

"살아 있는 것처럼 보이지도 않아요."

라울은 죽은 사람이 아니다. 나를 팔에 꼭 안고 있다. 그에게서는 열기와 편안함이 풍겼다. 부드러운 냄새는 계속 그의 곁에 머물고 싶게 만들었다. 라울이 허락하지 않으면 제이슨 블레이크는 내게 아무 짓도 할 수 없을 것이다. 제이슨 블레이크는 할 수 없다는 듯 경멸적으로 어깨를 으쓱하고 말했다.

"그렇군. 하지만 기억해 둬라. 그는 수세기 동안 살았어."

데니가 나를 돌아보았다.

"내가 어떻게 할까?"

그가 멈춰 섰다. 문을 응시하고 있다. 문이 천천히 열렸다. 우리 중 누구도 그것을 알지 못했다. 라울 에밀리오 헤수스 칸시노는 나를 안고 순식간에 문틈을 통해 시드니로 갔다.

28

공동묘지에서

제이티는 문이 채 열리기도 전에 이상한 생명체가 문틈으로 들어오는 것을 보았다. 온몸이 붉은 갈색이었다. 작은 골렘과 같은 색깔이다. 눈은 크기도 모양도 아몬드만 했다. 키는 제이티보다 크지 않았다. 리즌이 말하던 무서운 늙은이는 엘프였던 것이다. 작고 활발한 호빗처럼 생겼다.

문 아래 늘어 놓은 깃털보다 가볍다는 듯 리즌을 안고 있었다. 엘프는 에스메랄다 옆을 지나 공중을 나는 듯 집 안으로 달려들었다. 뭐라 말할 수 없지만 달콤하고 좋은 향기를 풍기며. 향기에 저절로 미소가 지어졌다.

"아하!"

제이티가 외치며 자리에서 뛰어 일어났다. 그 때문에 죽을 수도 있었지만, 제이티는 가만히 있을 수 없었다.

톰은 의식을 차리지 못했고, 톰이든 에스메랄다든 제이티보다 빨리 뛸 수는 없을 것이다. 엘프를 따라가는 것은 그리 어렵지 않았다. 엘프는 지나가며 붉은 갈색 가루를 남겼다. 사람인지 귀신인지 모르겠지만 제이티는 그를 따라가는 동안 웃음을 참을 수 없었다.

한 걸음 옮길 때마다 정신은 점점 혼미해졌다. 엘프는 공기처럼 가볍게 움직였고, 전혀 위협적이지 않았다. 혹시 엘프가 리즌을 납치해 자기 나라로 데려가 엘프의 여왕으로 삼으려는 게 아닐까? 머리에 황금 왕관을 쓰고 있는 리즌의 모습을 상상하자 제이티는 웃음이 나왔다.

제이티는 그를 따라 거리로 내려갔지만 간격을 좁힐 수 없었다. 제이티는 전속력으로 달렸다. 땀을 뻘뻘 흘렸다. 전신에 멍이 든 것처럼 온몸이 아팠다. 엘프는 땅과 아무 상관도 없다는 듯이 빠르게 미끄러졌다. 중력의 영향을 받지 않는 것처럼 보였다. '하하하' 하고 엘프가 곧 웃음을 터뜨릴 것만 같았다. 지난번처럼 날씨가 덥지 않은 것이 다행이다. 언제였더라? 그래, 어제 아침이었지.

멋지게 자란 가로수 사이를 달렸다. 사방으로 가지가 뻗어 있어 누구도 올라갈 수 없을 만큼 무성했다. 어제는 찜통 속에 들어앉은 것처럼 더웠다. 먼 경치는 일그러진 거울에 비친 것처럼 하늘거렸다. 오늘은 제법 시원한 바람이 귓가를 스친다. 하늘은 전에 없이 맑고, 깨진 유리조각처럼 반짝인다. 선글라스를 가지고 왔으면 좋았겠다고 생각했다. 모자라도 있었으면 좋을걸.

엘프를 시선에서 놓치지 않았다. 엘프의 몸이 반짝이지 않아 그나마 눈이 덜 아팠다. 할머니가 깨진 포석 위로 쇼핑카트를 밀어 올리고 있었다. 힘겨워 보였다. 엘프와 엘프의 품에 안겨 있는 여자애를 보고 할머니는 무슨 생각을 했을까? 제이티는 궁금했다.

리즌은 분명 제이티가 보는 모습대로 엘프를 볼 수 없는 것이다. 어떻게 리즌은 귀여운 엘프를 늙은이로 묘사할 수 있을까? 리즌보다 나이가 많아 보이지도 않았다. 제이티는 술집 앞을 지났다. 커다란 텔레비전이 걸려 있고 벽을 타일로 바른 술집이다. 안에 있는 사람들은 모두 이상한 운동경기를 보고 있었다. 경기하는 사람들 모두 흰색 옷을 입고 커다란 녹색 운동장에 둘러서 있다.

고개를 돌려보니 엘프는 조금은 복잡한 거리를 건너 느릿한 경사의 공원으로 건너갔다. 처음 시드니에 왔을 때 톰이 데려간 곳이다. 리즌이 한없이 자고 있던 날.

제이티는 엘프를 따라잡으려 속력을 올렸다. 스케이트보드를 타는 꼬마를 날래게 피했다. 녀석은 스케이트보드가 뭔지도 모르고, 균형감각도 전혀 없는, 자신이 뭘 하고 있는지도 모르는 놈이었다.

"조심해요!"

꼬마가 소리쳤다.

"바보, 멍청아!"

제이티는 키득대며 공원으로 달려갔다. 엘프는 콘크리트 보도에 섰다. 제이티는 여전히 잔디 위를 달리고 있다. 엘프는 공원 건너편에 도착해 오른쪽 좁은 길로 들어섰다. 시야에서 놓치지 않기 위해 제이티는 속력을 올렸다. 모퉁이에 도착했을 때, 엘프는 보이지 않았다. 하지만 공기중에 붉은 갈색의 가루가 떠다녔다. 해는 높이 솟아 있다.

제이티 눈에 성 스테판 교회라는 표지판이 보였다. 카톨릭 성당은 아니다. 제이티는 걸음을 늦췄다. 다리가 몹시 아팠다. 녹슨 철문에 잠시 기댔다.

숨을 고르고 커다란 나무, 에스메랄다의 뒷마당에 있는 것만큼이나 늙은 나무를 바라보았다. 뿌리가 땅 위로 높이 솟아 있다. 거대한 도마뱀이 햇볕을 쬐며 낮잠을 자는 듯했다. 나무 뿌리가 갑자기 움직여서 문어다리처럼 자신을 감을 것 같았다.

제이티는 문을 통해 들어갔다. 더 이상 달릴 수 없어 걸어갔다. 숨은 차고 뜨겁고 고통스러웠다. 제이티는 비틀거리며 걸었다. 교회를 지났다. 다리와 허파가 매우 아팠다.

부서진 묘석 조각을 밟고 지나갔다. 그곳은 묘지였다. 엘프의 흔적을 따라 묘석과 녹슨 울타리를 지나쳤다. 나무가 많았다. 해변이라도 되는 것처럼 종려나무도 있었다. 사방이 초록이었고, 모두 거대하게 자란 나무였다. 묘지들은 모두 오래된 것들이었다. 여기저기 부서져 있었다.

제이티는 계속 엘프의 흔적을 따라갔다. 제일 큰 기념비 근처에 엘프와 리즌이 있다. 꼭대기에는 무섭게 생긴 천사가 큰 날개를 펴고 책과 칼을 들고 있다. 그 책에는 천사를 무시하면 어떻게 목을 자를 것인가 하는 내용이 적혀 있을 것이라고 제이티는 생각했다.

"괜찮아, 리즌?"

제이티가 물었다. 소리를 지르려던 것이지만, 숨이 가빠서 속삭이는 것처럼 들렸다. 리즌은 듣지 못한 모양이다. 제이티는 다리를 끌고 리즌 옆으로 갔다. 리즌은 여전히 겨울옷을 입고 있었다. 엄청나게 더울 것이다.

"괜찮아?"

리즌이 고개를 돌렸다. 제이티를 보고 웃는 듯했다. 그리고 손가락을 들어 입술에 댔다. 엘프는 기념비에 적힌 이름을 손가락으로 짚어 가며 둘러보고 있다.

그의 어깨 너머로 제이티도 기념비에 적힌 이름을 읽을 수 있었다. 후들거리는 무릎을 꽉 붙들었다. 전부 칸시노였다. 대부분 여자였다. 에스메랄다, 사라피나, 밀라그로스, 마리아가 많았다. 엘프는 여자들의 이름을 손가락으로 짚었다. 제이티와 리즌은 엘프를 따라 기념비를 한 바퀴 돌았다. 제이티는 엘프가 낮은 소리로 허밍하고 있는 것을 알았다. 이전에 들어보지 못한 음색이었다. 기념비 꼭대기에 있는 남자 이름 앞에서 걸음을 멈췄다.

'라울 에밀리오 헤수스 칸시노 1823년 사망.'

그는 손가락으로 이름을 짚더니 자기 가슴을 가리켰다.

"이게 당신이군요?"

그는 가볍게 고개를 움직였다. 제이티는 그가 고개를 끄덕인 것이라고 생각했다. '라울, 안녕, 잘 지내?' 제이티는 그렇게 말할 뻔했다. 하지만 입을 열 수 없을 만큼 지쳐 있었다. 어쨌든 엘프와 리즌을 두고 웃을 힘도 없었다.

엘프는 바로 밑의 이름을 손가락으로 가리켰다.

'에스메랄다 밀라그로스 루스 칸시노 1823~1841.'

엘프는 미소를 띠고 낮게 허밍했다.

"딸이죠?"

리즌이 물었다.

'맞아.' 하고 제이티는 생각했다. 엘프 머리가 살짝 움직였다. 그리고 이름을 짚고 있던 손가락으로 리즌을 가리켰다. 리즌의 배를.

엘프는 더 환하게 웃었다. 손가락이 돌 속으로 들어갈 만큼 딸의 이름을 세게 눌렀다. 다른 손가락으로 리즌의 배를 가리켰다. 리즌의 눈이 커졌다. 하지만 그를 피하지 않았다. 엘프의 손가락이 리즌의 배 속으로 들어갔다.

"안 돼!"

제이티가 외쳤다.

29

황금 나선

꼼짝할 수 없었다. 늙은 마법사의 손이 내 배 속에 들어왔다. 그의 손가락이 이리저리 움직이고 있었다. 그의 마법이 배꼽 아래에서 내 몸 구석구석으로 퍼져 나갔다.

그의 손가락은 철사보다 가늘었다. 내 세포를 조작하고 있었다. 확신할 수 있었다. 내 몸속을 들여다볼 수 있다면 얼마나 좋을까? 다른 사람의 몸을 투시할 수 있듯이 내 몸도 투시할 수 있다면 좋겠다.

제이티는 비명을 지르고 늙은 마법사에게 주먹을 날렸지만, 제이티의 주먹은 늙은 마법사의 몸을 통과해 버렸다.

몸속에 들어온 늙은 마법사의 손은 흐릿했다. 더 이상 단단하지 않았다. 제이티가 휘청거렸다. 바닥에 쓰러져서 일어나려 애를 쓰고 있었다. 싸움을 끝낸 것처럼 헐떡였다. 온몸의 근육이 다 풀린 것 같다.

늙은 마법사는 귀신처럼 왼손을 살짝 흔들었다. 제이티는 석상처럼 굳었다. 늙은 마법사는 손을 빼고 다시 원래의 형체로 돌아왔다.

내 배 속에서 움직이는 그의 손에 나는 마법을 보냈다. 하지만 그는 거슬리는 기색도 없었다. 나의 마법은 작은 강아지처럼 그의 손 언저리를 살살 물어뜯을 뿐이었다. 그는 손에서 마법을 뻗어 나의 마법도 그의 것처럼 만들었다.

순간 라울 에밀리오 헤수스 칸시노가 무엇을 원하는지 알게 되었다. 내가 되려는 것이다. 내 몸을 입고 사람이 되려는 것이다. 나는 죽을 수도 있다. 그때 늙은 마법사는 배 속에 넣었던 손을 꺼내 내 눈앞에 가만히 들고 있었다. 무엇인가 말하려는 듯이.

그의 손을 투시했다. 내게 남은 마법도 많지 않았다. 내가 무엇을 보아야 하는지 알 수 없다. 내게 무엇을 보라는 것일까? 늙은 마법사는 그 손을 자신의 배 속에 넣었다. 손가락이 가늘어졌다. 머리카락보다 더 가늘어졌다. 이제 그가 무엇을 하는지 훨씬 똑똑히 볼 수 있다.

그의 손가락은 세포 안으로 들어갔다. 나는 투시의 초점을 좁혔다. 세포의 구성물을 보았다. 나의 것과 닮은 DNA가 보였다. 그 안에 인간의 흔적은 거의 남아 있지 않았다. 그는 나를 가만히 응시했다. 그리고 매 과정이 끝날 때마다 고개를 끄덕였다. '이렇게 하는 거야.' 하고 말하는 듯이.

나는 늙은 마법사가 머리카락보다 가는 손가락으로 자신의 세포를 변형하는 것을 보았다. 과정이 진행됨에 따라 그의 다리가 갈색 거품으로 변했다. 마법의 문 앞, 계단 밑에서 솟아오른 거품과 같은 것이었다.

그가 손을 꺼냈다. 그의 다리가 거품 덩어리에서 원래의 모습으로 돌아왔다. 그가 나를 보고 고개를 끄덕였다. 그리고 나를 놓아주었다. 나는 앞으로 고꾸라질 뻔했다. 제이티를 바라보고 뭐라고 말하려 했다. 늙은 마법사는 나를 다시 꼼짝 못하게 만들었다. 머리를 가로젓고 내 손을 붙들어 자기 배 속에 집어넣었다.

몸이 자유로웠다면 나는 비명을 질렀을 것이다. 그는 내 손을 그의 피부 아래 근육 속으로 넣었다. 힘줄은 없었다. 피도 없었다. 사람의 살 같지 않았다. 내 몸속으로 스며든 그의 골렘 같았다. 살이 아니라 젤리 같았다.

그의 피부에 땀구멍이 없다는 것을 알 수 있을 만큼 우리는 가까이 있었다. 작은 벌레들이 피부 아래에서 기어 다니는 것처럼 그의 피부는 끊임없이 움직였다.

그의 숨결도 느낄 수 있다. 집에서 만든 레모네이드처럼 신선했다. 늙은 마법사는 내 손을 움직일 수 있게 해주었다. 손은 움직일 수 있었지만 다른 곳은 꼼짝도 할 수 없었다. 눈썹도 움직일 수 없었다. 그가 고개를 끄덕였다.

손가락 하나 틈을 두고 그의 얼굴과 나의 얼굴이 맞닿아 있다. 그의 눈이 내 눈을 들여다본다. 눈을 깜박이지도 않는다. 악어처럼 온통 갈색일 뿐 다른 색은 없다. 눈동자는 완전히 검은색이었다. 유리로 만든 것 같다.

그가 다시 고개를 끄덕였다. 재촉하는 것이다. 내가 어떻게 해야 하는 것일까? 늙은 마법사는 가느다란 손가락을 내 앞에서 흔들었다. 마치 베어 버릴 것처럼.

그가 몸을 움직였다. 그의 배 속에 있는 내 손이 물렁한 그의 몸속에서 움직였다. 온몸의 털이 곤두섰다. 이제 그가 무엇을 원하는지 알 수 있다. 그의 세포를 변형하라는 것이다.

그가 방금 그랬던 것처럼.

라울 에밀리오 헤수스 칸시노는 자신의 마법을 내게 가르치려는 것이다. 제이슨 블레이크 말이 맞았다. 그는 나를 선택했다. 어떻게 그처럼 될 수 있는지 가르치려 한다. 속이 울렁거렸지만 그가 작은 몸짓을 하자 곧 진정되었다. 나는 손을 빼내려 했다. 하지만 뜻대로 되지 않았다. 지구 반대편으로 도망가고 싶다. 나는 그처럼 되기 싫다. 피도 없는 육체를 갖고 싶지 않다. 인간이라 할 수 없는 그런 존재가 되고 싶지는 않다. 하지만 내 이성은 받아들일 수밖에 없다는 것을 인정했다.

그는 나보다 강하다. 그의 가르침을 거부하면 나를 보내 주지 않을 것이다. 어쩌면 그의 마법을 배워서 사라피나와 제이티와 톰을 도울 수 있을지도 몰랐다.

그가 했던 것처럼 손가락을 움직였다. 하지만 불가능했다. 어설프고 두꺼운 내 손가락으로는 불가능했다. 세포 조직에 손을 댔지만 그의 조직을 파괴했을 뿐이다. 손가락을 가늘게, 몇 마이크론 크기로 줄여야 했다. 하지만 어떻게?

나는 정신을 집중했다. 브로치를 통해 마법을 내보냈다. 주머니에 있는 암모나이트에도 마법을 실었다. 그리고 에스메랄다가 가르쳐 준 대로 손가락에 마법을 걸었다. 사라피나가 황금 나선으로 주변의 생명체를 인지할 수 있는 법을 가르쳐 준 대로 나는 마법에 집중했다.

땀이 얼굴을 타고 흘렀다. 오금에도 땀이 흘렀다. 아무것도 변하지 않는다. 손가락은 그대로 있다. 라울이 그의 손을 내 몸속으로 넣어 손가락을 움직인다. 하지만 이번에는 천천히 움직인다.

나는 그의 동작을 따라 했다. 그의 손가락을 볼 수는 없었지만 느낄 수 있었다. 그의 몸속에서 내 손가락이 길어진다. 세포를 조작하는 도구처럼 단단하고 가늘어졌다. 나는 그의 세포를 조작하기 시작했다. 그러다 세포를 둘로 자르고 말았다. 그는 웃으며 조각난 세포를 다시 합쳤다. 다시 시도했다.

내 손가락은 막 태어난 당나귀처럼 이리저리 날뛰었다. 하지만 라울은 인내심이 강했다. 내가 망가뜨린 조직을 재생하고, 내게 고개를 끄덕였다. 다시 해보라는 것이다.

온몸이 땀으로 흠뻑 젖었다. 고된 일이다.

마침내 해냈다. 그의 세포 속에 있는 DNA 일부를 조작했다. 그의 이마에 깃털이 솟았다. 라울이 웃으며 눈썹 위의 깃털을 흔들었다. 몸을 움직일 수 있었다면 배꼽을 잡고 웃었을 것이다. 내가 대견스러운 모양이다.

그의 피부와 눈이 빛났다. 그는 내 몸에서 손을 빼고 한발 물러났다. 그의 이마에서 천천히 깃털이 사라졌다. 그가 나를 풀어 주었다. 나는 내가 서 있던 그곳에 서 있고, 제이티는 까맣게 잊고 있었다. 다른 수업이 있는 것이다.

라울은 몸의 분자 결합을 느슨하게 만들었다. 제이티가 주먹을 날릴 때 그랬던 것처럼. 그리고 어떻게 하는 것인지 내게 보여 주었다. 어떻게 세포를 거의 공백 상태로 만들었다 되돌릴 수 있는지 보여 주었다. 각 세포의 크기에 집중하는 것이었다.

그가 한발 물러섰다. 나더러 해보라는 뜻이다. 몸에는 너무 많은 세포가 있다. 게다가 나는 다른 이의 몸을 투시하는 것과 달리 내 몸은 볼 수 없다. 나는 다시 느낌에 의지해 정신을 집중했다. 세포들이 점점 작아진다고 생각했다. 천천히 온몸의 세포가 수축했다. 아픔은 없었다. 하지만 구토감이 일었다. 빛이 번쩍하고, 세상이 수백 킬로미터 밖으로 멀어지는 느낌이었다. 무서웠다. 다른 별에서 망원경으로 지구를 보고 있는 것 같다.

라울은 손바닥을 모았다 폈다. 그리고 다시 손바닥을 모았다 폈다. 한참 쳐다보고서야 그것이 박수를 치는 것이라는 것을 알았다. 그는 환하게 웃었다. 나는 다시 세포들을 원래 상태로 돌려놓았다. 내 몸이 다시 하나가 된 느낌이다. 몸이 다시 단단해졌다. 멀미 날 만큼 빠른 속도였다. 구불구불한 길을 전속력으로 달리는 자동차 뒷좌석에 앉아 있는 느낌이다. 어쨌든 내 몸이 온전해졌다.

그는 다시 고개를 끄덕였다. 그의 두 손을 내 몸속으로 밀어넣었다. 그리고 천천히 그의 몸이 해체되기 시작했다. 세포 간의 연결이 하나씩 풀어지고 입자들만 허공에 날린다. 가루는 세상을 떠난 혈육들이 있는 땅으로 스며든다. 내 안에는 그의 입자가 남았다. 수업은 끝났다.

그는 완전히 해체되었다. 행복하다고 느껴지는 그의 마지막 숨소리. 제이티는 비틀거리다 내 품에 안겼다.

"미안, 리즌!"

제이티는 숨을 헐떡였다.

"어디로 간 거야?"

제이티의 다리가 후들거렸다. 내 눈에는 라울이 나선으로 변하는 모습이 보였다. 나선은 풀리며 커지며 땅 속으로 들어간다. 황금 나선이다. 나선은 가문의 묘탑을 휘감고 땅속으로 들어갔다. 흙속에 묻힌 가족들에게로…… 그리고 내 안으로…….

라울의 나선이 빠르게 땅 속으로 빨려 들어갔다. 라울과 그의 나선이 함께 모두 흙으로 돌아갔다. 무엇일까? 그 나선은? 후손들이 할아버지 라울 칸시노를 만나러 가는 것일까? 하지만 그들 모두 죽은 사람들이다. 산 자의 세계로 돌아올 수 없다. 라울 칸시노는 사라졌다. 하지만 내 안에서 더 강하게 나는 그를 느끼고 있다. 내 배 속에 횃불처럼 타오른다.

내 눈에는 묘지도 제이티도 보이지 않았다. 묘석들도 무성하게 자란 풀도 보이지 않았다. 모든 것이 눈앞에서 사라지고 빛이 점점이 찍힌 지도 같은 것이 펼쳐졌다. 마법의 지도이다.

지금 나는 우리 가족의 묘석과 제이티를 볼 수 있다. 하지만 그들은 빛 덩어리로 보인다. 가장 큰 빛은 그리 멀리 있지 않다. 에스메랄다의 집에서 나온다. 분명 톰과 에스메랄다와 마법의 문 때문이다. 그리고 집 안에 있는 마법의 물건들 때문이다.

훨씬 멀리서 반짝이는 것들도 있다. 사라피나도 빛난다. 그 것이 내 엄마의 빛이라는 것을 나는 안다. 모양이나 크기 때 문이 아니다. 내가 엄마를 느낄 수 있기 때문이다. 내 안의 어떤 부분이 사라피나를 알아본다. 나는 더 멀리 내다본다. 시드니 너머 다른 빛이 보인다. 사람일까? 문일까? 마법의 물건일까? 나는 더 멀리 본다. 오스트레일리아 너머에도 빛 의 덩어리들이 보인다.

도시들일 것이다. 사람들일 것이다. 에스메랄다의 집만큼 눈부시지는 않았다. 나는 불빛을 셀 수 있다. 많은 불빛들이 멀리까지 뻗어 있다. 해변의 모래 만큼 많다. 마법사와 마법 에 걸린 물건들, 마법의 힘을 가진 장소가 있는 것이다. 수 백 개가 아니다. 수천의 수천 개의 빛이 있다.

라울의 방식으로 세상을 보고 있다. 사람, 집이 아니라 마 법의 패턴을 보고 있다. 그는 내 시선을 그의 시선으로 바 꿔 놓았다. 나를 완전히 자기 것으로 만들려는 것일까?

데니와 사라피나를 생각한다. 톰과 제이티를 생각한다. 그 것은 라울의 생각이 아니다.

"안녕."

마지막 인사를 한다. 산과 언덕과 계곡을 만든 뭉가뭉가를

생각한다. 뭉가뭉가는 사람과 도시와 마법을 만들지 않았
다. 질크밍건으로 돌아가서 살고 싶다. 내 이름은 레인이 아
니라 리즌이라고 말하고, 이야기를 더 해달라고 하고 싶다.
엄마가 미치지 않았으면 좋겠다. 내가 아무도 죽이지 않았
으면 좋겠다. 나는…….

"리즌! 리즌! 괜찮아?"

제이티의 손이 어깨에 느껴진다. 하지만 제이티를 볼 수 없
다. 꺼져 가는 빛만 보인다. 그녀의 마법이 스러지는 불빛
만…….

"리즌! 리즌! 정신 차려!"

제이티가 나를 찰싹찰싹 때린다. 나는 눈을 깜박였다. 내 시
선과 라울의 시선이 번갈아 교차한다. 불빛의 점들과 묘지
의 풍경이 교차한다. 내가 제이티의 품으로 넘어지는 것이
흘긋 보인다. 제이티를 지나쳐 묘석으로 쓰러진다. 눈앞에
불빛이 번쩍한다. 제이티는 넘어지는 나를 붙들려 한다. 우
리 모두 땅에 넘어진다.

"괜찮아, 리즌!"

제이티가 말한다.

"내가……."

내 안에 그를 느낀다. 열기가 퍼져 나온다. 부서진 나무껍질 위를 지나가는 개미가 보였다. 나를 내려다보는 제이티의 얼굴이 보였다. 걱정하는 얼굴이다. 많이 지쳐 있었다. 나는 다시 눈을 감았다. 다시 빛으로 된 세상이다. 내가 원하기만 한다면 끝까지 따라가 볼 수 있는 마법의 빛들이 이어져 있다. 눈을 떴다. 빛나는 태양과 묘비, 나무, 무성한 풀이 보인다. 하지만 눈을 감으면…….

"아, 하느님, 감사합니다."

제이티가 손가락으로 이마, 가슴, 어깨를 짚어 십자가를 그린다. 웃기다. 얼굴에는 긴장이 역력하다. 나는 눈을 감았다. 제이티의 마법이 희미하게 빛난다.

"어떻게 너를 데리고 집으로 돌아가나 걱정했어."

나는 일어나서 먼지를 털어냈다. 훨씬 강해진 나를 느꼈다. 제이티에게 손을 내밀었다. 제이티는 내 손을 붙들고 비틀거리며 일어났다. 나는 대리석에 새겨진 라울의 이름과 그의 딸의 이름을 만져 보았다. 잿빛 갈색의 먼지가 조금 묻어 있었다. 내가 손을 대자 입자들이 내 몸속으로 스며들었다. 배 속에서 열기가 느껴진다. 눈을 감았다. 그때 다시 그의 시선이 되었다.

“뭐야, 그 먼지는?”

“라울이야.”

“죽었어?”

나는 고개를 끄덕였다. 라울은 내 안에 살아 있었다.

“너무 지친 거야. 집에 돌아와서 죽고 싶었던 거야.”

“그래서 문을 그렇게 두드렸던 거야?”

“내 생각엔 그래.”

“너한테 뭘 원한 거야? 왜 너하고 에스메랄다에게 마법을 채워 준 거야?”

나는 입을 열었다가 다시 다물었다. 대신 어깨를 으쓱했다. 뭐라고 말해야 할까? 우리 조상이 내 몸속에 들어와 나를 자신과 같은 괴물로 만들었다고? 아니면 아직 생각하기 싫은 어떤 것을? 내가 이해할 수 있을 때까지는 입을 다물고 있어야겠다. 게다가…… 에스메랄다라면 어떻게 할까? 라울처럼 되고 싶을까? 그의 마법으로 내가 어떻게 변했는지 안다면 에스메랄다도 그 능력을 갖고 싶어 할까? 나는 다시 눈을 감았다. 세상이 마법의 빛으로 변했다. 이것을 어떻게 설명할 수 있을까?

“그가 죽은 게 확실해?”

나는 아무것도 확실히 말할 수 없다. 문을 열고 다른 세계로 들어가기 전까지 나는 아무것도 확신할 수 없었다. 그때부터 나는 이곳까지 이끌려 왔다. 공동묘지에 멍하니 서 있다. 조상의 마법이 내 안에서 운동하고 있다. 나는 무엇인가로 변했다. 라울과 같은 방식으로 세상을 보게 되었다. 내가 무슨 말을 해야 할까?

"늙은이는 죽은 거야?"

제이티가 다시 물었다. 불안한 눈으로 나를 보고 있다. 제이티에게 말한다면 제이티는 에스메랄다에게 말할 것이다. 그가 죽었다고도 확신할 수 없었다.

"자기 후손들과 함께 땅에 누웠어."

그의 일부는 분명히 그렇다. 그가 쉬고 싶었던 곳으로 갔다. 벼슬이 노란 코커투(앵무새의 일종 :역주) 한 마리가 껌나무에 날아와 앉았다.

"우와!"

제이티가 손가락으로 가리키며 말했다.

"저 새 좀 봐! 정말 예쁘다!"

새들은 쉰 목소리로 울었다. 제이티가 깜짝 놀라 펄쩍 뛰었다.

“세상에! 누가 목을 조르는 듯한 소리를 내내! 조금 끔찍
하다!”
나만큼이나 끔찍할까? 라울이 준 마법으로 나는 무엇이 되
었을까? 지금 나는 무엇일까?

30

도형의 싸움

커다란 소리에 톰은 정신을 차렸다. 눈을 떴을 때 누군가 자신을 넘어가는 것을 느꼈다. 톰은 부엌 바닥에 누워 있었다. 처음엔 이유를 몰랐다. 그러다 기억이 났다.

일어나 앉아 눈을 깜빡였다. 에스메랄다는 여전히 문 앞에 서 있었다. 문고리를 꽉 잡고 있지만 경련은 사라졌다. 문이 열려 있었다. 톰은 문틈으로 건너편을 내다봤다. 여름 한낮에 앉아서 겨울의 어두운 밤을 보고 있는 것이다. 매서운 바람이 문틈으로 들어와 톰의 얼굴을 때렸다. 톰은 몸을 떨었다.

톰은 시드니에 앉아 제이슨 블레이크가 뉴욕으로부터 시드니로 들어오려고 기를 쓰는 모습을 보았다. 톰은 자리에서 일어났다. 다리가 후들거렸지만 나쁘지는 않았다. 뒤통수가 아파 왔다.

'제이티는 어디에 있을까? 리즌은 어디에 있을까?'

제이슨의 팔이 부엌으로 들어왔다. 식탁 위에 있는 상자에서 뼛조각 하나를 꺼내 마법을 걸어 제이슨 블레이크의 손을 향해 던졌다. 블레이크는 주춤하고 손을 움츠렸다. 톰은 다른 뼈를 들어 마법을 걸고 문으로 다가갔다. 그리고 제이슨 블레이크의 얼굴을 향해 던졌다.

그때 제이슨 블레이크의 다른 손이 에스메랄다를 붙들고, 문 반대편으로 끌어당기고 있는 것을 보았다. 에스메랄다는 문을 꽉 붙들고 있었다. 블레이크는 에스메랄다만큼 강했다. 블레이크 역시 늙은 마법사의 마법을 받은 것이 분명하다고 톰은 확신했다.

에스메랄다는 톰이 생각했던 그런 사람이 아니었다. 마법의 모든 것을 알고 있지도 않았고, 톰이 생각했던 것만큼 정직하고 용감하지도 않았다. 그녀는 톰에게 많은 것을 숨기고 있었다. 그녀의 딸 사라피나 그리고 손녀 리즌에 대해서도 톰은 모르고 있었다. 에스메랄다는 마법사로부터 자신을 지키는 법을 가르치지도 않았고, 자기 자신으로부터 톰을 보호하지도 않았다. 하지만 그녀가 톰을 광기로부터 건져 냈고, 톰의 엄마처럼 변하는 것으로부터 건져 냈다. 제이슨 블레이크에 비하면 훨씬 좋은 사람이다. 톰은 세 번째 뼛조각을 블레이크에게 던졌다.

제이슨 블레이크는 고함을 지르며 오른손을 쭉 뻗고 톰에게 달려들었다. 얼굴에 고양이 발톱처럼 날카로운 것이 스쳤다. 예리한 통증 사이로 뉴욕의 찬바람이 스며들었다. 고통이 밀려왔다.

"망할 놈!"

톰이 외치며 에스메랄다의 몸에 손을 댔다. 에스메랄다에게 마법을 더했다. 세상을 마법의 눈을 통해 보게 되었다. 허공에 투명한 십이면체가 움직인다. 제이슨 블레이크는 날카로운 마름모이다. 문틈에서 들락거린다. 톰을 때리려는 것도 같고, 눈을 후벼 파려는 것도 같다. 에스메랄다는 수많은 삼각형 덩어리이다. 차가운 십이면체에 바짝 붙은 삼각형의 집합이다. 제이슨 블레이크의 마름모에 몸을 던져 형태를 부수려고 한다.

"들여보내 줘!"

제이슨 블레이크가 악을 썼다.

"라울의 마법이 얼마 남지 않았어. 들어가게 해줘!"

그가 뱉는 말은 모두 마름모가 되어 문틈에서 테두리가 일그러진다. 밤과 낮, 겨울과 여름이 만나는 바로 그 지점에서……. 톰은 하나씩 하나씩 쳐냈다. 하지만 하나가 날아와 톰의 뺨에 박혔다. 다른 하나가 그의 가슴에 박혔다. 나머지 마름모들을 방어했다. 제이슨 블레이크의 손이 겨울과 여름 사이로 미끄러졌다.

몸에 박힌 마름모는 잘게 부서지더니 몸속으로 퍼졌다. 혈관과 골수로 퍼졌다. 톰의 몸에 작은 경련이 일었다. 모든 신경에서 잘못되었다는 신호가 왔다.

"안 돼!"

에스메랄다가 블레이크에게 외쳤다. 길고 날카로운 삼각형이 날아가서 칼처럼 블레이크의 목에 꽂혔다. 톰의 몸속에 박힌 마름모가 계속 파고들었다. 뼛속까지 파고들었다. 늙은 마법사의 마법이다.

톰은 신음을 삼키며 결투에 집중했다. 에스메랄다를 도와야 한다. 톰은 왼손으로 에스메랄다를 놓지 않고 있었다. 블레이크에게 톰은 마법을 실은 저주의 말을 쏘아 댔다.

누군가의 손이 톰의 어깨를 짚었다. 순간 제이슨 블레이크가 뒤로 왔다고 생각했다. 톰은 고개를 돌렸다. 리즌이었다. 제이티와 함께 있었다. 리즌의 형태는 모호했다. 다리가 휘청이는 것처럼 비틀거렸다. 리즌이 톰을 한쪽으로 밀어냈다. 톰은 비틀거렸다.

 한 손에 뼛조각을 쥐고 리즌이 한 손을 에스메랄다의 어깨에 얹는 것을 보았다. 리즌은 다른 손을 블레이크를 향해 뻗었다. 리즌의 몸이 희미하게 빛났다. 리즌의 모습은, 소용돌이치는 삼각형들, 수많은 삼각형들의 소용돌이다. 나선형으로 점점 풀려 나간다. 무한히 풀려 나간다. 그리고 그녀 안으로 무한히 감겨든다.

그녀는 에스메랄다를 붙들고 제이슨 블레이크를 밀어내고 있다. 톰은 눈이 찌르는 듯 아팠다. 고통을 참고 눈을 뜨려고 애썼다. 점점 몸을 통제할 수 없었다. 톰은 부엌 바닥에 쓰러졌다. 제이슨 블레이크의 마름모가 안에서부터 톰을 공격하고 있었다.

마법의 문이 쾅 하고 닫혔다. 충격음이 벽과 천장과 이웃한 방들에 메아리치는 것이 들렸다. 톰의 감긴 눈에 십이면체가 부엌 안에 부서져 흩어지는 것이 보였다.

차가운 것이 느껴졌다. 칼이 위쪽을 잘라 내서 톰의 몸 밖으로 내보내는 느낌, 차가운 것이 몸을 누르는 느낌이었다. 잠시 후 고통이 사라졌다. 톰이 눈을 떴다. 리즌이 몸을 숙이고 보고 있다. 리즌은 웃었다. 창문으로 들어온 햇빛에 리즌의 얼굴이 빛난다. 리즌의 눈은 더 반짝였다. 그녀의 피부는 부드러운 금빛 갈색이다. 오른쪽 눈썹 하나하나가 빛을 발하고 있었다. 톰은 그 눈썹을 만져 보고 싶었다. 리즌의 볼에 입 맞추고 싶었다.

"다행이야."

에스메랄다는 겨울 모자를 벗었다. 헝클어진 머리가 햇빛에 금빛으로 반짝인다.

"할아버지가 갔다, 리즌."

에스메랄다는 겨울옷을 천천히 벗었다. 장갑, 목도리, 외투 하나씩 벗었다.

"뼈를 다 써버렸어요."

톰이 말했다.

톰은 일어나 앉았다. 생각했던 것보다 훨씬 괜찮았다. 톰은 뒤통수에 손을 대고 움찔했다. 커다란 혹이 있었다.

"어떻게 방어막을 치죠? 제이슨 블레이크가 다시 오지 못하게 해야죠. 깃털도 다 엉망이 되었을 텐데."

에스메랄다가 톰의 볼을 쓰다듬었다.

"피를 흘리고 있구나. 닦아야겠다."

에스메랄다가 깨끗한 흰 천으로 톰의 얼굴을 닦고, 연고와 커다란 밴드를 붙였다. 에스메랄다는 숨결을 느낄 수 있을 만큼 가까이 있었다. 톰은 리즌이었으면 좋겠다고 생각했다.

"방어막은요?"

톰이 물었다.

"나중에 보강할 거야. 알렉산더는 들어오지 못할 거야."

"알렉산더가 누구예요?"

톰과 리즌이 동시에 물었다.

"제이슨 블레이크."

에스메랄다가 대답했다.

"처음 만났을 때 자기를 그렇게 소개했어."

"옛날에 뉴욕에서 만났어요?"

리즌이 에스메랄다를 이상하게 쳐다보며 물었다.

"맞아."

426

"그때 블레이크를 좋아했어요? 지금이랑 달랐나요?"

"무척 잘생겼었지."

제이티가 코웃음을 쳤다. 에스메랄다가 웃음을 터뜨렸다.

"정말이야, 잘생겼었어! 유머도 있었고, 맞아, 리즌 나는 그를 좋아했다. 많이 좋아했지. 그는 미래를 볼 수 있었어. 우리가 딸을 가질 거라고 했어. 그리고 내게 입 맞췄지. 그게 나의 첫 키스였어.

그녀가 웃었다.

"막 열다섯이 되었을 때였다."

톰은 얼마나 오래된 이야기인지 생각해 보았다. 30년 전이라니. 너울거리는 청바지에 맥시스커트, 코르크 굽의 신발을 신었을 것이다. 톰에게는 상상할 수 없는 먼 시간이다.

"늙은이는 어떻게 되었니?"

에스메랄다가 물었다.

"라울 에밀리오 헤수스 칸시노는 죽었어요."

톰은 그 이름을 어디에서 들은 것 같았지만 기억이 나지 않았다.

"뭐라고! 맞아, 그렇겠지. 그는 1823년에 죽었어."

"라울 칸시노? 묘석에 있는 유일한 남자 말이야?"

톰이 물었다.

"맞아."

리즌이 대답했다.

"그는 그때 죽은 것이 아니에요."

제이티가 말했다.

"그 늙은이가 라울 칸시노예요."

"어떻게 지금까지 살아 있을 수가 있어?"

에스메랄다가 믿지 못하겠다는 목소리로 물었다.

"지금까지 살아 있었어요."

제이티가 대답했다.

"그의 마법도 변하고, 그도 다른 존재로 변했죠."

리즌이 말했다.

"인간도 아니고 동물도 아니고 뭔가 계속 살아 있을 수 있는 어떤 존재. 마법을 얼마든지 사용해도 살아 있을 수 있는 그런 존재요."

"하지만 그가 죽었다고 했잖아."

톰이 어리둥절해서 물었다.

"지금 죽은 거야."

제이티가 이상할 것 없다는 듯이 말했다.

"그래서 시드니로 오려고 했던 거야. 집에 와서 마지막 순간을 맞이하고 싶었던 거야. 자기 자손들과 함께 쉬고 싶었겠지. 어쨌든 멋진 묘지야."

"그렇지?"

톰이 말했다.

하지만 죽음을 맞기 위해 왜 그가 그렇게 문을 두드렸는지, 시드니에 있는 사람들을 두렵게 했는지 톰은 이해가 안 갔다.

"단지 그것뿐이야?"

에스메랄다가 물었다.

"왜 정중하게 요청하지 않았을까?"

"자기 가족과 함께 있고 싶었던 거예요."

제이티가 말했다.

"자기 딸과 함께 눕고 싶었던 거라고요."

"그러면 왜 그의 마법을 우리에게 전염시켰을까?"

"잘은 모르겠지만 아마도 세상을 떠나기 전에 선물을 주고 싶었겠죠."

리즌이 말했다.

"제이티에게는 선물이 아니야. 게다가 제이슨 블레이크는 마법이 얼마 남지 않았다고 했어."

톰이 말했다.

"그가 그렇게 말했어?"

리즌이 되물었다. 에스메랄다가 고개를 끄덕였다. 톰은 무릎을 움켜쥐는 에스메랄다의 손을 보았다.

"그를 믿을 필요는 없어. 왜 우리에게 사실대로 말하겠어?"

"그렇겠네요."

리즌은 말했다. 하지만 걱정하는 빛이 역력했다.

"라울의 마법은 후손에게만 효과가 있어요. 칸시노에게만. 그래서 그는 자신의 조각을 보내서 우리를 찾아내려 한 거예요."

"하지만 알렉산더에게도 효과가 있어."

"우린 가족이에요."

"그래, 가족이지. 하지만 라울 칸시노와는 피가 섞이지 않았어."

에스메랄다가 말했다.

"제이슨 블레이크도 칸시노예요."

"뭐라고!"

"블레이크의 몸속에서 내가 봤어요. 당신과 제이슨 블레이크는 혈연이에요. 가깝지는 않지만 혈연이 분명해요. 그의 조상도 역시 칸시노예요. 톰과 제이티는 아니고. 그래서 그의 마법은 우리에게만 효과가 있어요."

톰은 한숨을 내쉬었다. 자신은 에스메랄다나 리즌처럼 (그리고 제이슨 블레이크처럼) 대법사가 되지 못한다는 것이 실망스러웠다. 캐스를 만나더라도 좋은 소식은 전할 수 없을 것이다.

"어우~ 에스메랄다와 블레이크가 사촌이에요?"

제이티가 미간을 찡그리고 에스메랄다를 바라보았다.

"사촌끼리 뽀뽀한 거예요? 불결하게……."

"사촌은 아니고 십촌, 십이촌은 될걸."

"그래도 마찬가지지. 불결하잖아."

"단지 마법을 준 것만이 아니야. 우리를 바꿔 놓았어."

톰은 에스메랄다가 리즌의 몸을 투시하고 있다는 것을 알았다. 톰은 에스메랄다의 눈에는 세상이 어떻게 보일까 궁금했다. 갑자기 에스메랄다가 눈을 동그랗게 뜨고 깜짝 놀라 외쳤다.

"너 임신했구나!"

톰은 그럴 리 없다고 생각했다. 리즌의 표정이 굳어졌다. 데니와 리즌이 한 침대에 있는 모습이 눈앞에 그려졌다. 톰은 갑자기 병든 것처럼 아팠다. 리즌과 데니라…… 리즌은 톰에게 너무 과분한가? 한 번도 들어보지 못한 느끼한 목소리로 메시지를 남기는 여우 같은 놈과 리즌이 잠자리를 했다니…… 톰은 상상할 수 없었다.

제이티가 벌떡 일어서며 끼어들었다.

"바보 같은 소리하지 말아요. 그 늙은이가 그런 거야? 그 작은 엘프 말예요. 그러니까 라울 칸시노가 임신시킨 거야? 늙은이가 네 배 속에 손을 집어넣었잖아. 그리고…… 오! 세상에, 리즌, 오, 세상에, 어떻게 해!"

"정말이에요?"

리즌이 에스메랄다의 얼굴을 쳐다보며 물었다. 에스메랄다가 고개를 끄덕였다.

"미안하다. 너무 놀라서 그만 불쑥 말해 버리고 말았네."

리즌이 어깨를 으쓱하며 대답했다.

"나도 놀랐어요."

'그렇다면 데니는 아니구나.'

톰의 심장이 빠르게 뛰었다. '데니는 아니야. 그런데 먼 조상뻘 되는 늙은이의 아기를 갖게 된 것은 도대체 다행한 일

이라고 할 수 있을까? 훨씬 이상하고 잘못된 일이 아닌가?'

"늙은이가 마법으로 너를 임신시켰다고?"

리즌은 너무 충격을 받아 아무 말도 못했다. 리즌과 에스메랄다는 서로를 빤히 쳐다보고만 있었다. 에스메랄다는 리즌에게 할 말이 많았다. 열다섯 살에 아기를 갖는다는 것이 어떤 일인지 그녀는 잘 알고 있었다. 톰은 어떻게 해야 할지 몰랐다.

"배고파요."

리즌이 입을 열었다.

"뉴욕에서부터 지금까지 제대로 먹지를 못했어요."

31

가족

우리는 제일 큰 피자 네 판 반을 먹었다. 그리고 영화를 보며 잡담을 나눴다. 제이티는 네 판째 피자를 먹을 때 졸고 있었다. 우리는 침실로 돌아갔다. 톰은 자기 집으로 갔다. 나와 제이티, 에스메랄다는 각자 침실로 갔다.

나는 샤워를 하고 이를 닦고 깨끗한 잠옷으로 갈아입고 침대로 들어갔다. 베개 아래 뼈나 깃털이 있는지 확인했다. 나는 어떤 마법이든지 막아낼 수 있을 만큼 강해졌고, 에스메랄다가 나를 보호하기 위해 그런 것들을 넣어 놓는다는 것을 알고 있었다. 하지만 오래 살지는 않았어도 습관은 쉽게 변하지 않는다.

베개 밑에 암모나이트를 넣어 놓았다. 암모나이트는 내 가까이 있어야 한다. 머리를 뉘고 눈을 감았다. 어둠 속에 불빛이 반짝인다. 마법이 없는 곳은 깜깜하다. 라울은 마법을 볼 수 있었던 것이다. 나는 눈을 떴다. 형태와 색깔과 질감이 있는 내 눈에 가장 익숙한 세계다. 라울의 시선을 어떻게 끄는지 나는 모른다. 눈을 감을 때마다 라울의 눈으로 보는 세상이 보인다면 나는 어떻게 자나?

눈을 감아도 감은 것 같지 않으니 눈이 아프다. 왜 제이슨 블레이크는 시드니로 오려고 했을까? 시드니에서 무엇을 하고 싶었을까?

제이슨 블레이크 역시 라울의 마법을 가지고 있었다. 만약 에스메랄다가 옳다면 라울의 마법은 한계가 없을 것이다. 그렇다면 제이슨 블레이크는 더 원할 것이 없을 텐데. 마침내 그가 원하는 것을 얻은 것인데…… 죽음을 걱정하지 않고 마음껏 사용할 수 있는 마법을 얻은 것인데……. 그런데 왜 나의 마법을 탐냈을까?

제이슨 블레이크는 거짓말을 한 것이 아니다. 라울의 마법이 소모되고 있었던 것이다. 나는 다시 눈을 감았다. 라울의 세계에 빠져들었다. 라울이 에스메랄다와 블레이크에게 주지 않고 내게만 준 것이 있다. 라울은 내게 더 많은 것을 주었다.

그는 왜 그들이 아니라 나를 선택했을까? 내가 임신 중이라? 데니가 뭐라고 할까? 사라피나는 뭐라고 할까? 사라피나에게 라울의 마법을 나눠 줄 수 있을까? 그러면 사라피나는 병원에서 나올 수 있을까? 사라피나는 칸시노니까.

하지만 나는 라울의 마법을 믿지 않는다. 나를 더 강하게 만들었고 더 오래 살게 하겠지만, 나를 라울과 같은 존재로 만들 것이다. 인간도 아니고 동물도 아닌 제3의 생명체. 어린 나이에 죽기 싫은 만큼 그렇게 변하는 것도 싫다.

문 두드리는 소리가 들렸다.

"들어오세요."

에스메랄다가 문을 열었다. 문에 기대고 나를 봤다. 손에 편지 두 장이 들려 있다. 내가 읽기도 전에 다시 가져갔던 것들이다.

"얘기 좀 나눌 수 있을까? 피곤하니?"

"아니요."

나도 에스메랄다와 얘기하고 싶었다. 그녀와 얘기해야 했다. 마법이 얼마 남지 않은 것이 확실해진다면 에스메랄다는 어떻게 할까? 제이슨 블레이크가 그랬던 것처럼 내게서 마법을 빼앗을까? 에스메랄다가 침대 위에 편지를 놓고 옆에 앉았다.

"이전의 편지라는 걸 어떻게 믿죠?"

"이전의 편지야. 거짓말이 아니라는 것을 제이티에게 확인해 보렴."

에스메랄다는 피곤해 보였다. 늙어 보이기도 했다. 눈밑에 주름도 늘었다.

"그렇게 할게요."

말은 그리 했어도 거짓말이 아닐 것이라고 생각하고 있다.

"두 번째 편지만 읽으면 될 거야. 네가 읽지 않았으면 했던 것이 그 편지니까."

"왜요?"

"진실이 있으니까. 내가 곧 죽을 것이라는 얘기를 적었다."

"하지만 이제는 아니지요. 이제 나에게 솔직히 말해 줄 수 있어요? 왜 죽지 않을 것이라고 확신할 수 있었죠?"

에스메랄다가 한참 나를 바라보았다. 그녀의 눈은 사라피나와 똑같다. 갈색의 크고 강렬한 눈. 나를 꿰뚫어보는 것 같다. 나는 사라피나의 눈을 보면 거짓말을 할 수 없다.

"모르는 거죠. 확신하지 못하죠."

"느낌이 달라."

에스메랄다가 입을 열었다. 한마디 한마디 손으로 더듬듯 천천히 말했다.

"라울의 마법이 없었을 때는…… 나는 거의 죽은 것이나 다름없었어. 죽어 가고 있었지. 지금은 그런 느낌이 없다. 훨씬 강해졌어. 내 안에 마법이 강렬하게 되살아났다. 엄청난 양을 느낄 수 있다. 아마도 네게는 더 많은 마법이 있겠지."

그녀가 내게 몸을 굽혔다. 나는 물러났다.

"라울의 마법이 우리를 어떻게 변화시킬지 우린 알 수 없어요. 라울 칸시노처럼 끝나기는 싫어요. 난 인간이고 싶어요. 눈 감으면 뭐가 보여요?"

"뭐라고?"

에스메랄다는 내가 무슨 말을 하는지 몰랐다. 라울의 눈을 갖지는 못했다. 만약 라울의 그런 능력을 안다면 갖고 싶어 할까?

"아무것도 아니에요. 난 라울의 마법을 믿을 수 없어요."

"그건……."

438

“마법은 저주를 부를 뿐이에요. 내가 왜 당신을 믿어야 하죠, 에스메랄다? 이제부터 진실만을 말할 건가요?”

“그래…… 아니.”

에스메랄다는 피곤하게 웃었다.

“모르겠다, 리즌. 네게 솔직하려고 애쓴다. 네가 믿을 수 있는 사람이 되고 싶어.”

“그렇다면 그 집의 열쇠를 주세요. 내 맘대로 도서관을 이용하게 해줘요.”

“그럴 수 없어.”

에스메랄다는 곤란한 표정으로 대답했다.

“그렇다면 어떻게 내가 당신을 믿어요?”

“도서관에 있는 것들은 네가 이해할 수 없는 것들이다.”

“내게 가르쳐 줘요.”

에스메랄다가 한숨을 쉬었다.

“내가 가르쳐서 더 엉망이 될 수도 있어. 내가 이 문제를 어떻게 할 수 있을까?”

“내게 거짓말하지 말아요. 숨기지도 말고, 도서관에 들어갈 수 있게 해줘요.”

“좋다. 그럼 내가 알고 있는 것을 하나 말해 주지. 네 아기는 라울 칸시노의 애가 아니야. 애 아빠는 데니겠지?”

나는 고개를 끄덕였다. 누군가 진실을 알고 있다는 것에 안도했다. 그것이 에스메랄다일지라도.

“데니가 그런 게 아니고…… 내가 원했어요.”

메르가, 그 이름으로 부르고 싶지 않다, 에스메랄다가 내 손을 잡았다.

“나도 안다.”

그녀가 말했다. 나는 손을 빼지 않았다.

“물어볼 것이 많아요. 대답해 줄 수 있어요?”

에스메랄다가 고개를 끄덕였다.

“사라피나의 고양이에게 무슨 짓을 했죠? 왜 르루와의 목을 칼로 베서 지하실에 묻었죠? 왜 사라피나를 가뒀어요? 당신을 피하는 줄 알면서 왜 우리를 쫓아다녔어요? 왜 우리를 내버려두지 않았어요? 어릴 때 당신이 나오는 꿈은 악몽이었어요. 언제나 불안했어요. 어두운 구석에서 언제나 우리를 노리고 있을 것 같았어요.”

에스메랄다가 내 손을 쥐었다.

“정말 미안하다. 너를 돕기 위해서는 너를 찾아야만 했어. 네가 누구인지 말해 주어야 했어. 그리고 가르쳐야 했어.”

나는 손을 빼고 똑바로 일어나 앉았다.

“르루와의 목을 잘라서 뭘 가르칠 수 있었죠?”

에스메랄다 얼굴이 하얘졌다.

“르루와는 죽었어.”

“당신이 죽였으니까.”

“르루와는 자연사했어. 사라피나는 르루와를 사랑했다. 사라피나는 견딜 수 없었어. 그래서 마법으로 르루와를 다시 살려내려 했어. 하지만 완전히 살아나지 못했다.”

“하지만…….”

나는 말을 잇지 못했다.

“어떻게 고양이에게 그럴 수 있어요?”

“르루와도 마법을 가진 고양이였다. 대부분의 동물들이 그렇다. 고양이의 능력은 다른 동물들에 비해 탁월하지. 르루와는 그중에서도 뛰어났어.”

“정말로 사라피나가 고양이를 살렸어요?”

“그래, 인간이 마법으로 할 수 있는 일과 해서는 안 될 일이 있다. 사라피나는 인간의 영역을 벗어났다. 너무나 무서운 일을 한 거야. 사라피나의 눈앞에서 내 손으로 르루와의 목을 벴다. 그리고 르루와의 피로 사라피나의 마법을 돌려 넣었어."

"사라피나를 의자에 묶어 놓았나요?"

"그래."

"잔인하잖아요!"

"마법이 잔인하지. 내 어머니라도 내게 그렇게 했을 거야."

"그렇다고 옳은 일이 될 수 없어요."

"그렇다. 그 일이 있고 나서 사라피나는 나를 미워하기 시
작했어. 그때부터 사라피나는 마법의 존재를 부정했다. 내
가 너무 서툴렀어. 내 어머니의 가르침대로 사라피나를 가
르쳤다. 하지만 잘 되지 않았어. 그리고 나는 사라피나를 잃
었다."

"당신은 무서운 엄마네요!"

"리즌, 나는 너무 어렸어. 사라피나를 낳았을 때 나는 열다
섯이었다. 사라피나가 세 살이 되기 전에 내 어머니가 돌아
가셨어. 어머니의 유산을 물려받았지만 어머니는 잃었다.
그리고 리타가……."

"가사 도우미 아주머니요?"

"어머니 때도 할머니 때도 그리고 그전부터 우리 집안을 위
해 일했다. 하지만 우리를 두려워하지. 언제나 그랬다. 우리

집안 사람들을 무서워하고 마법을 두려워했다. 리타가 어머니를 대신할 수는 없었다. 그래도 나를 도왔어. 사라피나도. 우리를 많이 도와줬지. 그래서 나는 고등학교를 마치고 대학에 갈 수 있었어……."

"딸은 정신이 나갔고요. 사라피나는 열다섯에 나를 낳았어요."

"너에게 어떻게 했니? 네가 누구인지 감추고, 네가 어떤 위험에 처했는지 전혀 알리지 않았어. 나는 너를 찾아야 했다. 그리고 가르쳐야 했어."

"나를 의자에 묶어 놓고 내 애완동물을 죽이려고요!"

"너에게는 사라피나와 똑같은 실수를 하지 않으려 했다. 나는……."

나는 고개를 들었다.

"피곤해요. 이제 자야겠어요. 생각할 시간이 필요해요."

에스메랄다가 자리에서 일어났다. 문으로 걸어갔다. 그리고 뒤를 돌아보았다.

"사라피나가 네게 한 이야기는 대부분 사실이다. 하지만 문맥이 없어."

"갓난아기를 먹나요? 어떤 문맥에서 갓난아기를 먹는 것이

옳은가요?"

"아니, 리즌, 나는 갓난아기를 먹지 않아. 절대! 네 엄마가 네게 한 이야기 대부분은 사실이라는 거야. 왜 내가 그렇게 이상하게 행동해야 했는지 전혀 설명하지 않았다. 설명하지 않았어. 왜냐하면 그럴 수 없었거든. 가장 중요한 것은 감추고 거짓말하고 있었으니까."

에스메랄다가 문을 열었다.

"잘 자라, 리즌."

"안녕히 주무세요."

하지만 이미 문은 닫혔고, 에스메랄다는 내 말을 듣지 못했다.

나는 잠들 수 없었다. 피로가 모두 날아갔다. 발코니의 유리문을 열었다. 난간에 기대고 시원한 바람을 맞았다. 나는 여우가 활강하고 있다. 가죽 날개가 공기를 가르는 소리가 들린다. 길가에 자라는 보틀브러쉬 가지에 앉는다. 찌익찌익 울더니 다시 날아오른다.

배에 손을 얹었다. 내 안에서 아기가 자라고 있다. 정말 그런지 느낄 수는 없다. 하지만 라울은 보았을 것이다. 그리고 에스메랄다도. 이제 깨달았지만 제이슨 블레이크도 보았다. 하지만 나는 볼 수도 느낄 수도 없다.

이 아이가 라울처럼 마법의 점만으로 세상을 볼까? 내가 멈출 수 있을까? 그가 내게 가르친 것을 내가 써먹을 수 있을까? 내 몸의 세포를 조작해서? 눈을 감았다. 마법의 불빛이 보인다. 셀 수 없을 만큼 많은 빛들이 멀리까지 펼쳐져 있다. 눈 감아도 빛이 보이지 않게 할 수 없을까?

데니 생각이 났다. 아기가 생기던 밤이 생각났다. 나는 살고 싶다. 내 아이와 데니와 함께 살고 싶다.

"리즌?"

갑자기 어둠 속에서 목소리가 들렸다. 나는 펄쩍 뛰었다.

"염병!"

제이티도 발코니로 나왔다.

"미안, 인기척을 들었어. 잠이 안 와?"

나는 고개를 끄덕였다.

"나도 그래."

제이티가 내 옆에 섰다. 난간에 팔을 기댔다.

"참 많은 일이 일어났지?"

허공에 손가락으로 원을 그리며 말을 이었다.

"너무 많은 일이 일어났어. 머리가 핑핑 도는 것 같아."

"나도 그래."

눈을 감았다. 빛이 보였다.

"다시는 마법을 사용하지 않을 거야."

제이티가 나를 흘긋 바라보았다. 내 말을 기다리는 것 같았다. 나는 아무 말도 하지 않았다.

"정신병원에 가더라도 말이야. 네가 이 문제를 바로잡을 수 있을 것이라고 믿어. 죽거나 미치거나 하는 이 저주에서 네가 우리를 구원할 수 있다고 믿어. 제이슨 블레이크가 그것을 봤어."

"그가 뭐?"

나는 제이티를 뚫어지게 쳐다보았다. 벌써 미친 게 아닐까? 평소 제이티의 말투가 아니었다.

"언젠가 꿈속에, 네가 세상을 바꿔 놓았어. 그는 나쁜 일이 벌어질 것이라고 생각했어. 하지만 아니야. 좋은 일이야."

"왜 이제야 말하는 거야?"

제이티가 어깨를 으쓱했다.

"너는 나한테 전부 얘기해?"

나는 시선을 떨구었다.

"너는 지금 어떻게 우리를 구할 수 있는지 모르지만 넌 그렇게 될 거야."

"하지만 나는……."

"네가 답을 찾을 때까지 기다릴 거야. 옷을 거꾸로 입고, 식탁에 올라가서 춤을 추고, 바퀴벌레를 먹더라도 말이야. 벽에 똥칠을 하더라도 말이야."

"웩~"

나는 살짝 웃었다. 멍한 눈으로 벽만 쳐다보고 있던 사라피나 생각이 났다.

"네가 우리를 구할 거야."

제이티가 다시 말했다.

"나도 그러고 싶어."

나는 제이티와 사라피나와 톰을 생각했다. 어쩌면 내가 모두를 구할 수 있을지도 모른다.

Magic or Madness 2

저스틴 라발레스티어 글 | 김동찬 옮김

1판 1쇄 발행일 2009년 7월 30일

발행인 서경석 | 편집인 김민정 | 편집 사이시옷

발행처 스타로드 | 출판등록 제313-2009-68호
서울시 마포구 성산동 254-10 202호
전화 02-323-8225, 6 | 전송 02-323-8227

ISBN 978-89-93912-10-4 04840
ISBN 978-89-93912-03-6 (세트)

「이 도서의 국립중앙도서관 출판시도서목록(CIP)은 e-CIP 홈페이지
(http://www.nl.go.kr/ecip)에서 이용하실 수 있습니다.
(CIP제어번호: CIPIPP2009002176)」